CONTEMPORÁNEA

José Luis Sampedro nació en Barcelona en 1917. Catedrático de estructura económica desde 1955, fue senador por designación real en la primera legislatura tras la restauración de la democracia en España. Es miembro de la Real Academia Española. Ha publicado, entre otras, las novelas *El río que nos lleva*, adaptada al cine, *Congreso en Estocolmo*, *El caballo desnudo*, *Octubre, octubre* y *La sonrisa etrusca*. Como autor teatral ha estrenado *La paloma de cartón* (Premio Nacional de Teatro Calderón de la Barca) y *Un sitio para vivir*. En el año 2000 ha publicado *El amante lesbiano*. Es uno de los escritores españoles de mayor prestigio y popularidad.

Biblioteca

JOSÉ LUIS SAMPEDRO

El caballo desnudo

DEBOLSILLO

Diseño de la portada: Alicia Sánchez
Fotografía de la portada: © Digital Bank

Primera edición en este formato: marzo, 2004

Printed in Spain – Impreso en España

ISBN: 84-9793-182-3 (vol. 175/5)
Depósito legal: B. 15.716 - 2004

Fotocomposición: Fernández, S. L.

Impreso en Novoprint, S. A.
Energia, 53. Sant Andreu de la Barca

P 8 3 1 8 2 3

ÍNDICE

EL FAUNO VESTIDO

¿Por qué el *Fauno Vestido* no es tan famoso como la *Maja Desnuda*? Después de todo, muchas duquesas (y hasta princesas) posaron desnudas y siguen hoy provocando en efigie al codicioso público. En cambio, ningún artista se sintió jamás con arrestos para atreverse a reprimir lo irreprimible, ciñendo púdicamente caderas faunescas. Y menos con calzón de mármol.

España posee la única excepción del mundo, aunque apenas se conozca el hecho, pues en estos tiempos es más fácil divulgar la inmoralidad que la decencia. Pero «España es diferente» y esa concreta diferencia ha suscitado ya una muy acertada iniciativa de las autoridades que concibieron tan oportuno lema. Hoy, por fortuna, la admiración colectiva al *Fauno Vestido* de Villabruna es el broche de oro en una de nuestras excursiones organizadas: la *C-17*.

El rito turístico se celebra todos los viernes, durante el verano. Viernes: *vénere die* o día de Venus, día santo del Islam, día de pasión para el cristiano. Mera coincidencia, pues la elección oficial de la fecha no se debe a eso, sino a razones técnicas de coordinación entre los varios trayectos oficiales que hoy promocionan la Castilla incógnita. En ese rito semanal culmina la serie de emociones ofrecidas a los viajeros de la *Ruta del Siglo Nono*, que un folleto oficial —cuya cincelada y autorizada prosa no podemos mejorar— describe con estos párrafos:

«Para llegar al fondo de la verdadera España, la diamantina España (en frase de Ramiro de Maeztu), nada puede sustituir a la *Ruta del Siglo Nono*, verdadero viaje al tiempo de los Fruelas y los Ordoños, cuando la patria primigenia apuntaba, recia y temblorosa, frente a la invasión de la morisma. No espere el viajero admirar en esa ruta catedrales o castillos, ni rendirse ante industrias o grandes obras públicas, ni siquiera ante feracidades del paisaje. En aquel tiempo no había nada, y por eso nada se ofrece al peregrino, presentándose así auténticamente los orígenes gloriosos de la historia patria. Y en medio de esa nada, como el surtidor en el jardín solitario, como la cuerda única del rabel pastoril en el silencio, los breves y elementales goces del viajero contrastan con la austeridad geológica del escenario, y alcanzan así una intensidad que jamás podrá ofrecer la abundancia levantina o andaluza.

»La *Ruta del Siglo Nono* recorre la región llamada hoy el "Altozano" o piedemonte entre los riscos cántabros y la meseta castellana. Eje del dinamismo reconquistador en el siglo IX, quedó luego al margen de la historia, pues las gentes se desplazaron en su mayoría a tierras menos ásperas. Por eso se conserva como hace mil años, sin adulteraciones culturales de la grandeza originaria, y así continuará sin duda mucho tiempo, pues, por fortuna, las investigaciones geológicas más recientes alejan el riesgo de descubrimientos petrolíferos. El viajero que, con las montañas como telón de fondo, recorre sus solitarias parameras y atraviesa los pueblos abandonados por la emigración, va sumergiéndose poco a poco en el pretérito, hasta sentirse en aquellos oscuros siglos que apenas conocemos, pero sin los que no habría nacido la Castilla de Fernán González, madre de la España triunfal de Isabel y de Fernando.

»No se entienda, sin embargo, que la *Ruta del Siglo Nono* carece de atractivos, siquiera sean al nivel de humildad y pureza deliberadamente calculado para sentirse en la altísima Edad Media. El deleite más vivo nos asalta, una y otra vez, ante los bien alineados chopos de Matallón, ante el famoso barranco de La Colgada, ante la cueva de Treleña, donde moró San Caspio, antes de fundar el cercano cenobio de Lavesga (hoy totalmente desaparecido); ante las supuestas ruinas de Astrúmiga, que habrán de sacar a luz excavaciones ya programadas; ante la ermita de Santa Inoranda (patrona del mal de ijada) o ante las aguas termales de Rebañuelo, que ya empiezan a despertar el interés de un consorcio financiero hispanofrancés.

»Por añadidura, el paladar encuentra también satisfacción, al gustar en la "Venta del Ballestero" un yantar de aquel siglo nebuloso, cuya receta custodian amorosamente las cocinas de la comarca, en toda su primitiva y encantadora simplicidad. La base es el sabroso *panazo* del Altozano, enorme hogaza partida horizontalmente y entre cuyas dos mitades se introduce "lo que Dios dé", según expresa el habla ingenua del país: unas jugosas cebollas o el ovejuno queso estimulado con un "ajo restregao", más alguna tajada de caza fuertemente condimentada. A ello da brioso acompañamiento el recio vino de Fresnedilla, uno de los mejores caldos españoles si no fuera por su escaso bouquet y por su aspereza, que los rústicos métodos de elaboración y crianza no cuidan de corregir. Algunos días también alcanza a gustar el viajero los exquisitos cangrejos del Torilla, únicos en el mundo como asegura el refrán ("los cangrejos del Torilla, sólo el Torilla los cría"), y al cabo nunca falta el postre, el clásico *corrusco*, o pan debidamente endurecido que luego se baña en leche de oveja, completándose así las emociones medievales de la ruta. Advirtiendo, para disipar fundados escrúpulos, que la autoridad eclesiástica se ha dignado dispensar de la vigilia a los turistas inscritos en la Ruta, dado que la comarca no ofrece otras posibilidades gastronómicas y que las exigencias para la coordinación del material turístico imponen el viernes para la *Ruta del Siglo Nono*.»

Los párrafos transcritos dan suficiente idea de la famosa Ruta, cuya etapa final ofrece el prodigio del *Fauno Vestido*, en la Muy Noble y Muy Leal Villabruna. El escenario del rito es nuestro parque público, hoy llamado del Generalísimo, antes de Pablo Iglesias, antes de Alfonso XIII, antes de la Constitución, y siempre, para los allí nacidos, la Alameda. Más exactamente, la Glorieta del Mirador, situada al final del paseo y asomada, un poco en alto, al vasto horizonte ocre de la llanura.

A la Glorieta concurren, hacia las cinco de la tarde, los oficiantes locales del rito, fijos algunos y eventuales otros. Nicanor Fernández, guarda jurado del parque y espantador feroz de enamorados en las frondas, se lamenta de no llevar ya su vieja tercerola, que eso sí que infundía respeto. Ambrosia, sin apellido y prácticamente viuda (no del todo, pues su difunto Eladio se negó siempre a casarse con nadie), instala bajo un plátano, con la debida licencia, su puesto de botijos, postales, bordados, cucharas pastoriles de palo y otras baratijas, bajo el rótulo de *Souvenirs*, que le aconsejó enarbolar la señorita guía de la Ruta. Saturnino Gelves aporta su chirriante carrito con bebidas y bocadillos, y Acisclo, deficiente mental inofensivo, concurre también al acto, como a todos los demás espectáculos callejeros, invariablemente animados por su presencia. Entre los eventuales figuran unos cuantos chiquillos, algún soldado de la guarnición, varias mozas, un par de sacerdotes que dan una vuelta antes de acudir al coro vespertino en la Colegiata, y los transeúntes que en el momento acierten a pasar.

Poco tarda en oírse el estrépito del autobús azul. Frena con un rasguido de gravilla al pie de la Glorieta y queda envuelto en la nube de polvo que le viene siguiendo por todas las provinciales carreteras del trayecto. Se abren las puertas, emergen los ruteros y la guía los arrebaña para conducirlos a la ceremonia, mientras el chófer suele acercarse a echar un vaso de vino en el carrillo de Saturnino.

La guía conduce a su grey por entre los rayos evónimos del jardincillo —trazado que fue por el culto y ya difunto jardinero del Ayuntamiento don Primitivo de la Puerta— y los sitúa ante la estatua motivadora de la peregrinación: el famosísimo *Fauno Vestido*. Se hace un silencio y comienza el rito. Es muy breve. La guía invita a la admiración ante el extraordinario ejemplar grecorromano de sátiro danzante que se yergue en ese mismo pedestal desde finales del siglo XVIII. Exhorta a las señoras y señores del grupo a notar la singularidad de tal obra de arte: de la cintura a los muslos del fauno, unos marmóreos calzones cubren las posterioridades del mítico ser, así como ciertas protuberancias delanteras que en otras representaciones artísticas suele tapar la consabida hoja de parra del pudor oficial.

Los ruteros sonríen, se asombran, comentan y fotografían. Algunos se dispersan por la Glorieta o se acercan al puesto de la Ambrosia. La guía deduce del espectáculo la debida lección, advirtiendo a los turistas que de ningún modo interpreten la estatua como un signo de moral inquisitorial o censurante. Lejos de caer en esa leyenda negra, deben ver en el *Fauno Vestido* una prueba de la tolerancia hispánica, pues la estatua bien pudo haber sido simplemente destruida como objeto pagano o, mejor aún, sustituida por una efigie de San Mambricio, fundador del hoy desaparecido convento, asentado en los propios terrenos de la actual Alameda. Con esas formativas consideraciones se da por terminado el rito y los viajeros vuelven a acomodar sus amedievalados cuerpos en los asientos del autobús, para concluir la penosa digestión del clásico *panazo*. Una nube de polvo empequeñeciéndose constituye el último rasgo de la ceremonia.

Y así, viernes tras viernes, la guía y los peregrinos pasan rozando, sin sospecharlo siquiera, una de las más estupendas historias sobrevenidas en este trozo del planeta: la que dio lugar al encalzonamiento de la pagana criatura. Pues la trabadora prenda no nació con la estatua. Basta fijarse para advertir que el calzón lo constituyen dos piezas de mármol ensambladas y superpuestas a la estatua original. El Fauno tiene de todo, señoras y señores, bajo su moderna cárcel de Carrara, y los calzones le fueron impuestos hace alrededor de medio siglo en un acto cívico mucho más interesante que el actual rito de los viernes.

Pocos podemos contarlo ya. Don Abel Entrepeñas, por ejemplo, conocía muy bien la historia, pues la vivió como notario recién llegado a la ciudad, a principios de 1917, poco antes de aquella voraginosa primavera en que se agitó Villabruna y se tambaleó hasta sus cimientos. Pero don Abel falleció —¿quién había de decirlo?— en la cárcel provincial, donde se hallaba recluido en atención a su imprudente ingreso en el partido de Izquierda Republicana, allá por el año de 1934. También sabía del asunto —y supongo que mucho, porque confesó regularmente a algunos de los principales personajes— el M. I. S. don Leonardo de la Hoz, canónigo de la Colegiata, cuya vida se extinguió pocos años después en la paz del Señor. Otro canónigo, don Remigio Beléndez, era asimismo por entonces el consiliario de las Pías Damas y hubiera podido contarnos mucho de no haber sufrido el 14 de abril de 1931, cuando ya era arcipreste, una mortal apoplejía, causada por su comprensible disgusto ante la implantación de la República. Al teniente Astúriz lo mataron los moros en un ataque a Zeluán, y Evangelina, la admirable y dulcísima Eva, heroína de la historia, falleció hace algunos años dejando un irremplazable vacío en la presidencia de las Pías Damas de la Pureza Cristiana, cofradía de tanta raigambre en Villabruna.

Bien mirado, quizá yo sea el único que conoce la mayoría de los hilos urdidos y destrenzados en aquellas frenéticas semanas. Sólo eso me decide a olvidar mi insignificancia, y me anima a dejar a la posteridad estas aleccionadoras memorias sobre el Caballo Desnudo. Porque el vestimiento del Fauno fue consecuencia de la devastadora presencia en nuestra villa de un caballo desnudo, maléfico y violento.

Canta, pues, oh musa, la llegada del Rojo Caballo; dinos cómo holló las calles y las almas de Villabruna con sus azufradas pezuñas, cómo inficionó los corazones con su aliento deletéreo, cómo caracoleó sádicamente sobre personalidades honorabilísimas, cómo el Señor permitió la tentación de un pueblo entero y cómo, en fin, volvió a reinar el orden más morigerado, cual corresponde a una Muy Noble y Muy Leal Ciudad de estas hispanas tierras. Sirva este relato para que a todos nos edifique la más sana moral, para que aprendamos a reprimir nuestras pasiones, a no codiciar bienes ajenos (y menos aún a la encantadora mujer del prójimo), a no rehuir las fatigas de este valle de lágrimas. Pues escrito está, en los más nobles e inspirados códigos, que sólo el orden social y el perseverante trabajo conducen de consuno al coche utilitario y a la paz del alma.

EL CABALLO DESNUDO

1

EL CABALLO DESNUDO

Nadie sospechó nada: ¡estaban todos tan encastillados en sus vidas de siempre, petrificadas por el orden milenario! Vivían atrancados de piel para adentro, ejecutando por fuera los gestos prescritos, barriendo hacia el pozo negro interior cualquier imprevisto, que desaparecía como las heces por los sumideros de las casas. El sistema funcionaba sin escándalo, la ciudad era apacible hasta el aburrimiento, las sonrisas educadas florecían en las bocas, y las reverencias, y los «tendré sumo gusto» y «a los pies de usted». Los niños crecían, incorporándose a la gran representación social, aprendiendo sus papeles dócilmente, sometiéndose al Manual de Urbanidad antes acatado por sus padres: el de don Antonio Carreño, ilustre Gobernador que fue de la provincia de Cádiz.

No hubo presagios ni agüeros. No se revocó el humo chimeneas adentro, no malparieron ovejas, no se encontró una culebra buscando calor bajo la lamparilla del sagrario (como cuando el último ramalazo del cólera), no se quebraron espejos ni despidieron luz sobrenatural las reliquias de Santa Bienvenida. Sobrevino sin amagos ni amenazas. De pronto el mundo hizo ¡crac! y por la grieta penetró el escándalo de golpe, sin dar tiempo a exorcismos. ¿Cómo fue posible? No, ningún traidor abrió la poterna. En la segura maquinaria del Orden no hay hueco para traidores. Fue, claro está, un inocente; alguien todavía no engranado al mecanismo. Como en el cuento del rey desnudo, un niño descubrió la verdad y fue la chispa que encendió otra carga más inocente y peligrosa todavía: una mujer frustrada. Imperaba, además, la primavera y el aire ondulaba cargado de polen. Una reacción en cadena se apoderó de Villabruna.

Aquel, aquel primer domingo de abril de 1917, aquella tarde redonda y perfecta, erguida sobre la mañana santa, sobre las preces en los conventos de monjas, el incienso y los cánticos de la misa mayor, la ceremonia social a la salida, reconociéndose mutuamente, pasándose revista para corroborar una vez más la estabilidad del social dispositivo. Y nadie apreció ni un fallo. Llevaban sombrero de Madrid exactamente las tres señoras a quienes correspondía y ni una más; guardaban los caballeros la debida jerarquía en todos los detalles de barba, bastón, cadena de reloj, botines y guantes. Se prolongaba en los niños de tal modo la observancia del Orden, que podía predecirse cuáles acabarían casándose con cuáles, sólo con percibir la contradanza de las familias al irlos emparejando. Como los insectos —¿y qué sociedades más perfectas que las de insectos, tan admirablemente ordenadas por la Divina Providencia?—, todos aquellos seres se tantearon con sus antenas y se reconocieron firmes e imperturbables en sus puestos sociales. Así tranquilizada, la gente bien de Villabruna se encaminó paso a paso hacia la Alameda, dio las vueltas consuetudinarias, se dejó entibiar por el sol que filtraban las frondas, pasó por la confitería del Globo —*El Globo de Oro*— o por la de Martínez, según el rango de cada cual, y se retiró a sus casas para el seleccionado almuerzo dominical. El reloj del Orden funcionaba con toda su respetabilidad.

Todavía por la tarde no había pasado nada, y una grieta cualquiera resultaba insospechable. A las cinco el sol estaba en su sitio, acabando de bañar a la villa en un aire tibio y dulce, alcanzando a los atriles en el quiosco de la música, donde los profesores empezaban a disponer sus partituras e instrumentos. A poco echaron a volar las primeras escalas de ensayo en el clarinete o el flautín. El público empezó a ocupar sus puestos y don Leonardo, el canónigo, paseando alrededor como siempre, admiró una vez más la perfecta disposición del orbe en el concierto. Ptolomeica era, en efecto, la sucesión de círculos concéntricos: templete central, creador de la música; señoras y caballeros en las primeras sillas; público más mezclado en las siguientes; periferia de niños y, más allá, cometas errantes que se detenían un momento y pasaban de largo. «¡Hola! —notó el canónigo—, ¿cómo está doña Evangelina sola en un banco, en uno de los paseos exteriores, de espaldas a la música y no en el más interno círculo de sillas?»

Frunció el entrecejo don Leonardo ante el Orden alterado, pero pronto se dio una explicación. Junto a la dama jugaba al pequeño Adolfito, hijo de una lejana parienta de doña Evangelina y muy propiamente vestido de marinero, el dorado nombre de *Lepanto* en la cinta de su gorra. Así es que don Leonardo pasó tranquilo, saludó a la dama quitándose la teja y ni siquiera siendo su confesor pudo sospechar que todo era al revés de su pensamiento.

En efecto, la dama no se había alejado del templete porque la arrastrase el niño en sus afanes de juego. Al contrario, ella misma había alejado a Adolfito de la niñera, usándolo como pretexto para estar sola y lejos, todo lo sola y lejos que cabe en una dama de su rango, esposa del director del Instituto. Sola y lejos quería estar porque aquella tarde, como si le hubiera sentado mal la comida (¡ay, pero no era eso!), sentía en la boca del estómago una bola penosísima. Al final del almuerzo advirtió que iba a darle algo y se lo dijo a su esposo. Don Rosendo sonrió ante tales aprensiones en una sanísima mujer de veintinueve años y, como en ocasiones semejantes, lo achacó a fantasías femeninas y se levantó de la mesa para su cotidiana siesta, sin la cual no se recobrarían las células grises de un cerebro largos años consumido en los meandros de la Retórica y Poética. «Me voy a morir», pensó entonces la abandonada y, aun sabiendo perfectamente que no, la mera idea agigantó su angustia y se miró al espejo de pronto, segura de que iba a encontrar un rostro agarrotado por el miedo.

Pero su aspecto era el de siempre. La angustia se cebaba en otra cara, la de dentro, la del envés. Evangelina comprendió que estaba sola, que si se acercaba a sus amigas en la Alameda no podría repetir las palabras de todos los días, sino que de pronto rompería a llorar, a llorar y a llorar. Sería una vergüenza en pleno parque, se pararía la música, la miraría el capitán director de la banda, con aquellos bigotes. Un verdadero escándalo: jamás había ocurrido, se hablaría un año del asunto. Pero el Orden impide quedarse en casa un domingo de primavera por la tarde —hay que agradecer a Dios el buen tiempo— y entonces se le ocurrió ampararse en el niño (Adolfito encantado, a la tía Eva siempre le sacaba caramelos a la vuelta) y así se refugió la dama en el paseo exterior, donde no era necesario hablar.

El paso del canónigo, tan alto en su sotana, tan fino y educado siempre (de buena familia segoviana, su madre una señora), fue una llamada al Orden. Estuvo doña Eva por levantarse y hablarle, pedirle confesión, consejo, algo, pero el sacerdote pasó un poco deprisa, como respetando aquel alejamiento. Ni siquiera se detuvo con Adolfito más de lo indispensable para que el niño le besara la mano, como enseña Carreño. Hubiera querido ella decirle algo, porque en el confesionario don Leonardo nunca se reía de las íntimas desazones femeninas, nunca quitaba importancia a las inconcretas ansias de su penitente. Al contrario, escuchaba con atención y, al poner un nombre a tales inquietudes, las disipaba más fácilmente. Doña Evangelina creía estar oyéndole mientras le veía alejarse por el paseo: «Son escrúpulos, pelusas de un alma sin tacha que aspira a volar más alto, hija mía.» O bien: «Esas ansias son el peso de las cadenas del mundo, la tristeza del alma que quisiera ya elevarse toda libre en su perfección. De un alma privilegiada (y no me caiga en soberbia, hija mía), de una conciencia en paz. Vaya, vaya, mi doña Evangelina, y aleje de su espíritu esas nubecillas sin motivo.» Tales eran, más o menos, las palabras mágicas repetidas más allá del enrejado misterioso, en la penumbra confesional donde la voz no brotaba de cuerpo alguno, sino sólo de un blancor de dientes sagradamente ungidos, a pesar de su tufillo de hombre.

«Sí —pensó Evangelina—, he de alejar las nubecillas. ¿Acaso me falta nada en la vida? Unos padres honrados, aunque modestos, una sólida educación cristiana (mejores monjitas no había ni en la capital; hasta clases de adorno daban, piano y labores de rafia), bien casada muy joven con la primera autoridad intelectual de la villa (justo después del comandante y el alcalde), un hogar tranquilo, tranquilísimo, irrefutablemente tranquilo. Ahora mismo, mi sombrero es precioso, no hubo otro mejor en misa por la mañana, bien lo noté en las miradas de todas, y es que mi marido no me niega nada, ni siquiera le pareció atrevido, a pesar de aquella larguísima pluma hacia atrás, de faisán de China, tanta gracia, tan airosa, y el velito violeta, de lunares, los llaman *pois*, sobre todo el velito hasta media cara, no le di importancia al elegirlo y es en lo que más se fijan los hombres, no logran disimularlo, eso me hizo feliz toda la mañana, está mal esa felicidad, por supuesto, habré de confesarla, no debí recrearme en ello, pero me hizo feliz hasta llegar a casa y sentarme a la mesa; entonces comenzó la bola aquella en la garganta, no quiero acordarme ahora, no acordarme otra vez, pensar en todo lo bueno, el mismo traje, un acierto, la chaquetilla ribeteada, la falda, qué manos tiene para cortar esa Bonifacia, ella dice que no, que es mi cuerpo, la última vez al probarme se quedó pasmada, mirándome en enaguas juntó las manos en un aspaviento, ¡qué barbaridad!, dijo, qué cuerpo tiene usted, doña Eva, hasta ganas me dan de ser hombre; me ruboricé, qué cosas, como ahora me estoy poniendo colorada sólo de recordarlo, y todo el cuerpo me lo noto, ¡qué horror!, todas sus partes, como si me tocase alguien, pensaré en otra cosa, y eso que entonces no llevaba aún estas botinas, asomo y retiro la puntera por el orillo de la falda, parecen ratoncitos jugando, pero el busto, insistía ella, el busto y sin corsé, con el cubrecorsé nada más, por Dios, Bonifacia, cállese, y se calló, pero seguía pensándolo, y sus manos al probar me hacían otras cosquillas, de otra clase, ¿debí haberlo confesado?, pero era culpa mía; de todos modos es malicia esto que se me ocurre, malos pensamientos, rechazarlos, pensar en que no tengo motivos, alejar esas nubecillas, tengo de todo y además un marido, que me adora, me venera, pendiente de mí, y sus ojos, cómo me mira mientras me desnudo, cómo me mira; pero entonces, Dios mío, ¿por qué no tengo hijos?; no debo llorar aquí, pero ¿por qué no tengo hijos? Nueve años de casada, ya ni esperanza, no hay que desesperar, como dice don Leonardo, y me recuerda la Sara de Abraham, ¡ay, yo tendría que ir a un médico!, ¿por qué no quiere Rosendo?, ¿por qué es lo único que me niega, por qué me lo ha negado siempre? Dios lo habrá dispuesto así, me dice, tiene razón, y además me daría una vergüenza horrible, un hombre mirando ahí, tan de cerca, yo me moriría, esto son nubecillas frívolas, no me falta nada, son ansias del alma, la prueba es que se me calman con la música, hasta aquí se oye, qué sonoridad, eso, hija, sonríe, sí, nene, juega, una piedra, sí, muy bonita, ¿dónde la has encontrado?, no hay como las bandas militares, tienen otra fuerza, otro brío, animan, gracias Dios mío, ya se me está pasando, gracias; por algo el ejército es la seguridad de la patria, no hay angustias, el deber y adelante, la fuerza, lástima que hayan acabado la pieza, estoy mejor, sí, nene, una flor preciosa, adiós don Policarpo, está más viejo el pobre, ¡si me quejo de vicio!, ya tocan otra vez, eso, la música, la introducción de un vals, una tanda, oh los valses, embriagadores, pero... pero... ¿qué ocurre?, no, por favor, no, por favor, que se desploma todo, ese vals no, otra cosa, me ahogo, no veo, ese vals no, *Tesoro mío* no, ¿por qué tiemblo, por qué se hace de noche?, sí, nene, vámonos, ¿cómo?, ¡qué horror!, ¿qué estás diciendo?, llora, llora, y más que tienes que llorar, te pego en la boca porque eso no se dice, es pecado, ¿lo oyes?, pecado, pecado, todo es pecado; perdone usted, no le había visto, no, señor, no me pasa nada; vamos, nene, cállate, qué me va a pasar, que todo es pecado, corre, corre más, vamos a casa, a refugiarnos en casa, corre, corre.»

El mundo había hecho ¡crac! Adolfito el inocente acababa de entregar la fortaleza del Orden con sólo unas palabras. En el momento en que ella reconocía la música —el vals *Tesoro mío*— y se derretía en el recuerdo del baile de aquella noche, el niño había dicho solamente, tendiendo su dedito hacia la fuerza destructora:

—Tita, tita, ¿por qué a los caballos los dejan ir desnudos?

La palabra «desnudo» fue un incendio, restalló en la mente de la dama, la hizo ver de otro modo al animal espléndido, le puso bien delante tanta violencia concentrada, tanta jactancia vital, y preguntó al niño para ganar tiempo, como si no hubiese oído, pero fue peor, sólo consiguió que Adolfito insistiera, que el dedito revelador se hiciera más preciso:

—¿No lo ves, tita? ¡El caballo va desnudo! ¡Se le ve todo! ¡Mira, mira! —remachó con inocente alborozo.

Entonces fue cuando golpeó al niño en la boca, hubiera querido pegar al mundo entero por haber hecho ¡crac!, no podía abofetear al caballo, quitarle de un manotón aquellas colgamentas grandes y ostentosas, gris acero casi negro, hacían pensar en bombas de anarquista, no podía dejar de mirarlas, obsesa bajo el velito violeta de lunares, granates las mejillas, ardientes las sentía, mientras arrastraba de la mano al niño lloriqueando, el caballo ahora le presentaba la grupa, pateaba de vez en cuando, qué corvas poderosas, con el rabo se espantaba moscas, pero parecía acariciarse aquello con la espléndida cola blanca, suave, cosquilleante, como una cabellera de ángel.

«¡Jesús, Jesús, qué cosas pienso!, pero es tan soberbia esa grupa, tanto músculo, el salto, el galope, todo nervio, ese explosivo gris, esa arma secreta, el caballo, el garañón, ¡qué palabra violentísima!, el caballo de Espartero, de dónde me viene ese recuerdo brutal, ah, sí, de la carnicería que fui un día, tenían allí colgadas unas cosas, yo pregunté, qué tonta, me dio una rabia, de un toro eran, entonces dijeron lo del Espartero, el carnicero y su dependiente se reían, la criada me sacó fuera discretamente, ahora se ha puesto de perfil, qué animal, qué pasmo, qué bonito, no, bonito no, avasalla, levanta la cabeza, piafa, qué ojos, qué ollares, qué pecho, todo blanco, al soldado le cuesta trabajo sujetarlo, claro, a la puerta del comandante que va a dar su paseo, todos en su puesto, pero el que mejor monta es Víctor, todos lo reconocen, no debo llamarle así, por su nombre, tiene que ser pecado porque me llena la boca, el teniente, pero aunque diga "teniente" pienso "Víctor", por qué no habrá ido a la misa mayor, como siempre, dónde se ha metido, precisamente hoy, para qué quiero entonces mi sombrero, el velito, para qué mi perfume *Houbigant*, tan discreto, tanto que le gustó aquella noche, para qué, pero yo estoy loca, un hombre que no es nada mío, al que sólo hablé una vez, total un vals, como todo el mundo, mi marido estaba delante, pero no es posible que sea como todo el mundo, cómo bailaba él, cómo me llevaba, yo misma era otra, aquellos dedos en la cintura, a pesar de su guante, de mi vestido rosa, de toda mi ropa, dejaban marca aquellos dedos, quemaban, toda mi voluntad allí, siguiéndole en las vueltas, yo era una flor en sus manos, una rosa encendida, toda llena de sangre, pero qué digo en sus manos, yo estaba en sus ojos, qué ojos inmensos, como el caballo blanco, ¡qué estoy pensando!, y sin embargo es verdad, el mismo poder, la misma fuerza, un arrebato, un nervio, aquel vals un galope, desvarío, no ahora, entonces, desvariaba yo, un delirio, me hablaba no sé qué palabras, las bebía antes de oírlas, suspensa yo en medio de una nube, Elías en el carro de fuego, Europa sobre el toro, pero era el caballo, ¡Dios mío, le debí parecer tonta!, por eso no ha venido a misa, le parezco tonta, una provinciana, él tan de Madrid, un oficial de lanceros, allí tantas mujeres, claro, prefiero morirme, qué desconsuelo, pero entonces por qué dijo aquello cuando acabó el vals, "nunca he sido tan feliz", dijo, "¡qué vals inolvidable!", añadió, eso sí que lo oí, le pregunté cómo se llamaba el vals, se disculpó un momento y fue a la orquesta, la gente se movía a mi alrededor y yo como si continuara el baile, al fin volvió y se inclinó sobre mi mano, lo dijo entonces muy suave, como íntimo, *¡Tesoro mío!*, me quedé muda, miré a Rosendo que se acercaba, Dios mío, si lo habría oído, sálvame, Señor, pero lo repitió más alto, *Tesoro mío*, de Becucci, el nombre del vals, natural, pero la primera vez lo dijo sólo para mí, cómo oprimió mi mano, cómo miró mi escote, sus ojos me palpaban, me suplicó el baile siguiente, el último, la *quadrille*, pero ya me lo habían pedido, "volveremos a vernos", dijo inclinándose, una voz como un juramento, no lo preguntaba, ordenaba, y yo sí, sí, sí, por Dios,

Adolfito, basta ya, no seas pelma, por qué me acuerdo ahora de todo, como si lo estuviera viviendo, claro, la música, el mismo vals en el quiosco, y además cada día lo he recordado, cada hora, pero no de este modo, a causa del caballo, ¡qué horror!, Víctor, es monstruoso, por eso ha sido, las ideas pecaminosas, es que esos animales así, un escándalo, hasta el pobre niño impresionado, y quién no, hay que impedirlo, prohibirlo, qué tentación en el aire.»

El trayecto fue una carrera de baquetas para la atribulada señora, aterrada por el agrietamiento cósmico, por la desintegración del Orden, la invasión del Enemigo Malo. Descubrió de pronto cuántos peligros acechaban en las calles de la villa imperturbable, cuántos animales se pasean sin restricción alguna ostentando lo que el Orden manda ocultar. El mundo estaba lleno de perros olisqueándose frenéticamente, levantando las patas contra las esquinas. Los palomos se arrullaban y se daban el pico en alardes nauseabundos. Hasta los vuelos primaverales de pájaros y mariposas se veía que no eran inocentes ni mucho menos: por algo se dice «mariposear». Durante aquella carrera, ante tanta jactancia y ostentación del sexo, doña Eva recordó de golpe mil pequeños detalles que había registrado su mente sin interpretarlos, y que ahora se acumulaban en una montaña, en un caballo gigante, maligno y poderoso. Revivió secretos de niñeras, suspiros inexplicados, aquella amiguita con la que le prohibieron jugar porque no tenía papá, ciertas actitudes incomprensibles de su marido, alusiones a una casa de las afueras de Villabruna, hacia lo alto del cerro; preguntas incomprendidas de algún confesor indiscreto o atrevido, ¡ah! y la desaparición por unos meses de aquella señorita a quien sus padres mandaron al extranjero y todo el mundo lo repetía con aire cómplice y cuando volvió tuvieron que acabar casándola con un dependiente de «El Encanto». Evocó la cara de burla, sólo por un instante, o más bien de conmiseración, que puso Adela en el palco, cuando dieron *El Gran Galeoto* para la fiesta de la Candelaria, los de la compañía Gómez-Battistini, y Teresa dijo que esas cosas sólo pasaban en las comedias, y otra asintió con un suspiro afirmando que la vida era tan monótona, y qué sonrisa de superioridad la de Adela, qué cara de estar en el secreto. Disimuló enseguida; pero, por un instante, no pudo ocultar su compasión hacia aquellas infelices. Revivió la dama, en aquella carrera angustiosa, cercada por signos de lo secreto dentro y fuera, tantos y tantos mensajes oscuros y calientes, filtrándose hasta ella por entre las barreras del Orden, vivísimos e irrecusables, imperiosos, evidentes hasta para su ingenuidad de honesta casada, trasplantada de su hogar al tálamo del hombre mayor, y mil ideas se agolpaban bajo su frente.

«Tan verdad como que aún es de día, no hay duda, bajo este mundo existe otro, o detrás, como en las decoraciones de los teatros, vive por su cuenta, funciona aparte, se ríe de nosotros, un mundo rojo y negro, sin santos ni Purísimas, de sangre y noche todo, casi nunca lo notamos, por lo menos las ingenuas como yo, pero a veces lo huele el corazón, como aquel vals, perdemos la cabeza, de ahí nos vienen las tentaciones, vapores desde abajo donde están permanentes, vivimos sobre un volcán en reposo, sobre un fuego, si será el infierno, pisamos sobre otro mundo vivo, otro orden, el Antiorden, claro, como el Anticristo, el mundo del demonio, eso ha pasado esta tarde, una grieta como en Pompeya, la tierra abriéndose y ese mundo subiendo aquí, el niño lo ha notado en su inocencia, el caballo desnudo con toda su violencia, tienes razón, Adolfito, tienes razón, rico mío, claro que te compraré los caramelos, no pienses más en el caballo, no tiene importancia, sí, nene, aquel caballo tan feo que viste, ¿ya no te acuerdas?, ¡bendito candor y cómo olvidan!, ¡quién pudiera olvidar!, bueno, feo no era, espléndido, ¡soberbio!, vamos a la confitería, sí, al *Globo*, es monísimo el chico, por qué no tendré yo hijos, no pienses otra vez en eso, Eva, déjalo ya, casi se te había pasado, no recuerdes, pero es horrible, no debería consentirse, llenos tengo los oídos de cascos de caballo, todavía me persiguen, la gente me mira, no, mira hacia atrás, suenan más fuerte, claro, los lanceros, salieron hoy, vuelven al cuartel, ¡qué arrogante el oficial!, ¡él!, ¡quién iba a ser sino él! ¡qué alegría, qué alegría! ¡por eso no fue a misa!, que no me vea, Dios mío, ¡que no me mire! Yo me caigo redonda, ábrete, tierra, yo me meto en *El Globo*, el condenado niño quiere verlos, ridículo este forcejeo en la puerta, que me mire, Dios mío, ¡me ha reconocido!, no mira a nadie más, yo me muero, me va a estallar el pecho, me ahogo, es a mí ese saludo, qué sofoco, no debía permitirse saludar a una señora desde un caballo desnudo, qué osadía, llevar un caballo desnudo entre las piernas, y todos igual, digo los caballos, tres y tres y tres, casi un centenar de caballos desnudos, ochenta y uno, la gente los contempla sonriendo, qué inocencia, ¡o qué impudor oculto!, sí, qué escándalo, hay que evitarlo, ¿cómo lo deja el Gobierno?, ¿no prohíben libros malos, novelas francesas?, ¿no escandaliza una pantorrilla?, pues no hay comparación, qué importa que sean animales, es lo mismo, bueno, quiero decir... en fin, hasta los niños, lo manda el Evangelio, aquello de antes que escandalizar a uno de estos pequeñuelos, hasta los niños se impresionan, hay que hacer algo, hay que impedir este escándalo, a diario en la calle, tanta obscenidad.»

Su cotidiana ciudad era distinta, la obsesión la poseía, y es que el mundo había hecho ¡crac! y todo tenía otro tinte, otro significado. Dejó al niño en su hogar y se dirigió a su propia casa, no muy lejos, en plena calle de la Colegiata, lo más distinguido. Tenía que ir a la reunión de la Cofradía y no era cosa de llevar el velito violeta. Subió la escalera sintiéndose al fin serena a la vista del puerto seguro. Pero no en vano el cielo se había resquebrajado: el caballo desnudo la esperaba en su propia cama, sólo que ahora en forma de gato negro. Sí en el casto tálamo conyugal, sobre la colcha de raso azul. Allí estaba *Sultán*, recostado voluptuosamente, también todo desnudo e indecente, pasándose la lengua por lo más escandaloso. Eva pegó un chillido, espantó al gato, rompió a llorar histéricamente, indefensa ante el mundo que tocaba a su fin.

«Eso era, Sodoma y Gomorra, el arca de Noé, los pecados, el escándalo, por eso no fue a misa, por llevar un caballo desnudo entre las piernas, tesoro mío, por qué no tendré hijos, no hay derecho, hasta Bonifacia quisiera ser hombre junto a mí, me miraba como un hombre, como nunca me ha mirado Rosendo, no volveré a su taller, lucharé contra el escándalo.»

Al cabo se calmó. Tomó una cucharada del agua de azahar que le ofrecía la vieja criada asustada. Cómo iba a comprenderla, a sus años. Volvió a darse polvos; estaba horrorosa. Claro que, total, para ir a las Pías Damas... No hacía falta que la acompañaran. La Colegiata estaba bien cerca. No, que no le dijesen nada tampoco al señorito. Ya había pasado todo. Era una tontería.

Pero no lo era, pues en verdad que por entre las grietas abiertas en el suelo, como en Pompeya, había invadido Villabruna el mundo del volcán oculto. Cuando el niño desnudó al caballo con sus palabras abrió el postigo de la ciudadela y el fuego cárdeno prendió en Evangelina. Pronto comprobó aterrada que algo irreversible había ocurrido. Camino de la iglesia miró al cielo de poniente, todo arrebolado en la hora ya crepuscular. ¡Allí estaba el Desnudo Caballo, bien erguido contra el azul celeste! Parecía una gigantesca nube roja, una fantasía. Ah, pero no se desflecaba como las nubes, no se deformaba, no iba cambiando poco a poco en otra cosa. Todo lo contrario. Macizo, firme, bien silueteado, inmóvil e inconfundible, el Caballo Desnudo reinaba también en el cielo, se apoderaba de él con su roja presencia incendiada. Sus hirientes pezuñas se afianzaban sobre los tejados de toda Villabruna, sometiéndola claramente bajo su imperio. Pezuñas indudables y no cascos, que por algo la Bestia era diabólica.

Evangelina sintió helarse de pavor su corazón y a punto estuvo de arrodillarse en la acera y clamar perdón por sus pecados, y por los pecados del mundo. Pero su mismo miedo sobrenatural la impulsó a correr, a correr, a correr, cuanto se lo permitían sus botinas y su falda princesa. Corrió a refugiarse en sagrado, en el edificio de la Colegiata. Entró, recorrió los pasillos, abrió la puerta de siempre y en el umbral se detuvo, pálida y sin aliento, ante las Pías Damas.

2

LAS PÍAS DAMAS

Allí estaba congregada la junta Directiva de Pías Damas, en la salita aneja a la sacristía de la Colegiata. Doña Irenea, presidenta perpetua y maestra nacional jubilada, que dedicaba a la cofradía todas sus horas y desvelos a cambio del enaltecimiento social así logrado, muy superior al que pudo ofrecerle su difunto esposo, probo oficial del Ayuntamiento. Doña Adela, Clavera Mayor y activa esposa de don Tomás Merales, antes Tomasito, que había empezado de botones en la sucursal local de la Caja de Ahorros y acababa de alcanzar la dirección de la misma, además de destacarse entre los adictos villabrunenses al partido liberal de García Prieto. Doña Sinda (Gumersinda, en el registro civil), Contadora por derecho propio o más bien por la rápida fortuna de su marido a partir del comienzo de la guerra europea, cuyo eventual apuntalamiento de las precarias finanzas de la cofradía explicaba la presencia entre tan distinguidas damas de aquella mujer gruesa y colorada, con ostentosos dientes de oro, gruesos anillos sobre los mitones de *crochet* y una rebosante pechuga nada mitigada por los reflejos del vestido de satén salmón, con frunces delanteros en el escote. Las cuatro hermanas Avendeño, mayorcitas y solteras, todas delgadas, todas con ojos grandes e inexpresivos, todas con barbillas a lo Carlos II el Hechizado, precisamente el esclarecido monarca cuya benignidad otorgó Real Cédula fundacional a las Pías Damas, por singular privilegio. Estaban, en fin, doña Teresa y doña Ramona, señoras sin especial relieve, pero sabiamente atraídas por doña Irenea para equilibrar con eficacia las fuerzas vivas, y dos jovencitas aspirantes a Pías Damas: la sobrinita de don Ulpiano el farmacéutico y Remedios, la niña del recaudador municipal, una joven delgada y nerviosa, ávida de escuchar a señoras casadas para aumentar sus conocimientos secretos y para dar a conocer su laboriosidad y demás cualidades a las mamás de mocitos casaderos. Sólo un varón en el recinto, aunque un varón consagrado: el Consiliario de las Pías Damas, don Remigio Beléndez, que con doña Irenea gobernaba expertamente el doble timón, material y no sólo espiritual, de la selecta congregación.

Las Pías Damas, un poco extrañadas del retraso de Eva, Bibliotecaria de la inexistente biblioteca, habían al fin empezado sus deliberaciones sobre la conveniencia de una campaña para recoger fondos con destino a los gastos del culto y también a caritativas atenciones. Doña Sinda había propuesto una visita al señor alcalde y al director de la Caja de Ahorros. «A los hombres hay que ponerlos siempre en el compromiso —afirmó— y, como suele decirse, con perdón, pueden más dos tetas que dos carretas.» El señor Consiliario tosió discretamente ante el impúdico exabrupto («¡Esta doña Sinda es una bestia!» pensó para sus adentros) y doña Irenea indicó que no valía la pena visitar a un alcalde interino, cuando además se venía dando por segura una inminente crisis ministerial. Cómo estaba enterada la Presidenta, en la retirada Villabruna, de los sucesos de Madrid, era algo que intrigaba siempre al Consiliario. Para no ser menos, inició una frase sobre la índole de los rumores en general y de los políticos en particular. «Lo sé de buena tinta», insistió doña Irenea agitando la cabeza y haciendo aún más incisiva su clara fonética profesoral. «Ah, señora mía...» empezó a decir el Consiliario, dedo en alto, pero no pasó de ahí. La puerta acababa de abrirse bruscamente y en su marco apareció doña Evangelina. Don Remigio fue bajando el dedo poco a poco, en pudoroso disimulo del retórico ademán.

Estallaron las adecuadas bienvenidas. El *esprit* sobre la

toca gris perla de doña Irenea (el pompón de su ros, decía la gente, que recordaba aquel adorno desde hacía seis temporadas, con leves cambios de broche) subió y bajó como para barrer el aire en homenaje; en realidad, para escudriñar de pies a cabeza a la recién llegada. Unos cuantos cumplidos («¡qué guapa vienes hoy!», «¡ya te echábamos de menos!») revolotearon en octava alta por el cuarto, sobre el bajo continuo del señor Consiliario entonando su «ya tenemos aquí a nuestra diligente Bibliotecaria». Chascaron besos al aire y algo del distinguido color *Rachel* de Houbigant quedó adherido en las más blancas mejillas de las Avendeños, adictas a los polvos *Peca-Cura* por obvias razones de economía. Hubo rebullicio de sillas hasta que don Remigio llamó al orden: «Vamos, vamos, señoras mías, a lo que estamos.» Pero doña Irenea, la más sagaz, levantó su voz sobre la confusión:

—¿Ocurre algo, Eva?

«¡Que si ocurre algo! El caballo desnudo, *Sultán* relamiéndose, los perros, el niño con su inocencia destruida, las mariposas, el Mal en nuestra ciudad, los ochenta y un caballos desnudos del escuadrón...»

Lo soltó como pudo, no aguantaba más, se le estaba formando otra vez la bola en la garganta, pero ésta era de miedo, de ansia por emprender cualquier acción salvadora, Dios no podía consentirlo, había que impedir el escándalo, la fuente de ideas pecaminosas, la amenaza al Orden y a la paz del espíritu. Se exaltaba Eva en su afán de convencer, sobre todo de convencer a Adela, que había enarbolado ya su sonrisa compasiva tan molesta, como aquella noche en el palco. Su agitación era tan honda y sincera que, aun sin persuadir, creaba un ambiente agitado y favorable. Algunas damas iniciaron comentarios, pronto llenó el salón un cacareo de frases revoloteando como gallinas asustadas y el señor Consiliario casi las sentía posándosele en el solideo antes de reanudar el vuelo. Empezó a fastidiarle aquella histeria. Normalmente las Pías Damas resultaban agradables; eran un cambio en las tertulias de sus compañeros de coro, pero ahora se salían de madre y las interrumpió.

—Señoras, señoras, un poco de serenidad. Yo comprendo, me explico, admito, la preocupación de doña Eva por guardar la pureza de Adolfito, pero no debemos exagerar. Prudencia, prudencia. Los niños olvidan fácilmente esas inocentes impresiones que la Providencia misma consiente en su sabiduría, porque de otro modo…

—¡Huy, olvidar! —saltó una madre de ocho pimpollos—. Nada de olvidar. Y se lo cuentan unos a otros y se lo explican. Una vez, en la Alameda, había un burro. En fin, un burro… ¡que llamaba la atención, vamos! Pues había que ver los niños. ¡Qué ojos!

La risotada de doña Sinda demostró de sobra que no había que explicárselo. Recordó de pronto cómo había pescado a su Severiano cuando no era más que repartidor de la pescadería y ella moza de un figón en cuya cocina precisamente dejó de serlo. Remedios escuchaba avidísima, pero calculaba los riesgos de hablar. La sobrina de don Ulpiano fue más incauta:

—Pues yo nunca me he fijado.

—¡Yo sí! —saltó la cuarta Avendeño a impulsos de un retenido recuerdo, comprendiendo en el acto que hubiera sido mejor callarse. Su rubor alcanzó el décimo grado de la escala de Rhos. Su virginal corazoncito se desplomó, se vació lanzando a la cara toda la sangre, enrojeciendo no sólo las mejillas sino hasta la alargada y carolina barbilla. Aquello fue contagioso. La que más y la que menos imaginó con tal fuerza un caballo desnudísimo y potente, que el animal casi se percibió, corpóreo, encima de la mesa consiliar. Hasta doña Irenea cerraba los ojillos para recordar mejor y su *esprit* oscilaba más erecto. Las libidos femeninas irradiaban en aquel instante ondas de sexualidad como si quisieran justificar la discutida ley de Parker Conclin: en razón inversa de la edad y en razón directa del cuadrado de la concentración ovárica. La temperatura se elevó de manera sensible, las paredes encaladas adquirieron el rojo blanco, el cromo del Sagrado Corazón de Jesús dilató sus llamaradas mientras, en la pared opuesta, Santa Inés sonreía con más dulzura al apuesto pretor que la condenaba al martirio. El señor Consiliario percibió un vago, pero indiscutible peligro, al mismo tiempo que un picor en la calva. La mano se le fue al rascado mientras con voz insegura luchaba contra el incendio:

—Bueno, bueno —concedió—, pero así ha pasado siempre, señoras mías. No por eso hemos de ver ahora al Enemigo malo instalado en Villabruna. El Señor no puede permitirlo.

«¿No?», repuso doña Evangelina, y en la exaltación del momento contó lo que al principio no había osado decir, lo que al encontrarse en aquel santo refugio había empezado a desechar como pura fantasía, recordándoselo ahora las paredes enrojecidas por el sol poniente. Describió al caballo en el cielo, el rojo animal desnudo imponiendo sus demoníacas pezuñas sobre la ciudad. Eso había visto, sí, señora, y por eso llegó jadeando, con el alma en la boca, por eso mismo.

«Vamos a verlo», propuso beatífico y tranquilo don Remigio, dirigiéndose a la ventana, sintiéndose siempre más seguro ante los fenómenos naturales que entre las exaltaciones femeninas. Y en el mismo instante en que doña Evangelina se arrepentía de haber contado su visión celeste y se preparaba contristada para el ridículo, el señor Consiliario se quedó estupefacto ante los cristales, mientras doña Irenea se ponía sus lentes para lejos y el coro de Pías Damas soltaba exclamaciones de pavor y asombro. Varias se santiguaron; otras dejaron oír eficaces jaculatorias. Hasta a doña Adela se le borró la sonrisa. Evangelina miró también por encima de aquellas cabezas apelotonadas en torno a don Remigio y exhalando un «¡gracias, Dios mío!», cayó de rodillas. En aquel mismo instante tuvo la revelación de que su causa era justa, puesto que el cielo la corroboraba con milagrosa señal. Supo que el Mal había invadido la ciudad y que ella debía armarse de todas armas, nueva Juana de Arco, nueva Santa Bienvenida frente a los moros, para combatirla. Y tras su genuflecta expresión de gratitud se puso en pie bien firme, aprestándose a la lucha.

Porque en el cielo resaltaba, inequívoco, inmenso, llenándolo con su silueta, el Rojo Caballo Desnudo. Igual que ella le viera media hora antes, con sus pezuñas sobre la ciudad, como si ésta fuera su pedestal glorioso. Inmóvil un rato, apenas movidas por el viento las crines y la cola, todo lleno de orgullo y de diabólico poder.

—Una nube, señoras, una nube —acertó a balbucear el Consiliario a sabiendas de que no engañaba a nadie. Pero se resistía a creer en los milagros por principio, porque hoy plantean siempre complicaciones, al revés que en otros tiempos, cuando todo el mundo creía en ellos.

Nadie le hizo caso, claro. Sólo se oyeron bisbiseos de oración, murmullos de pasmo.

—Mane, Thecel, Phares —exclamó la Avendeño mayor, que siempre obtuvo las mejores notas en Historia Sagrada.

—¡Como en el Apocalipsis! —sobrepujó doña Irenea, porque ella tenía su título y el prestigio es lo primero de guardar.

El señor Consiliario, con la calva roja de rascarse, sintió entonces otra diferente comezón y salió un momento del local. Tenía que hacerlo con frecuencia, y estaba preocupado con su próstata. Acabaría por tener que operarse, y era operación doble: le daba un miedo horrible. Doña Irenea, al verle salir, torció el gesto. Don Remigio era un buen señor, y con mucho *savoir vivre*, pero cuando a la salida fuera a besarle la mano le iban a oler los dedos. Desechó sin embargo la idea (era ya automática, cada vez que él se excusaba un momento), ante lo excepcional de la visión celeste. Pues el apocalíptico y sangriento Caballo Desnudo iba desapareciendo en forma muy distinta a como suelen disiparse las nubes. En un sádico e increíble descuartizamiento perdió primero la cabeza, luego los cuartos delanteros, después el lomo y la grupa, y la roja cola. Duraron un momento, como en jactanciosa despedida, las dos patas traseras con el bajo vientre, hasta que al fin desaparecieron de golpe. Así como se escribe: de golpe. Cuando regresó el sacerdote sólo quedaba a la vista un limpio cielo azul, ya casi nocturno.

—¿Lo ven? —resplandeció—. Una nube, una simple nube.

Su voz no persuadía, y ya no hubo manera de reorganizar

aquella reunión de las Pías Damas. Se apresuró la despedida y, en la confusión, doña Irenea logró ahorrarse el besamanos. Las damas acompañaron casi todas a doña Evangelina hasta su casa, albergando confusos sentimientos de miedo, envidia, admiración, conciencia de su propia importancia como elegidas para presenciar el prodigio y orgullo de estar junto a Evangelina en aquella auténtica cruzada por el Orden y la Moral. Las más íntimas subieron a casa de la Bibliotecaria, donde tomaron té con unas gotitas de azahar, bien necesario a sus agitadas palpitaciones, corporales y espirituales. Se despacharon a su gusto en torno a una evidencia tan corroborada por el celeste signo irrefutable. Había que obrar, había que atajar de raíz el descarado escándalo de la desnudez animal.

Cuando se quedó sola, Evangelina suspiró profundamente. Sentíase salvada de sus angustias personales. ¡Qué pequeños le parecían ahora los problemas que tanto removieron su pecho cuando la música tocó aquel vals! El mundo esperaba la salvación, y la esperaba de ella. No, no había sitio en su alma para otro sentimiento que para consagrarse a tan extraordinaria misión. Si acaso, en aquel momento percibía también una sensación complementaria: el triunfo de haber convencido asimismo a Adela. Porque Adela, desde el momento en que vio en el cielo el Caballo Desnudo, ya no volvió a sonreír como solía. Más bien se puso pálida, como si la amenaza la afectara muy personalmente.

¿Por qué «personalmente»? La palabra se le había ocurrido a Eva sin razón, pero de pronto, como un rayo, la trasladó al recuerdo, que sólo ahora parecía cargarse de significado. Hacía unos días, acompañando a doña Irenea a unas caridades de las Pías Damas por el barrio del Castillo, se habían encontrado ambas con Adela, que iba allí cerca, a que le probara Desideria la corsetera, según les explicó. Al quedarse otra vez solas, doña Irenea evocó la consabida frase de «no basta ser honrada, sino que además es preciso parecerlo». Evangelina recordó que de Desideria la corsetera se murmuraba si a veces su probador no sería utilizado para más íntimas entrevistas, por lo que algunas damas rehuían su taller, a pesar de trabajar muy bien y no ser abusona en los precios.

Aquella tarde, Evangelina había rechazado en el acto el mal pensamiento. Mejor cabía explicar la conducta de Adela pensando que en sus tiempos más modestos aquella corsetera le vendría muy bien, y ahora no quería abandonarla a pesar de haber prosperado Merales en la Caja de Ahorros. Pero ahora la palidez de Adela al ver el caballo en el cielo había provocado la idea de que el presagio la afectaba personalmente. ¿Por qué «personalmente»? Como un rayo, sí, traspasó a Evangelina el recuerdo de que fue aquella misma tarde cuando, al salir de la casa menesterosa en cuyo socorro iban, doña Irenea y su acompañante vieron volver la esquina, sólo un instante, a un oficial de lanceros que les pareció Astúriz. A poco se tropezaron con Adela, sí. ¿Era efectivamente él? Evangelina no lo creyó demasiado, porque desde el baile de Carnaval en el Casino todos los oficiales se le parecían. Ahora, sin embargo...

Rechazó la duda con un estremecimiento. No era el momento de pensar en frivolidades. La requería con urgencia una misión más alta. Había que actuar cuando el cielo advertía a los creyentes. Como a Noé cuando el arca; como los ángeles cuando Sodoma y Gomorra. ¿Cuántos días le quedaban aún de tregua a Villabruna, quizá a España entera, al mundo todo?

Algo había que hacer y, lo primero, difundir el aviso. Tal como habían convenido las doce almas elegidas para el testimonio —don Remigio prefirió el silencio, ateniéndose a la prudencia de la Iglesia en tales materias—, en cuanto llegó su marido para la cena, le abordó Evangelina como estarían abordando las demás a los suyos en aquel momento. De ese modo unos cuantos caballeros importantes de la villa, en su acostumbrada tertulia nocturna del Casino, llevarían allí la nueva del suceso y empezarían a crear ambiente propicio para la lucha, adecuadamente influidos por sus esposas o sus hijas. Sobre todo por las primeras, como insistió doña Sinda, apoyándose en su teoría de las carretas y el poder del busto.

Antes de acostarse todavía aprovechó Evangelina el otro medio de difusión a su alcance, explicando el problema a la criada, pero Petra no pareció comprender la inmoralidad de la escandalosa situación, aunque asintiera con exclamaciones a las observaciones de su señora sobre los caballos, e incluso iniciase a veces comentarios basados en sus recuerdos del pueblo. Ante el riesgo de derivar a descripciones más escandalosas todavía, Evangelina cortó la conversación y se retiró a su alcoba, donde estuvo meditando sobre la forma de convencer a las clases sociales más modestas, mientras aguardaba el retorno de don Rosendo con la esperanza de que al nivel de la gente bien se mostrase más receptiva la sensibilidad moral.

Desgraciadamente, no fueron muy alentadoras las respuestas al ansioso interrogatorio a que se sometió a su marido, tan pronto como éste hubo depositado en la frente de la dama el ósculo acostumbrado. Contestó que la mayoría se había reído cuando se aludió a la indecencia de los caballos y que sólo Merales y algún otro dijeron que también habían oído algo en sus casas. Lo sentía, pero nadie le había dado importancia. La verdad era que en la tertulia se había comentado el suceso bastante más. Alguno afirmó que no le extrañaba nada la amenaza diabólica, y que tal como iban las cosas en España desde que no gobernaba Maura, cualquier día iba a caer fuego del cielo. ¿Y en Rusia —añadió otro—, y los bolcheviques? Se convino en que la moral pública andaba por los suelos, y volvieron a repetirse los rumores de que el gobierno liberal de Romanones tenía para pocas semanas. Pero el buen don Rosendo detestaba las conversaciones serias a la hora de meterse en la cama. El paseíto desde el Casino le preparaba óptimamente para coger el sueño, y si se ponían a charlar se desvelaba. Así es que se alegró de que sus evasivas provocaran el silencio de su esposa.

En efecto, Evangelina se había hundido en el silencio. Ahora comprendía mejor las dificultades de su misión, que, como para tantos santos y fundadores, estribaba mucho más en la indiferencia de los tibios que en la animadversión de los protervos. En la semiluz del cuarto, matizada por las pantallitas de tul y *macramé*, contemplaba aquello que la sociedad llamaba un hombre y que compartía su lecho desde hacía nueve años. Su insensibilidad le exasperaba y, por un momento, sintió violentísimos deseos de gritarle que no tenía ojos en la cara, que era un imbécil, como todos. Pero de golpe se le pasó la ira, por la sencilla razón de que aquel hombre, aquel objeto, le resultaba totalmente extraño.

Sí, un extraño, sacándose maniáticamente las cosas de los bolsillos, dejando sobre la cómoda el reloj, el lapicero, la cartera, el portamonedas de malla de plata, el pañuelo... Un extraño, aunque un ministro del Señor hubiese unido un día aquel cuerpo a su propia vida. Una máquina sin corazón, quitándose unas telas negras para quedarse en unas telas blancas que le embutían hasta los pies. Era grotesco recordar que presumía de hombre avanzado porque había cambiado el camisón y el gorro con borla por la camiseta y los calzoncillos largos. Porque de tales cosas había tratado a veces, casi pedagógicamente, a la hora de meterse en la cama conyugal y de comentar intimidades. No, no era con hombres así con los que lucharía contra el Enemigo, sino con hombres de verdad, generosos, impulsivos, ardientes de sentimiento.

Eva tardó mucho en dormirse. Luego, de madrugada, se despertó sudorosa y se sentó en la cama aterrada por un sueño cuyo detallado recuerdo se le escapaba, pero en el que caballos desnudos pasaban sobre ella al galope, como cosacos de *Miguel Strogoff*. Luego se habían fundido todos en un solo y gigantesco caballo, convertido después en un centauro con la cara de Víctor, es decir, del teniente Astúriz y... Lanzó un grito al recordar del todo. Se agitó don Rosendo, murmurando: «¿Te pasa algo, Evita?» ¡Qué alivio le produjeron esas palabras, al devolverla a su cuarto apacible en Villabruna! Se hubiera abrazado a su marido de no recordar a tiempo el olor a sudorcillo exhalado por la gorda camiseta moderna. Pero contestó que estaba bien y pronto volvió a escuchar los inarmónicos ronquidos del doctor en Retórica y Poética. Evangelina volvió a tenderse en la cama, pero con los ojos muy abiertos, distinguiendo vagamente la lámpara a la luz mortecina de la mariposa que ardía a los pies de Nuestra Señora del Cerro.

«Ese sueño no es mío —decidió mentalmente—, yo nunca tuve tales pensamientos; ese sueño es del Enemigo, me tienta a mí más fuerte porque sabe mi decisión de combatirle, y tampoco es mío esto que se me ocurre de pronto, que si ese bulto a mi lado se muriese ahora mismo no me importaría nada, solamente los líos para arreglar las cosas, pero es horrible pensarlo, o sentir fríamente que se piensa, señor, ayúdame, yo sin ti no soy nada, no he debido albergar esas ideas ni un segundo, qué estoy diciendo; perdóname, Rosendo mío, no tengo caridad, estoy en pecado mortal, mañana mismo a confesarme, por lo pronto un buen acto de contrición, si me muriese ahora me condenaba, qué me pasa hoy, no me dejes, Virgen del Cerro, Señor mío Jesucristo, pero si yo he vivido siempre con el alma en paz, Dios y Hombre verdadero, serena, sin problemas, Creador Padre y Redentor mío, es el demonio, esos caballos desnudos, ese escándalo, por ser Vos quien sois, pero rezar así no vale, pensando en otra cosa, no es contrición perfecta, tengo que concentrarme, y mi alma en peligro, el demonio acechando, y ese bestia roncando, ¡pobrecito mío!, perdóname, Rosendo, no sé lo que me digo, mi cabeza es una confusión, tan bien como me estaba mi sombrerito nuevo para la misa mayor, tan contenta como amanecí, y luego la tarde horrible, el inocente niño con su alma escandalizadita, el Maligno reinando en Villabruna, pero yo lucharé, te juro que lucharé, Dios mío, toma mi vida si es preciso, a cambio de la de todos, pero apiádate, sálvame de mis horribles pensamientos, sí, yo quiero a Rosendo, ayúdame ahora a concentrarme, a no pensar en eso, a sentir vivo dolor de corazón, Señor mío Jesucristo...»

3

EL CORSÉ

«Pero ¡si son las diez! —pensó doña Evangelina al despertarse al día siguiente—. ¡Qué horror!, cómo es posible, la mala noche, y Rosendo se ha ido, claro, su hora del Instituto, lunes, lo que se dice ni oírle, no es culpa mía, no estoy bien, qué sudores anoche, todo el pelo pegado, frío en el brazo sólo con sacarlo para llamar, dónde se ha metido la pera del timbre, por qué no ha venido antes la Petra, y esa pera dónde anda, no estoy aún bien despierta, y ahora no suena, sí, es que no oigo bien, estoy torpe, débil, cómo no entraste antes, mujer, las diez ya, aunque te lo mandara el señorito, aunque te dijera que no he dormido nada, anda, anda, tráeme el desayuno y me levanto, si puedo, ya veremos, pobre Rosendo, pensar así en mí, soy mala con él, siento remordimientos, pero yo qué culpa tengo, estas emociones, y luego es tan así, no se sale de sus raíles por nada del mundo, ya puede llegar el demonio, tiene piel de elefante, a él no le escandaliza por lo visto, pero si la corrupción se nota, aunque no se hubiese aparecido el caballo, si la siente una, no sé qué en el cuerpo, la bola de ayer era eso, traspasa, contagia el pecado, hasta el pobre inocente, Adolfito, vivimos en pleno escándalo, en la Roma antigua, hasta yo, que soy una ingenua, una grandísima tonta, esta confusión, el mundo es epicúreo, dice don Leonardo, qué verdad, qué pena, dan ganas de llorar, tengo de todo pero me ahogo, este poblacho, no hay distinción, no hay vida social, un baile de higos a brevas y adiós, unos valses y se acabó, comer y dormir, a los negocios, como los cerdos, puro materialismo, ni me arreglo siquiera, para qué, a Rosendo le da igual, es un poste, casada ¿y qué?, una inocente, eso es lo que soy, piensa una que casarse es algo, cambiar de vida, y total nada, para eso tanto misterio, tanto cuchicheo, ya lo comprenderás cuando te cases, niña, pues vaya una cosa, al principio sí, una novedad, curioso, ya se lo figuraba una más o menos, pero nueve años ya, no hay quien lo aguante, pero no debo decir eso, soy culpable, culpable, pero ¿de qué?, ¿por qué remordimientos?, no he faltado a mis deberes, ni tanto así, pero no puedo más, histérica, dicen eso y se quedan tan tranquilos, lo que ocurre es que soy sensible, emotiva, que tengo corazón, que soy mujer, vaya, por eso percibo el peligro, lo vi la primera, se me manifestó a mí, es que aquí sólo hay rutina, ya lo veía venir aun antes de aparecerse el Caballo, ya estaba yo fuera de mí, pero si no puedo levantarme, si estoy flojísima, claro, tengo fiebre, no hay más que verme, ¡y todo por hacer!, hablaré hoy mismo a don Leonardo, si es preciso construiremos un arca, él sí me comprende, un santo varón, y tan sabio, advertirá el peligro, salvaremos juntos a Villabruna, esta tarde iré a verle, ahora no tengo fuerzas.»

No fue necesario porque aquel día tenía don Leonardo clase de Religión y Moral en el Instituto y por don Rosendo supo que había dejado enferma a Evangelina. «Ha pasado mala noche —explicó el buen señor—, está preocupada con un problema... No sé si atreverme... Bueno, dice que los animales desnudos por la ciudad son un escándalo. Resulta algo cómico, ¿verdad?, en fin, se lo cuento a usted como director espiritual suyo, dice que su sobrino se escandalizó por un caballo, hasta sostiene que el Demonio se ha instalado en Villabruna, Dios nos libre, que ella lo vio ayer con las Pías Damas, una señal en el cielo, ya ve usted qué cosas... Por favor, don Leonardo, tranquilícela un poco cuando la vea, se lo agradeceré mucho. Lleva unos días, unas semanas, excitada, distinta, no sé qué le pasa.»

Don Leonardo no lo encontró tan cómico. Sí, le habría resultado risible al oírselo a la mayor de Avendeño aquella mañana en el confesionario. De su infancia en un pueblo segoviano, don Leonardo conservaba bastantes visiones de vida animal en celo que no le habían dejado el menor rastro escandaloso. El gallo picando a las gallinas, los perros enganchándose por la calle, los feroces maullidos en enero, incluso el verraco, el garañón o el toro en el ejercicio de sus funciones habían pasado por sus ojos sin enturbiarlos, provocando sólo curiosidad o admiración. Pero otras dos Pías Damas acudieron luego con iguales escrúpulos y, lo que era peor, sus motivos para condenar la desnudez animal eran turbios, teñidos por la envidia. Las tres, por otra parte, habían visto al rojo Caballo diabólico plantando sus pezuñas sobre la ciudad. Las tres porfiaban que no era una nube; que preguntase a don Remigio si no las creía.

Don Leonardo se encontró al consiliario de las Pías Damas en la sacristía y, en tono escéptico, dando por supuesto la obcecación de las buenas señoras, le preguntó su opinión. «Era una nube roja, sin duda alguna —contestó don Remigio—, pero llamaba la atención, llamaba la atención. Estaba tan recortada, tan precisa, tan inmóvil... Y representaba un caballo, sí, señor. Una verdadera curiosidad de la naturaleza. Cosas raras que ocurren a veces. Pero, claro, era una nube, ¡pues no faltaba más! ¿Qué otra cosa podía ser, verdad?»

Una nube, dedujo don Leonardo. Pero una nube diferente, capaz de asombrar no sólo a las Pías Damas, sino incluso al Consiliario, no precisamente un exceso de sensibilidad. Y lo más curioso fue que el propio don Leonardo, pese a su hábito infantil de los animales al natural, sufrió una impresión inesperada al pasar por la plazuela del Portillo, toda llena de sol primaveral. El herrero de la esquina golpeaba en el yunque y el tintineo se unía a las vibraciones luminosas y a los olores del jardín de los Ezcúñiga para cargar el aire de estímulos sensuales. Quizá por eso don Leonardo no pudo ver serenamente el cotidiano espectáculo de la señorita de Ezcúñiga montando a caballo para dar un paseo con su tío el comandante. Tío y sobrina cambiaron un saludo con el sacerdote y se alejaron cuesta de Villanos abajo seguidos del asistente. ¡Esas enseñanzas a señoritas en un colegio inglés! Algo se le removió dentro a don Leonardo cuando la vio a horcajadas sobre el caballo, aprisionando con sus virginales muslos aquella fuerza animal. La grupa de la joven se movía emparejada con la equina, suscitando asociaciones que el buen canónigo se apresuró a rechazar, desazonado, como cuando en el seminario se explicaba sobre ascuas el tema del animalismo, en el famoso capítulo XLIX del Boldini, entonces de texto.

«¿Por qué no montarán a la amazona —suspiró—, que es tan elegante y hace tan señora? Como la dichosa moda del velocípedo, traída de Madrid por unos pollos el verano anterior, a pesar de la advertencia de los médicos sobre los peligros del sillín para las jovencitas. ¿Qué erudito relata cómo Beatrice Cenci, al sufrir suplicio en cadalso por parricida, se negó a ponerse a horcajadas sobre un madero por razones de pudor, y se admitió su negativa? No, no es risible la desazón de doña Eva, y aunque lo fuera, nada que a ella le afecte puede dejarme indiferente, soy el responsable de su paz espiritual, desde aquellos días blanquísimos de su primera comunión, luego los virginales rubores de la doncellez, las difíciles aguas del cabo matrimonial, ¡hermosísima alma la suya!, tan pura, tan confiada, siempre con las alas tensas, delicada mariposa en la red de este mundo, en peligro constante por eso mismo, por soñadora, por idealista, ¡cuán expuesta a los riesgos que ignora!, por poco zozobra con aquel poetastro irreverente (Dios confundirá sus éxitos de ahora en ese periodicucho de Madrid), a punto estuvo el osado de llevarse la purísima perla, si yo no hubiera estado junto a ella, ¡qué hubiera sido de Evita en la Babilonia madrileña!, triste fue desengañarla y arrancar de su pecho aquel amor impuro, dolorosa labor, pero al fin triunfé, le hice ver el peligro, la salvé de la bohemia entre cómicos y poetas sensuales, al fin me oyó mi doña Evangelina, bien puedo llamarla mía con toda su pureza, yo soy su Pigmalión, ella mi Galatea, humildemente soy su lazarillo, el descubridor de su altísima valía, y con mi carne pecadora y flaca seré el puente sobre el que ella camine hacia la santidad, yo debo protegerla mientras no esté madura para tender su definitivo vuelo, ya llegará el momento, hija mía, estás predestinada, yo te lo afirmo y no me equivoco, he pastoreado muchas almas, ninguna como la tuya, hasta en tu rostro angelical se transparenta, en tus ojos, claros y límpidos, pero no te impacientes, conozco tus ansias, sufro contigo, incluso cuando te lamentas de no tener hijos, es cierto, un fruto de tu carne te calmaría, pero el ser madre de cuerpos te impediría ser madre de almas, Madre con mayúscula, Fundadora, quién sabe, dejemos esos designios al Señor, entretanto no agotes tu ternura en otro pecador más, guárdala para almas, muchas almas, cuánto me inquietaste cuando el poetastro te hizo escuchar falsas mieles, mentiras seductoras de la carne, era de temer que buscases de nuevo quién iba a ser tu ídolo siguiente, pero el cielo velaba, qué alivio cuando apareció don Rosendo, un hombre ya maduro, un verdadero padre para ti, sin locuras de la pasión, así ha resultado, la lámpara tranquila del prudente, luz que alumbra y no quema, justo lo necesario para desengañarse de la carne, para estar de vuelta de ella, para saber que no conduce a los deliquios de esas envenenadas novelas naturalistas, y luego esa providencial seguridad, saber que no te daría hijos, él quería confesártelo antes de la boda, todo un caballero, para qué, le advertí, la perderá usted, ella tan pura no comprenderá sus calaveradas, le horrorizará esa enfermedad que le dejó estéril, si quiere salvar sus escrúpulos dígaselo al padre, pero no desengañe a Evangelina, en tanto se consume el acto el matrimonio es válido, claro, usted sólo culpable de una inconsciencia juvenil, por qué no ha de gozar esposa honesta y enamorada, usted tiene derecho a un hogar, otros no tienen hijos por otras razones, ¿quién le dice a usted además que el Señor no se vale de su pasado para preservar a Evangelina de las ataduras carnales del hijo?, ¿por qué no ha de guardarla para más altas maternidades espirituales?, ¿y si además estuviera usted equivocado?, su actitud le honra mucho, pero los médicos son falibles, hable al padre si quiere, no la defraude a ella, así ocurrió, todo salió bien, por qué recuerdo ahora aquella conversación, diez años ya y parece que fue ayer, eso es, ella vuelve a preocuparme, una nueva crisis hace unas semanas, eso, desde el baile del Casino, ya no es aquel fervor, aquel equilibrio sereno, aquella docilidad de pastaflora, ahora es laxitud de ánimo, acedía, no atiende mis exhortos, se distrae de mi palabra, todos los elegidos tuvieron sequedad espiritual, sí, pero no cabe descuidarse, y esa manía desde ayer, ese caballo desnudo, en verdad me alarma, algo debe de haber en el aire, algo que su sensibilidad ha captado, de lo contrario, ¿por qué me ha chocado ver ahora a la de Ezcúñiga?, ¿y esa extraña nube que asombró incluso a don Remigio?, pues lo que tenga don Remigio de espiritualidad que me lo claven en la frente, de administración y propaganda es un águila, pero más espeso imposible, qué digo, pequé contra la caridad, quién soy yo para juzgar, algo pasa y debo andar alerta, un paso en falso y pierdo la obra de tantos años, esta tarde iré a verla, escudriñaré su alma hasta el fondo, Dios me iluminará, hallaré la verdad, desenmascararé esa añagaza diabólica si lo es, acabado el Rosario me acercaré a su casa, tendré que ponerme la otra sotana, ¡ésta anda ya tan deshilachada por las mangas!, no es decorosa para ir a casa de don Rosendo.»

Y don Leonardo llamó a casa de Evangelina al atardecer. Pero antes se había presentado doña Adela. Eva se extrañó un poco. No había acabado nunca de encajar bien con la de Merales, no le gustaba la reciente frecuentación del matrimonio con el comandante Ezcúñiga, un solterón de buen ver con pasado galante. Cuando se la anunciaron recordó también el día que la vieron yendo al probador de Dionisia, pero se sintió halagada por la visita. Una señora con tanta personalidad, bien vestida siempre, como si hubiera sido de buena casa toda su vida. No pasaban por ella los años, precisamente aquella tarde estaba arrogante como nunca. Evangelina se lo dijo, y añadió:

—Casi me da vergüenza que me veas así, tan fea, tan desarreglada. He pasado una noche fatal, y me consume no hacer nada. ¡Precisamente ahora! No me beses, que estoy horrorosa.

—No digas tonterías, mujer —atajó Adela besándola—. Lo que te pasa es que te entregas a todo. Ea, pero aquí estoy yo para animarte... y de paso para tomarme una tacita de té con esas pastas exquisitas que hace tu cocinera. A ver, Petra, cortinas arriba. Más luz, que hace una tarde espléndida.

Evangelina se echó a reír, se incorporó en la cama, se puso una preciosa mañanita de *frivolité* con pasacintas azules. Doña Adela se pasmó:

—Qué encanto, me la dejarás para copiártela, ¿no te importa? A ver si encandilo a mi marido, hija. Con el tiempo ya les ilusiona más el estuche que el contenido.

Eva se reía, admiraba la buena conversación de Adela, la cháchara íntima, quizá un poco frívola, casi picaresca, pero con tanta sabiduría de la vida y tan valiosos consejos. Como los que la visita le seguía dando:

—Todas esas angustias que me cuentas, todas esas «bolas», esos ahogos, son de no llevar el cuerpo bien sujeto. Te hace falta un corsé. ¡No porque lo necesite tu figura, que hay que ver cómo estás, mujer!, sino por higiene. Te miro así, sin nada y se me ocurre lo feliz que debe de ser Rosendo, ¿verdad que sí? No te pongas colorada; si hacéis bien. Pero un buen corsé te mantiene todas las cosas en su sitio, por fuera y por dentro, ¿comprendes? Como a las plantas jóvenes un rodrigón. A unas por jóvenes, y a otras como yo por... bueno, por maduritas. No, no me consueles. Yo era como tú, me resistía al corsé en mis buenos años, pero me he convencido, ahora si no lo llevara me sentiría casi mutilada, no sé, como un caracol sin su concha, ¡qué asco!, ¿verdad? Además, hija, la sociedad lo impone. No te incomodes conmigo, pero sin corsé una señora no parece una señora, le falta algo. Esa prestancia, esa dignidad la gente la nota, ¿sabes? Vas a una tienda y te tratan de otro modo. El corsé impone respeto, de veras, marca la diferencia de clase y ¿adónde iríamos a parar si las clases sociales se confundieran? Créeme, sin corsé yo no me siento vestida, parece que va una expuesta a cualquier cosa, a una impertinencia de cualquier artesano, qué sé yo; verdaderamente es el fundamento de nuestra sociedad. Nada, está decidido, te llevaré a mi corsetera, te quitará esas angustias mejor que un médico, me lo agradecerás y también Rosendo, ya lo creo, porque a los maridos ¡les encandila el corsé de un modo! Se arman un lío para quitártelo, ¡se ponen de un torpe!, agonizan, los pobres, y tú los dejas sufrir. Y no molestan nada, te repito; ahora ya no son de ballenas gordas, son láminas de acero, finísimas, hija, finísimas, y muy pocas, ¿quieres ver el que llevo?, no es molestia ninguna, y lo estrené anteayer, mira.

Verdaderamente, piensa Eva, esta mujer es un cromo. ¡Qué seductora, qué arte para ese estar medio vestida! Sin el traje, ni las enaguas, ni el cubrecorsé, ese corsé pajizo que lleva, con cintas y lazos malva, puntillas de lo mismo, un *bijou* como dice ella con un acento impecable, dónde lo habrá aprendido, le hace el pecho bonito, una cintura de envidia; claro, así las caderas resultan espléndidas, y luego el pantalón tan blanco, unas puntillas tan finas, y las medias malva también, no las lleva con ligas sobre la rodilla, sino hasta arriba con los sujetadores del corsé.

—Claro, boba —explicaba Adela—, ésa es otra ventaja. Las ligas acaban dejando marca y cortan la línea del muslo. Esto nada, y tan cómodo, y hasta divertido. Sí, a veces, cuando estoy sola, pensando, por encima del vestido mismo me cojo una de estas elásticas para sujetar la media, la levanto y la suelto de golpe contra la pierna, ¡hace un efecto!, así como un picorcillo, una palmadita, no sé explicarte.

Fue entonces cuando anunciaron a don Leonardo. La visita se vistió a escape, entre fingidos sofocos («mira que si me encuentra así»), aguardó a que entrase el sacerdote, le saludó un momento y se marchó deseando la mejoría de la enferma y recalcando «que estaba decidido». Quedaron solos el Pigmalión y la Galatea espirituales en sus elevadas pláticas, demasiado altas para encajar en esta modesta crónica. Baste decir que ella insistía en luchar contra el escándalo de la animalidad, mientras el sacerdote ponía de manifiesto el riesgo de enfrentamiento contra costumbres inveteradas. Ella luchaba por persuadirle cuando, de pronto, su propia fe la inspiró. Parecerá increíble a los lectores de estos incrédulos tiempos, pero así como la víspera, en la salita de las Pías Damas, Evangelina temió por un momento hacer el ridículo, ahora aceptó el reto con absoluta certidumbre.

—Se está poniendo el sol, padre —dijo—. Vaya usted al otro balcón, al del gabinete. Mire al cielo y se convencerá.

Fue don Leonardo quien esta vez tuvo miedo al fracaso, pero tanta fe resplandecía en el rostro de la dama que obedeció. Y en el balcón sintió empaparse su alma de admirativo respeto, casi de adoración fervorosa hacia aquella mujer predestinada. En el crepúsculo una enorme nube roja dibujaba la inequívoca silueta de un Caballo sobre los tejados de la ciudad. Era una nube, sin duda, pero una nube que llamaba la atención, como había dicho don Remigio.

«Señor —musitó don Leonardo—, yo no valgo más que él: Ayúdame. Pues, ¿acaso puede ser casualidad?»

4

LA TERCERA SEÑAL

La segunda aparición del Caballo Desnudo no sólo impresionó a don Leonardo, contemplándola desde el balcón de su hija espiritual, sino que fue vista por bastantes villabrunenses. Muchos la esperaban, pues las doce Damas Pías, elegidas como primeros testigos del prodigio, habían sido muy activas en su predicación de la buena nueva. Ya en la primera noche confiaron a sus varones domésticos la transmisión al Casino, además de informar a sus criadas, amén de vecindades y personas encontradas al azar. La misa mañanera del lunes, frecuentada prácticamente por todas, fue otro centro de difusión eficacísimo, pues los rumores de crisis del gabinete no solían ser tema mujeril, y no había por entonces otras cuestiones para alimentar conversaciones animadas. Pero las chicas de servir, sobre todo, hicieron llegar la presencia del Caballo en el cielo a un colectivo humano tan numeroso como diferente, pues ya no se trataba de la gente bien y sus aledaños, sino del pueblo llano. Los lecheros, panaderos y otros proveedores domésticos, los vendedores del mercado y de los establecimientos de coloniales y diversos, las autoridades menores (cinco guardias municipales más el pregonero y el alguacil), los cabos y militares sin graduación y otros ejemplares dispersos fueron teniendo noticia de la aparición ofrecida por la providencia a un selecto grupo de damas villabrunenses. La mayoría, forzoso es decirlo, reaccionó con escepticismo. «Fantasías de tu señorita», «cosas de esas viejas» o «de las tías esas», fueron los comentarios espontáneos más frecuentes, según la idiosincrasia y temperamento del oyente. Pero la curiosidad estaba aguzada y si se hubiera dispuesto de estadísticas modernas, podría haberse cifrado en un 43,6 por ciento la población mayor de nueve años que, al acercarse la puesta del sol, alzaba de cuando en cuando la cabeza en espera de no ver el fenómeno y poder reírse de las damas. Porcentaje demostrativo de que los tradicionales métodos de transmisión oral no eran demasiado inferiores, para un primer impacto, a los modernos *mass media*, empezando por el teléfono, que hasta 1925 no llegó a Villabruna, como consecuencia de la política expansiva adoptada en la materia por la dictadura, la del General Primo de Rivera.

Y, sin embargo, lo vieron, como hubiera dicho el viejo Galileo. Los más empecinados en el escepticismo pudieron como mucho descartar la cuestión insistiendo en clasificar el fenómeno como una simple nube. Una simple nube, quizá, pero una inconfundible, precisa, recortada, inequívoca silueta, permaneciendo en el cielo mucho más tiempo del que suelen esos mudables meteoros. Un Rojo Caballo Desnudo asentando sus pezuñas sobre Villabruna entera. Nadie pudo negarlo, aunque las interpretaciones fueran diversas y los sentimientos variados: asombro, pavor, duda, admiración, júbilo, inquietud. El comandante Ezcúñiga, comentándolo con su sobrina, dijo que como caballo no tenía muy buena estampa, resultando demasiado barrigón. Prudencio —o don Prudencio, según el rango de quien le hablase—, propietario del mejor establecimiento de ultramarinos, decidió arreglar sin falta al día siguiente la balanza de pesar, como en realidad era su propósito desde hacía mucho tiempo. Otros artífices se desvelaron también aquella noche con urgencias análogas, cuál pensando en reducir las enmiendas hidráulicas al vino o las malteantes al café, cuál decidiendo poner al fin en marcha aquellos expedientes dormidos en el cajón de su escritorio, cuál rememorando de pronto la mezcla correcta de arena y cemento para el hormigón. Numerosas señoras o artesanas recordaron también, súbitamente, la prometida limosna al cepillo de San Antonio cuando se perdió la llave de la bodega, el cirio de una libra cuando la tosferina del niño, o el hábito del Carmen cuando el complicado parto. Don Remigio se limitó a rascarse la calva sin grandes meditaciones: fuera lo que fuera, aquello no era de su incumbencia. Doña Irenea llegó a la irrefutable conclusión de que aquello no era, por lo menos, ni cirro, ni cúmulo, ni estrato, ni nimbo. Entrepeñas, el nuevo notario, pensó que doscientos años antes su predecesor ya estaría levantando acta para las autoridades del Santo Oficio, a fin de proceder luego en debida forma a la pesquisa de los culpables, dentro del barrio de la judería. Don Rosendo volvió a sentir una vez más la culpa que le pesaba frente a su Evangelina, alma predestinada sin duda alguna. Don Álvaro de Correntana se santiguó y dio gracias a Dios por haberse acordado al fin de Villabruna, donde la santa y pura tradición se ve cada día más corroída por los modernos paganismos materialistas: «Ahora entrarán todos por el aro —pensó—, ahora veremos lo que es bueno, y a ver qué dice a esto Romanones, con su impío gobierno ilegítimo.» Fermín Talante pensó si aquello valía una crónica para *El País*, pero no se la iban a publicar, y se dijo melancólicamente que lo único que faltaba eran apariencias de milagritos para atizar la leña reaccionaria. Cesáreo, el tabernero de las gentes avanzadas, se limitó a decirle a su hija que como la viese mirando aquellas fantasías le iba a partir la boca de una *guantá*. En cambio, dos personas que hubieran debido estar atentas a la señal se quedaron sin verla: Adela y el teniente Astúriz.

Iban demasiado ocupados ambos en sus propias palabras. En lo que cada uno decía, en lo que escuchaba al otro, y en adivinar lo que el otro había querido decir en realidad. Al mismo tiempo, necesitaban cuidar la sonrisa y la compostura, porque esta vez no se hallaban en la clandestina intimidad de la alcobita al fondo del probador de Desideria, sino caminando por las más céntricas calles de la villa. Al salir Adela de casa de Eva se había encontrado en la calle con Víctor y él le había ofrecido una atenta y respetuosa compañía hasta su casa.

—¿No es un poco extraño usted por este barrio? —había iniciado Adela, que jamás tuteaba al teniente fuera de la alcobita.

—Acabo de dejar al capitán Centano. Vive ahí a la vuelta, ya sabe usted.

—Puede que sea verdad, amigo mío, puede que lo sea.

—¿Sería usted capaz de dudar de mí?

—No, no, líbreme Dios. La verdad es la mejor manera de mentir. Sí, la más segura.

—Cuando usted lo dice... Con su experiencia...

—No, por favor, no juguemos a los corazones destrozados. Dije que eso puede ser verdad... y al mismo tiempo ser verdad también que usted no pasase ahora por casualidad... ¿Acaso no tengo razón? Además, me parece muy bien, le alabo el gusto. Es muy guapa.

—Adela...

—Sonriendo, teniente, sonriendo... Adiós, don Abel... Sonriendo; que sólo hablamos de cosas graciosas. ¿Sabe usted que está malita? Acabo de dejarla en la cama. Se había puesto una mañanita preciosa; ésa es la verdad.

—¿Está mala? ¿Qué le ocurre?

—Sensibilidad, amigo mío, exceso de sensibilidad. La pobre vive ávida de que le pase algo y se agarra al caballo desnudo como... ¿Cómo diría yo? Como una yegua. Lo natural, ¿no?

—¿Me está usted haciendo el artículo, Adela?

—Ya ve. Y luego dirán que las mujeres somos envidiosas. Pero es tan buena amiga mía, la quiero tanto... Un poquito cursi, pero ¡eso hace tan romántico!

—Lo que pasa es que ha decidido usted dejarme.

—¿Dejarle a usted? Pero ¿cuándo le he tenido?

—¡Adela! ¿Podrá usted olvidar acaso?

—Pss... Lo mismo que usted, que ha olvidado ya.

—Adela, le juro...

Claro, durante diálogos así no es posible entretenerse en captar señas celestiales. El trayecto, además, no da para tanto, y menos cuidando escrupulosamente del comportamiento ante la gente. Cuando se separan, en la puerta, tras un respetuoso y castísimo besamano, Adela ya se encierra y Astúriz continúa demasiado pensativo para mirar al cielo. La cosa no ha ido demasiado mal. Lo de Adela se está acabando y él no lo siente demasiado, atraído ya por una nueva campaña. ¡Y Evangelina sí que es un triunfo: De espada, mala, basto! Pero no olvidará a Adela más de lo necesario para gustar la próxima, no. Era una mujer muy jugosa y además ahora toma el final con inteligente resignación.

Como diría *Melampo*, el distinguido poeta del semanario local, la noche tendió su estrellado velo sobre la histórica Villabruna. Pero con ella no vino el descanso, pues no sólo bastantes conciencias sintieron un súbito prurito de meditar sobre el pasado, como se ha narrado ya, sino que muchas activaron su celo proyectándolo al futuro. Las conciencias y —pues todo debe decirse— también los cuerpos. No era doña Sinda la única mujer llena de confianza en el poderío de las exuberancias carnales, y más de una dama casada, sintiéndose también llamada a la cruzada mora, consagró las suyas aquella noche a estimular en el correspondiente cónyuge la más firme decisión de desterrar de la villa todo escándalo. Pues doña Evangelina tenía razón. El exhibicionismo zoológico era dañino, instilaba ideas pecaminosas hasta en las mentes más puras, como las infantiles, y no digamos en las castas doncellas, en las que podía alentar ilusiones exageradas o temores infundados, riesgos ambos temibles, como todo lo que se aleja de la realidad de la vida.

Esa convicción de estar haciendo el bien al estimular al guerrero —papel milenario de la mujer en la sociedad humana—, acompañada de los suspiros, grititos y retorcimientos inherentes al comportamiento en cuestión, avivaron inusitadamente actos caídos tiempo atrás en la rutina y, por otra parte, nada pecaminosos desde el momento en que fueron previamente bendecidos por la Iglesia. Los beneficiarios, todos ellos personas más o menos destacadas en la vida local, prometieron a sus animadoras luchar por la moral con el más vivo denuedo, obedeciendo en ello a dos motivos. El primero, la dificultad de negar nada en momentos tales. El segundo, la conveniencia de atajar un exhibicionismo hasta ahora no percibido, pero que, una vez señalado por el dedo infantil (si cabe decirlo así), podría conducir a penosas comparaciones entre las anatomías equinas y las humanas, pues ya se sabe que si bien el hombre goza de incontables superioridades sobre los irracionales brutos, el haber sido hecho por Dios a su imagen y semejanza no le ha favorecido precisamente en otros aspectos de innegable interés.

La noche no fue, pues, de reposo, sino de cruzada. En injusta compensación, fue más descansada que de costumbre únicamente en la Casa Nueva, o casa de doña Tadea, discretamente establecida en el barrio de la judería, allá por las callejas entre el castillo y el río. Algunos fijos fallaron aquella noche, como el señor juez municipal, por ejemplo, que después del crepúsculo se descubrió de pronto una jaqueca molestísima, capaz de impedirle asistir aquella noche a la tertulia; es decir —puesto que los lunes el Casino era un pretexto—, de complacerse en las generosas gracias de la Alfonsa, una de las más notables atracciones del establecimiento. Doña Tadea, al fin mujer de mundo y con anchísima experiencia de la vida, no se sorprendió demasiado del descenso de parroquia. Estaba enterada de todo, aunque quizá no tanto como doña Irenea (¡y líbreme el cielo de insinuar siquiera la más remota semejanza entre ambas!), y se había preocupado de mirar la segunda señal en el cielo del lunes, porque esas cosas siempre afectaban a su sensible negocio. Comprendió que algunos arrepentidos habrían vuelto aquella noche al redil hogareño, incluso con bríos de intención compensatoria, mientras otros recurrirían a la meditación sobre las Postrimerías. En cualquier caso, lo comentó filosóficamente con Talante, que bastantes noches la acompañaba por el puro placer de la conversación experimentada y sabrosa, diciéndole con el acento habanero adquirido en los comienzos de su carrera y celosamente conservado luego porque resultaba candongo:

—Ay, hijo, me parese qu'el cabayito ese nos va' jeringá, como siga saliendo.

—No te preocupes, reina —le contestó Fermín—, que esta casa merece la divisa de Lutecia: *Fluctuat, nec mérgitur*. Vamos, que acabarán volviendo.

—¿No t'animas tú, mi niño? Anda con la Trini. Eres su capricho, bien te lo sabes.

Simuló pensarlo un momento. Al fin dijo:

—Iré, por mantener el culto.

—¡Herehote! ¡Salvahe!

Es simpático, pensó doña Tadea. Lástima que no tenga plata. Claro que si la tuviera, ya no sería así. Pero ¡qué nochecita en blanco! ¿Es que no va a venir ni un triste subteniente?

Parecía como si el Caballo Desnudo, al tomar posesión de Villabruna, hubiera vuelto el mundo del revés: para los de noches agitadas vino la calma, y a la inversa. Aunque no en todos los casos. Por ejemplo, la alcoba de Evangelina permaneció inalterada, como si a ella no pudiese llegar el hálito maléfico. Casi se diría que incluso ganó en castidad, si ello es posible, pues Evangelina, tras la repetición de la señal, se sentía ajena a todo lo que no fuera su misión salvadora. Trataba de albergar sentimientos de humildad, pero no podía menos de sentirse por encima de todas las pequeñeces terrenales. Hasta se había disparado la cólera de la víspera contra su marido que, el pobre, no podía ser más de lo que era. Y quizá esos pensamientos, o el peso también de la confirmación aportada por la segunda visión del Caballo Desnudo, afectaban al ilustre profesor, que no se atrevió ni a acudir a la tertulia, manteniéndose en una actitud venerante hacia su sublime y elegida esposa, atento a todo pequeño servicio que él pudiera prestarle en su leve enfermedad.

Pero la alcoba de Evangelina fue más bien una de las pocas excepciones que confirmaron la regla del mundo al revés. Esa regla fue cumplida plenamente en casa de los Merales, por ejemplo, donde el tálamo conyugal hacía mucho tiempo que no crujía bajo los embates de la pasión erótica. Cuando Merales regresó del Casino se sorprendió —en la medida en que llegaban a sorprenderle las cosas de su mujer— al encontrarse a Adela levantada todavía y repasando unos trapos o haciendo como que los repasaba. Cambiaron unas palabras con la serenidad de la costumbre y Merales se retiró a la alcoba. Estaba ya en la cama cuando apareció su mujer y empezó a desnudarse. Algo de pronto llamó la atención del acostado indiferente.

«¡Caramba —pensó—, corsé nuevo! Ahora comprendo el esperarme; quería que yo lo notase. ¿Para qué? No pretenderá ahora... Pero le sienta de maravilla, provoca todavía, ¡tuve mucha suerte en encontrarla!, bueno tuvimos suerte los dos, pero yo desde luego; como mujer la ganan pocas, con su cuerpo y su talento hubiera nadado en brillantes, hay que ver cómo va y viene, fingiendo no acordarse de mí, presentándome cada curva, un espectáculo, hubiera podido ser querida del rey, qué talento, ¿para quién se habrá puesto así hoy?, ¿de dónde vendrá?, ¡bah!, pero qué apetitosa, ¡ya lo creo!»

«Se está encandilando —pensaba Adela—, es listo y no se le nota, pero yo lo huelo, esas cosas las huelo, es listo, no me puedo quejar, seguro está pensando para quién me he puesto así, se creerá que vengo de acostarme otra vez con Víctor, y es que la verdad es increíble, no puede imaginar que me lo he puesto para que me viera la cursi esa, porque cursi lo es como pocas, siempre la virtud es cursi, claro, ¡la virtud!, mira que llamar así a la frigidez, es tonta, que caiga con Víctor, ¡lo que me voy a reír cuando pique la muy idiota! Además, de paso me deberá una caridad porque Víctor para eso no está mal, después no dice nada, es soso, pero monta bien, vamos a ocuparnos de éste, no puedo dejar pasar los días si quiero que se lo crea.»

—¿Me ayudas? —dijo Adela en voz alta a su marido, sentándose en el borde de la cama y dándole la espalda para que le soltara los lazos de la satinada coraza—. Sigues siendo un artista —añadió sonriendo cuando él terminó—, un verdadero experto. Da una rabia... —concluyó mientras se ponía en pie para sacarse la prenda por abajo, gesto en el que sus pechos se adelantaron libre y generosamente hacia el escote de la camisa.

—¿Por qué rabia?

—Porque no tiemblas, no te aturullas. Impasible como una doncella de servicio.

—Mujer, entre nosotros...

—Muy amable: ya no te gusto... No, no, si lo comprendo. Las hay más jóvenes y más... de todo. Pero yo tenía de ti otra opinión. Bueno, la verdad es que la sigo teniendo.

—¿Cuál? —repuso el hombre, divertido espectador de lo que ocurría, incluso un poco intrigado, como ante un cirujano cuya operación no comprendemos bien, pero cuya habilidad es evidente. Y también, se dijo a sí mismo, algo encandilado por encantos indudables, acompañados —le constaba— por una técnica expertísima.

—La de que a ti te gustan tanto las mujeres, que incluso te gusta la tuya.

—Puedes seguir pensándolo, Adela, porque es así —reconoció él, aceptando el homenaje, a la vez que recordaba el mucho tiempo transcurrido desde la última vez. Tanto que el volver al redil era una novedad no menos excitante que las otras.

Ella se metió en la cama y se las arregló para llenar el aire, con sus movimientos, de efluvios excitantes. Sabía que él también olía esas cosas. Eran tal para cual, dignos uno del otro. Se sentía incluso orgullosa, y hasta un poquito sincera cuando le dijo:

—Pues si tu mujer te gusta... Porque tu mujer soy yo, ¿lo has olvidado?

Sí, era un poco sincera: se lo notaba a sí misma en la voz de garganta que le había salido. Y con júbilo notó que esa voz había hecho presa en el hombre. A pesar de oírle sólo unas palabras irónicas:

—¿Hoy lo eres? ¡Qué interesante! ¿Es que ha pasado algo? ¡No será el caballo desnudo ese!

—Y si lo fuera —repuso la mujer, coqueta—, ¿lo sentirías mucho?

—No me gusta ser conquistado —dijo muy serio el hombre—, ya lo sabes. Y esto lo tenías decidido tú, no lo niegues.

«Lo decidió el destino —pensó la mujer—. La prisa de

Leopoldo. ¡Tan impetuoso! Me cogió de sorpresa en aquel coche. ¡Si supieran los hombres cómo me pierde un coche! Y no hace falta que me lo digan los médicos: estoy embarazada de seis días. ¡Si sabré yo notarlo! Y por si acaso, hay que cubrirse.»

—No lo niego, nene, no lo niego. Es que me siento en mi cuarto de hora.

—No querrás hacerme creer que te ha dado con tu marido.

Pero ya el hombre había puesto una mano sobre un pecho.

—No seas malo. ¿Por qué me voy a privar de él?

«¿Tendrá miedo de estar embarazada? ¡Bah! —descartó pronto el problema—, la verdad es que hace tiempo estamos de acuerdo. ¿Para qué nos vamos a privar? ¿De qué puedo quejarme? ¡Ha hecho su papel! ¡Y este cuerpo tan cerca, y tantos recuerdos!»

—Oye —dijo tras una pausa—, ¿se ha pasado ya ese cuarto de hora?

—¡Huy! —rió ella—, apenas quedan ya dos minutos. Tendrás que darte prisa.

Se dio prisa. Cuando se separaron, ella se levantó un momento y desapareció en el cuarto de al lado. Al volver traía un cigarrillo encendido que puso en la boca del hombre.

—No se te ha olvidado —sonrió él, soltando una bocanada de humo.

—Me acuerdo de ti mucho más de lo que tú te figuras, ladrón —dijo Adela tendiéndose a su lado, y también era un poquito sincera. ¡Eran amores tan distintos! Los demás eran hombres. Éste, su compañero.

—Yo también —repuso el hombre, volviéndose para mirarla—. No te rías, pero a veces lamento no haberte guardado para mí solo.

«¿Dónde estaríamos ahora —pensó Adela— si no me hubieras presentado entonces al director de la Caja? Tú de chupatintas y yo de oficiala. ¡Perra vida! Pobre viejo; daba poca guerra.»

—No me río —dijo—, pero ¿de qué sirve lamentar? Lo

tuyo tampoco es fácil, y hemos subido mucho. Si no fuera así, hace tiempo que te hubiera dejado. ¡Por éstas!

«Sí —pensó Tomás—, me hubiera dejado. Querida del rey podía haber sido. Sigue conmigo, en eso no me engaña. La vida es difícil cuando se empieza como nosotros: botones de una oficina, costurera con una modista de este cochino pueblo. ¡Suerte que coincidimos, que somos libres de todas esas ataduras convencionales! A veces me asusta ser tan libres; no nos parecemos a nadie. Lobos entre borregos: eso hay que ser. O zorro y zorra; peor es ser gallina. Sí, ¿por qué vamos a privarnos uno de otro? ¡Como si hubiera dignidad en ello!»

—¿En qué piensas, cariño? —dijo la mujer notando su sonrisa.

—En el corsé. Al verlo pensé... bueno, de dónde vendrías hoy.

—De ningún sitio. ¿Lo dudas?

—No, ya me he dado cuenta... Es bonito. —Sonrió de nuevo el hombre, sin precisar a qué se refería—. No esperaba yo esto hoy, no lo esperaba.

—¿Venías preocupado?

—Rumiando. Hay novedades. Y tiene uno que anticiparse a todo.

—¿Novedades? ¿Lo dices por la nube? —se interesó la mujer. Ahora se trataba de la lucha de ambos contra el mundo.

—¡Bah! Pero tampoco hay que despreciarla. En el Casino la comentaban mucho.

—¡Fantasías de esa tonta!

La voz de la mujer hizo al hombre volverse a mirarla.

—No la puedes ver, ¿verdad?

—La odio —contestó ella serenamente, con toda objetividad.

—Comprendo. ¡Tan perfecta!... Pues sí, son fantasías. Pero en cuanto la gente se la cree, una fantasía deja de serlo.

—¿Y qué puede importarnos a nosotros?

—Ahora mismo no. Pero si cambian las cosas...

Adela se incorporó y quedó apoyada sobre un codo.

—¿Noticias de Trelles? ¿De Madrid?

—Sí. Parece que es verdad. Cae Romanones.

Adela dio un hondo suspiro. Inquirió:

—¿Maura?

—Ni siquiera Dato.

—Entonces… ¿Alhucemas? —No se atrevía a esperarlo. Eso podía suponer para su hombre la Alcaldía, que estaba en interinidad.

—Exactamente. Bueno, es lo más probable.

La mujer reflexionó. El último escalón local para pretender ser diputado. ¡En Madrid! ¡¡En Madrid!! ¡Qué horizontes! Salir del pozo asqueroso. La compensación de todo lo que habían tenido que hacer. La libertad. Respiró hondo, en silencio. El hombre continuó:

—Sería una lástima heredar ahora un problema tonto a cuenta de la nubecita.

—La olvidarán pronto.

—¿Y si mañana, por un exceso de casualidad hay otra nube roja que se parece un poco?

La mujer se inquietó por dentro. Su hombre tenía un sexto sentido, como ella para otras cosas. Riendo, a fin de animarle, dijo:

—Ya lo veremos mañana.

—Sí —repitió él—. Ya lo veremos.

Pero no lo vieron. Nadie pudo ver al Caballo Desnudo, porque al atardecer se cubrió el cielo de nubes. Un extraño techo gris como de tormenta sin estallar. Todo el martes la villa entera en espera del crepúsculo, para estrellarse al fin contra aquel telón de nubes. Nadie pudo comprobar si más allá, en la bóveda, apareció o no la tercera señal.

5

EL ESCÁNDALO DE LA GLORIETA

No, nadie pudo comprobarlo. ¡Tantos ojos clavados en la gris cortina de nubes, para no conseguir nada! Hubo un par de relámpagos; algunos remolinos de polvo: ¿fueron manifestación demoníaca? Pobre y pequeña, en todo caso. No resolvía la duda de si el Rojo Caballo Desnudo se había materializado o no, por tercera vez, en la bóveda celeste.

La prueba quedó así mutilada, pues sabido es que dos es un número mucho menos mágico que tres. El tres ya es por sí solo casi santo: la Trinidad, los triduos. Nadie ha oído hablar de cultos de dos días. Ahora bien, tampoco había contraprueba. Imposible afirmar la inexistencia de la tercera señal. Imposible negar la posibilidad de triduo.

Ahí estaba el problema, el candentísimo problema debatido apasionadamente por la noche, en la tertulia casinesca. Dos bandos combatieron con viveza, intérpretes ambos de la voluntad del Señor. Dios ha sustituido el Caballo por las extrañas nubes para mostrarnos la variedad de sus señales, afirmaban unos, y para anunciarnos la negra tormenta que ha de seguir al imperio nefasto del Caballo. Dios no ha querido regalarnos la fe, decían los otros; ha nublado el cielo para que pongamos algo de nuestra parte en la salvación de Villabruna. La fe es precisamente eso: creer lo que *no* vemos. ¡Pues no sería poco fácil dárnoslo todo hecho en una prueba absoluta! ¿Dónde estaría entonces el mérito? Y la argumentación se apuntalaba con toda la refinada teología de la gracia necesaria y la gracia suficiente, etc. Porque, naturalmente, quienes sostenían que las nubes fueron simple acumulación de vapores propia de la estación, ajena por completo a las preocupaciones en el debate, sólo merecían el desprecio y el odio de los dos bandos contendientes. Por otra parte, sólo eran dos quienes así pensaban: Talante, el periodista, y el comandante Ezcúñiga. ¡Ah!, y Blas, el camarero, partidario de Pi y Margall. Pero, naturalmente, Blas no intervenía jamás. Era el mudo pueblo, que no cuenta.

Al final de la noche las espadas continuaban en alto. Caballunos y anticaballunos habían repetido mil veces sus argumentos sin convencer ni rendirse. ¿Fue en aquella sudorosa sesión donde los escépticos acuñaron el mote de «morrales» para los obsesionados con la moral animal, y donde éstos empezaron a llamar a los otros «libertinos»? En cualquier caso, ambos motes empezaron a utilizarse desde aquella primera semana.

A su regreso al hogar, donde se encontró a Evangelina rezando, el bueno de don Rosendo no pudo sino transmitirle la división de opiniones, con el escepticismo del periodista y del comandante. Esto último dolió a la dama: era completamente impropio de un bizarro militar y privaba a la obra del peso inherente siempre a la opinión de la primera autoridad castrense, cuya jurisdicción, además, se extendía a casi las nueve décimas del censo caballar de Villabruna, concentrado en el escuadrón de lanceros para el servicio semoviente de la patria.

Le dolió, pero no la desanimó. Estaba preparada para todas las frialdades. Su fe era inquebrantable. Dios no había querido mostrar la tercera señal quizá para impedir que ella se envaneciera demasiado. Hizo, por lo tanto, un sincero acto de humildad y llegó a la conclusión de que la idea misma de no haber señal para prevenir su soberbia era ya demasiado orgullosa. No, ella no contaba para Dios más de lo que cualquier otro instrumento de su providencia. La señal había sido escamoteada para probar la fe de los hombres. Y el telón de nubes era justamente el margen de incertidumbre, el asidero que a unos les serviría para creer y la excusa que otros se darían a sí mismos para rechazar el aviso divino. En suma, la obra seguía por realizar y ella no podía continuar inactiva. Se encontraba mejor; al día siguiente saldría a la calle, empezaría sus gestiones. Era urgente saber si, por lo menos, don Leonardo creía. Era un hombre tan sabio, la había siempre guiado tan bien... No podía fallarle ahora.

Sí, don Leonardo creía: se lo dijo a la dama a la mañana siguiente. Creía no sólo haber visto la nube por sí mismo, sino sobre todo por la fe que percibió en los ojos de Eva cuando le ordenó ir al balcón. Aquellos ojos claros y bellos estaban seguros, *sabían* por anticipado. Pues bien, tal seguridad no cabe en las frágiles criaturas humanas si no es por inspiración y aliento de una más alta Sabiduría. Evangelina sintió tal alivio que se le llenaron los ojos (bellos, ya lo hemos dicho) de lágrimas y, cogiendo impulsivamente la mano del sacerdote, la llevó a sus labios con fervor, disipando así hasta la más mínima duda de don Leonardo, cuyo pecho quedó lleno de convicción. Don Leonardo creía, pero él mismo la convenció de que no debía salir al día siguiente, sino, por el contrario, consolidar bien sus fuerzas antes de la dura lucha que la esperaba, que a todos —subrayó— nos esperaba.

La dama obedeció tan caritativo consejo, y se resignó a guardar casa, sufriendo como avecilla en su jaula. Por eso la llegada de Adela por la tarde le dio una idea. Porque Adela atacó el problema desde su misma entrada. Venía de la iglesia, de rezar por todos —su vestido negro de satén con drapeados de terciopelo era precioso—, de orar por Villabruna, de pedir que el mundo se rindiera a la visión de Evangelina, la única que había merecido la más anticipada señal.

—¿Que si creo? —dijo, escandalizada por la duda—. ¡Pero si lo vi yo misma, con todas! ¡Si se me heló el corazón de temor! ¡Si no pienso en otra cosa desde el domingo! Además, ¿cómo puedo imaginar que tú te engañes en algo así? ¡Precisamente tú! —concluyó juntando las manos y elevando la mirada al cielo.

Evangelina negó, toda ruborosa, el último argumento,

pero se sintió confortadísima por la evidente fe de Adela. La convicción de aquella mujer era ya toda una prueba por sí sola y por eso decidió confiarse a ella encargándole la misión de persuadir a Ezcúñiga. Ella conquistaría al comandante. Adela se alarmó. ¿Sospecharía la gente algo? ¿Habría cometido alguna imprudencia?

—¿Quién, yo? ¡Pobre de mí! ¿Cómo puedo influir en él?

—Mujer, es amigo vuestro.

—Eso es verdad, se ve con Tomás frecuentemente y a veces los acompaño. ¡Como el pobre es soltero! Pero ¿influencia yo? ¡Qué disparate! Además, no puedes imaginarte lo testarudo que es. Como se le meta una cosa en la cabeza, la lleva adelante, puedo asegurártelo.

Evangelina aportó sus razones. En primer lugar, el comandante no negaba, sino que, por decirlo así, solamente se había abstenido en el debate. Por otra parte, su apoyo era decisivo. Si se quería acabar con el escandaloso exhibicionismo animal, era preciso lograrlo también en los caballos del Ejército, y si el jefe del escuadrón destacado en Villabruna se negaba, todo habría fracasado. Además, claro que Adela tendría más influencia de la que se suponía. ¿Quién iba a negárselo en algo que, por otra parte, era tan decoroso pedir?

Así se fueron engranando las cosas de manera que el viernes por la tarde el comandante Ezcúñiga se apeó de su caballo a la puerta de la casa de los Merales, dejando el corcel al cuidado de su asistente Agapito. El director de la Caja de Ahorros había acordado con su mujer la conveniencia de la entrevista. Ezcúñiga era conservador y un tío suyo era senador vitalicio. Estrechar lazos siempre vendría bien. El simple hecho de que aceptase la invitación a tomar café, a los ojos, por decirlo así, de toda la ciudad, era ya una promoción social. Así es que le hizo los honores, en unión de Adela, con una distinción que el comandante sólo creía posible en gentes de abolengo. Por eso se asombró aún más cuando el dueño de la casa, sacando del chaleco su cronómetro, se excusó por dejarle para un asunto financiero. «No da la sensación de ser tan tonto —pensó el comandante—, ni tampoco tan cínico. ¿Qué es esto?» Pero echando, como siempre, pelillos a la mar, según su solución favorita de los problemas, se apoderó de la mano de Adela tan pronto como desapareció el marido.

—¡Por Dios, Leopoldo, aquí no!

—Pero, Adelita, esto es entonces peor que no verte. ¡El suplicio de Tántalo, ángel mío!

—No, no, un poco de formalidad. Te he llamado para hablar de un asunto serio.

—¿Más serio que lo nuestro?

La precaria e incómoda posesión de Adela, diez días antes, en el coche que le había enviado para dar un paseo hasta la Quinta y con el que, mediante una bien planeada casualidad, se había cruzado él en su solitario paseo a caballo, no había saciado ni mucho menos el encaprichamiento viril por aquella mujer. Le quedaba mucho por conocer en ella, y ésta era la primera vez que la veía a solas desde entonces. Imaginaba, además, dos o tres puertas más allá, pasillo adelante en aquella casa desconocida, la alcoba llena del aire de la dama y también —y eso completaba las especias de la salsa— salpicada de objetos y recuerdos del marido. Todos esos acicates le hacían comportarse con verdadera imprudencia. Pero Adela sabía manejar tales situaciones y consiguió transmitirle los deseos y los argumentos de Evangelina. El comandante apenas la dejó hablar:

—¿Cómo no voy a creer en lo que sea si usted me lo pide? —interrumpió impulsivo—. ¿Qué quieren, moralidad? ¡Pues viva la moral! Pondré taparrabos a los caballos, ¡los castraré si hace falta! Bueno, los pocos que ya no lo estén, porque no se crea esa señora que ahí todos son padres… ¡Aviados estaríamos! Sí, Adela, usted dispone hasta de mis creencias. Pero no crea que se va a burlar de mí —concluyó volviendo a su acoso.

Aspaventó la dama, en un gesto que descubrió más de un poco de su tobillo. ¿Cómo podía dudar él después de la prueba de amor que había recibido? ¡Ay, había estado loca la otra tarde! El comandante se arrodilló y besó aquel tobillo y hubiera seguido besando pierna arriba de no ser por los sonoros pasos de la doméstica, para retirar el servicio. Cuando se llevó la bandeja, el comandante miró a Adela, todo coloradas las mejillas alrededor del enhiesto bigote.

—No, no se burlará usted. Sépalo bien: la mujer que me arrebata como usted me arrebata, no puede ser más que mía. No consiento otra cosa.

Ella se declaró ofendida y él dio explicaciones. No, no aludía al marido, cuyos sacrosantos derechos él era el primero en respetar, sino a otro. A otro que... al fin soltó el nombre. Vaya, él era muy franco. Alguien le había dicho que ella miraba con buenos ojos a un oficial del escuadrón, al teniente Astúriz.

Dignísima, imperiosa, se levantó de su silla la dama y se alejó hasta el balcón. Desde allí, con voz turbada por las lágrimas asomadas a sus ojos ambarinos, rogó al comandante que abandonase inmediatamente aquella honrada casa. Ezcúñiga, turbado ante tan viva imagen de la dignidad ofendida, empezó a disculparse. Adela no le dejó seguir:

—Basta, basta, ya ha dicho usted bastante. Ahora veo por quién me toma. Usted, caballero, me cree capaz de... de mirar con buenos ojos, ¡sí, sí ésas fueron sus palabras!, a quien sea y, al mismo tiempo, dar a usted la prueba de... caer en la debilidad del otro día... ¡Ay, Dios mío, qué tristeza ser mujer; cómo se abusa de nuestra fragilidad para después reprochárnosla!

La emoción cortó las palabras y el pañuelito de encaje voló activísimo de uno a otro lagrimal. Ezcúñiga estaba aterrado. En toda su larga vida de aventuras no había metido jamás la pata de una manera semejante. No sabía si atender a su furia contra sí mismo o al dolor justificadísimo de aquella pobre mujer enamorada. Al fin habló la dama otra vez:

—Por favor, márchese. No abuse de mí, no quiera encima recrearse con mis lágrimas...

—Por Dios, Adela —suspiró el comandante en un ronquido desgarrado—, ¡perdóneme, perdóneme!

—Le perdono, sí; ¿cómo no voy a perdonarle si le amo? Los hombres son así, ya lo sé. Pero déjeme, olvídese de mí, olvídese de esta pobre víctima suya, de este corazón destrozado.

El comandante se acercó a ella e inició las más ardorosas protestas. Todas verbales, naturalmente, porque la proximidad al balcón, cuidadosamente planeada por Adela, le impedía cualquier gesto expresivo, susceptible de ser visto desde fuera. Allí juró y perjuró, allí se rindió con armas y bagajes, allí prometió una vida entera de penitencia y adoración completa, hasta conseguir de nuevo los favores sólo una vez gustados en la incómoda estrechez de la berlina. Allí explicó que sus palabras no se debían sino a los celos, sí, señora, a los celos, ¿qué más prueba de amor puede darse? Allí la dama fue calmándose; allí se reiteró inocente de la vil sospecha y reveló al caballero que la oía —exigiéndole silencio bajo palabra de honor y sólo para justificarse definitivamente ante sus ojos— que, bajo apariencia de solicitarla a ella, el oficial mencionado tenía puestos en realidad sus deseos sobre otra persona. Allí se negó enérgicamente a dar el nombre de esa persona, y sólo acosada por las nuevas incredulidades del comandante —que las fingió para acabar de enterarse— cedió ella una vez más y, contra su voluntad —bien lo sabía el cielo, se excusó— declaró que a quien amaba el teniente era a Evangelina.

La nueva dejó estupefacto al comandante. ¡Eva! Aquello era increíble. Por supuesto —se apresuró a explicar Adela—, Eva no le había concedido el más mínimo favor; había sido más fuerte, ¡ay!, que otras. «Pero Astúriz no puede ser tan iluso como para esperar nada de esa mujer», arguyó el comandante. «Hay hombres que aman aun sin esperanza, con el alma tan sólo», reprochó dulcemente Adela. Y, en fin, puesto que el comandante dudaba, ella se comprometía a demostrárselo. Bastaría que un día convenido saliese Adela con su amiga y ellos dos se hicieran los encontradizos. En cuanto el comandante viera el comportamiento del teniente, se borrarían sus dudas. Así creería de una vez en ella, en Adela, que en su sufrimiento por esas dudas del hombre a quien había tenido la flaqueza de rendirse encontraba el justo castigo a su debilidad.

Nuevas protestas de fe y arrepentimiento del comandante, a quien ya parecía difícil frenar, ni siquiera con la proximidad de las transparentes cristaleras: ¡tanto era su deseo de dar cumplidas pruebas de amor! Pero no podía ni mucho menos mostrarse exigente después del lamentable error cometido, y la señora de la casa consiguió al fin que partiera, quedando razonablemente complacida del curso de los acontecimientos. Podía haber sido más difícil. En cualquier caso, nunca hubiera consentido ceder en su casa; jamás había traspasado esa línea su firme noción del respeto conyugal. Merales lo sabía de sobra cuando los dejó solos, aun cuando nunca hubiera hablado de eso el matrimonio, como tampoco de otras cuestiones conexas.

Bien ajena estaba Adela a que, mientras ella imponía así las normas de la moral a un apasionado impaciente, otra mujer de Villabruna era menos afortunada o menos hábil y se convertía en protagonista de lo que por entonces recibió el nombre de «el escándalo de la Glorieta». Al día siguiente trajo la noticia puntualmente el semanario local, *El Eco de Villabruna*, que por una vez logró estar de actualidad, pues por lo común las cosas ocurrían a fin de semana, y no podía darlas más que cuando todo el mundo ya las conocía. Toda la segunda página —la primera hubiera sido poco delicado— venía consagrada al suceso, con una jugosa acumulación de detalles que, aun cuando muy sugestivos, velaban pudorosamente lo principal, como correspondía al buen gusto de los redactores.

El suceso era, sin duda alguna, de la mayor gravedad, y hacía falta remontarse a la fuga de la señorita de Roldáñez, tres años atrás, para encontrar precedentes. Como no es nuestro propósito entrar en detalles de algo en sí mismo ajeno a nuestro moralizante relato, bastará decir que en la Glorieta del Mirador, al amparo de un seto de evónimos y en lugar escasamente concurrido, fue hallada una pareja de enamorados en condiciones por completo inaceptables para el probo guardia jurado en funciones. Consecuencia reglamentaria ineludible fue la conducción de los escandalosos al puesto de vigilancia del Ayuntamiento. Añadamos que, aun sin pertenecer a las clases más altas de la sociedad, el rango de la inculpada era suficiente como para agravar un hecho ya bastante salpimentado por las circunstancias que empañarían el nombre inmaculado de una hoy honestísima abuela de familia, lustre y prez de Villabruna.

No, no caigamos en complacencias ante tales salacidades. Lo que importa a los fines moralizantes de esta historia es el contenido de los autorizados comentarios de *El Eco de Villabruna*. En efecto, el editorial de primera plana, bajo título de «Los eternos valores morales», comenzaba evocando el precedente ya aludido y continuaba así:

«Recordemos, sin embargo, que en aquella ocasión, hace tres años, el suceso pudo encontrar alguna explicación, siquiera psicológica, por el trastorno que en tantos espíritus introdujo el comienzo del calamitoso conflicto bélico en que se debate todavía Europa. El pistoletazo magnicida de Sarajevo y sus dolorosísimas consecuencias pudieron, en efecto, desequilibrar la normal percepción de los eternos valores morales. De ello hubo más de un ejemplo, y el recuerdo es oportuno porque quizá nos hallemos hoy ante otro ambiente deletéreo muy capaz de inficionar las conciencias menos sólidas. En este semanario, entre la indiferencia de muchos, venimos lamentándonos hace años de que el lugar más bello y poético de nuestro parque continúe presidido por la estatua pagana de un fauno, cuya excitante significación —reforzado por ciertos naturalistas detalles escultóricos— no puede menos de influir en las imaginaciones. En vano se alegará que se trata de una obra de arte, donación además del cardenal Venegas, uno de los más preclaros hijos de la villa. Pero aparte de que hoy ya no vivimos en el descreído siglo XVIII, en el que fue posible nada menos que la expulsión de los jesuitas, la calidad estética podrá justificar la custodia en un museo, mas no la desaforada exhibición en un parque público, presidiendo los juegos de los niños y los inocentes recreos de nuestro culto vecindario. Consecuentes con esa tenaz campaña nuestra (si bien por ahora infructuosa ante esteticismos mal entendidos), hemos hoy de alzar nuevamente el pendón de la moral en pro de otra tarea a la que nos invita no ya nuestra libérrima reflexión espontánea, ni aun siquiera la voz de nuestra conciencia, sino un grito más alto e ineludible: ¡un signo de lo alto! Verdaderamente, si la repetición por dos veces de una milagrosa aparición y quizá incluso por tres veces, no basta a sacudir la amodorrada sensibilidad de las gentes todavía empedernidas, no podremos luego quejarnos del destino que la Divina Providencia se digne hacer caer —quizá como lluvia de fuego— sobre Villabruna.»

Como muestra ese párrafo, *El Eco* tomaba claro partido en la batalla empeñada. Y aunque, con objetiva prudencia, no afirmaba ni negaba la existencia de una tercera señal, presentaba el escándalo de la Glorieta como una dolorosa, si que también irrefutable prueba de que la inmoralidad más relajada había implantado sus hendidas pezuñas demoníacas sobre Villabruna. «¡Qué importa, pues —concluía el inspirado editorialista—, que el pasado martes se dibujara o no en el cielo, por tercera vez, otro caballo rojo, más allá del nublado telón! Incluso podían haber faltado los caballos que en los dos días anteriores fueron inequívocamente vistos por los más autorizados testigos. Pues lo que importa, y lo que sólo se atreverán a negar los irresponsables o los cínicos, es la existencia del escándalo en el ambiente de nuestra villa. En efecto, cuando una libertina pareja llega a tales extremos como el de conculcar, en pleno día, las sagradas leyes de la decencia, acatadas hasta por los más remotos y salvajes pueblos, sólo queda estampar en estas páginas la tremenda sentencia de Shakespeare: ¡Algo huele a podrido en Dinamarca!»

Tras ese apóstrofe vibrante, que don Álvaro de Correntana leyó tres veces en la fiebre de su entusiasmo, el periódico requería el clarín de las batallas y convocaba a la villa entera a participar en la cruzada moralizante en la que según sabía *El Eco* de buena tinta, estaban ya empeñadas algunas de las más ilustres personalidades de la ciudad, tanto en el campo de la religión como en el de las letras, cuanto en el de la virtud femenina. Y, por si era insuficiente esta última y delicada alusión, *El Eco* se alistaba decidido bajo la bandera moral de

Evangelina con la siguiente décima, firmada por *Acteón* y que todos los suscriptores del semanario devoraron aquella sabática mañana:

LA SEÑAL

E ra la tarde indecisa,
V iraba a violeta el cielo.
A tajó entonces su vuelo
N ube púrpura y precisa,
G ermen de llanto y de duelo.
Era el CABALLO DESNUDO,
L ucifer, odioso y rudo,
I ntrigando contra el hombre.
¡N o vencerá! Es un escudo,
A mparándonos, tu nombre.

Acteón

El lector podrá tener todas las reservas que quiera —y en ello le acompañamos, aun a nuestro pesar— sobre la calidad poética de la décima. Pero si lee verticalmente las iniciales de los versos descubrirá la dedicación personal del poema y apreciará al mismo tiempo las exquisiteces líricas de los tiempos dels vals-boston y las faldas *entravées*.

6

ACTEÓN Y LA REINA DEL AUSTRO

El escándalo de la Glorieta, por sí solo, hubiera alimentado interminables conversaciones durante mucho tiempo, pues no abundaban oportunidades semejantes para que cada cual luciese la rectitud de sus principios morales, lo detallado de su muy particular información sobre el suceso, o la comprensión dictada por su acendrada caridad. Siempre cabía recurrir, claro está, al tema de la guerra europea, pero los avances y retrocesos de los ejércitos habían terminado por hacerse monótonos y algunos caballeros temían incluso no tener sus mapas exactamente al día. En suma, habían pasado los tiempos del encarnizamiento aliadófilo o germanófilo —al menos en Villabruna— y, por otra parte, la guerra era poco apta para conversación de señoras. Cierto que esta selecta mitad del género humano podía sacar a relucir los abastecimientos y los precios, pero las principales damas temían dar con ello la impresión de inquietarse demasiado por pequeñeces monetarias. Por eso, un escándalo sustancioso era un verdadero maná para las reuniones languidecientes.

Ahora bien, no sólo se disfrutaba de un escándalo. Aquel número de *El Eco* aportaba mucho más que un tema: ofrecía un derroche de inspiraciones. Porque el editorial combinaba el suceso concreto con la cuestión general del escándalo y la inmoralidad, así como con algo tan polémico y debatible como la señal celeste vista por las Pías Damas primero y por tanta gente después. Por si todo ello fuera poco, la colaboración poética de *Acteón* brindaba a las tertulias lo mejor para estimular el interés: un misterio. Por eso se concentraron en este último punto los sagaces ingenios villabrunenses.

Lo curioso es que al principio nadie se dio cuenta. Los primeros lectores escudriñaron a fondo el editorial y las noticias del escándalo, pasando por alto la colaboración poética, que supusieron fruto del estro de *Melampo* (José Pérez Cuchillo, oficial del Ayuntamiento en la prosaica vida cotidiana), pues aunque algunos percibiesen la diferencia de firma, la tomaron por un nuevo seudónimo del mismo vate, ya que suponer dos poetas en Villabruna era demasiado esperar de la cultura local. Fue el propio *Melampo* quien reforzó el enigma aquella misma tarde en la barbería, al asegurar que la décima no era suya. Su interlocutor, estupefacto, preguntó entonces quién era *Acteón*.

—No lo sé —repuso *Melampo*—. Ha sido una colaboración espontánea.

—¿Que no lo sabes y diriges *El Eco*?

—No lo sé. Llegó el jueves, a punto de cerrar. Nos faltaba un hueco en la penúltima, me pareció admisible y la publiqué.

—Pero ¿no comprendiste cuánta miga tenía?

—¿Te refieres al nombre formado por las primeras letras? ¡Claro, hombre! —Y el gesto de superioridad de *Melampo* casi parecía ofendido por suponerse que tal detalle pudiera pasar inadvertido a persona tan ducha en arte poética.

La barbería entera se apasionó en el acto por la cuestión. Poco se puso en claro: simplemente que alguien, con el extraño seudónimo de *Acteón*, había compuesto una décima declarándose creyente en la celeste señal del Caballo Desnudo y, sobre todo, dedicando secretamente su poema a la señora de Gomínez. La misteriosa novedad se difundió como la pólvora. «¿Quién es *Acteón*?» Ésa era la pregunta que todo el mundo se hacía aquella noche, entre la gente bien de Villabruna.

Las cábalas fueron tantas como para no poderlas reproducir aquí. Los datos acotaban muy estrechamente la identidad del ignorado vate. Sólo con exigirle que fuera capaz de rimar algo, y que tuviese noticia de *Acteón* —es decir, poseyese alguna erudición en mitología clásica—, se reducían a poquísimas personas los posibles autores, pues era difícil pensar en alguien de otra ciudad —hipótesis explorada en el casino por algún contertulio— dado el brevísimo tiempo transcurrido entre las apariciones celestes y la llegada de la poesía a *El Eco*. Por otra parte, hubiera tenido que desplazarse, pues el sobre no había llegado en el correo. Fue echado por debajo de la puerta en la mañana del jueves.

—Pero ¿quién es *Acteón*, vamos a ver? —preguntó de pronto Ezcúñiga.

—Eso es lo que no sabemos.

—No, si digo el que llevaba de verdad el nombre, no el autor de los versos.

—¡Ah! —explicó el propio don Rosendo, insuperable autoridad en la materia—. Según la mitología era un cazador al que Artemis, o Diana (como es más conocida hoy entre nosotros), convirtió en ciervo.

—¡Caracoles! —comentó Ezcúñiga—. En mi vida había oído ese cuento.

—Ovidio lo relata en sus *Metamorfosis* —añadió don Rosendo, ufano de poder ilustrar al auditorio.

—Un cazador... y en ciervo —meditó el comandante. Y pensando en ciertas características cervunas y asociándolas con algo recientemente oído, exclamó de pronto—: Oiga, Gomínez, ¿no será usted el autor, por casualidad?

Gomínez se quedó desconcertado y, además, molesto. Tuvo la sensación de que algo en esa hipótesis resultaba ofensivo.

—¿Yo? ¡Qué disparate! Sería ridículo, versos yo, a mi esposa, así, no sé, con un seudónimo...

Titubeaba, sin encontrar el argumento contundente para el caso. Por fortuna, la hipótesis no halló eco. Para nadie encajaba aquello con la idiosincrasia de don Rosendo y, ante tanta opinión adversa, el comandante se batió en retirada.

Entonces, ¿quién? Talante aventuró una hipótesis audaz. El autor sería, según él, don Leonardo de la Hoz, muy capaz de rimar y versado en mitología. La idea fue objeto de indignada repulsa. Era para todos una verdadera irreverencia, aunque Talante preguntara por qué. La desazón interior de don Rosendo subió de punto; los dichosos versitos se le estaban clavando en la boca del estómago, por delicada que fuera la alusión a su mujer. ¡Si hubiera sido de *Melampo*! Pues *Melampo* había dedicado acrósticos a todas las damas de la villa, incluso a la propia Evangelina, en homenajes admitidos y decorosos. Pero ¡un desconocido! Por eso lanzó la idea de que fuese el autor el propio *Melampo*, atribuyéndose nuevo seudónimo con ánimo de excitar el interés o por otra razón cualquiera. Su negativa podía ser fingida y natural.

A falta de mejor alternativa, ésa era la opinión dominante a la mañana siguiente, cuando el señor notario reavivó el tema entre los grupos que aguardaban la hora de la misa mayor a la puerta de la Colegiata. Pero alguien llegó entonces con otra bomba más potente: la del sermón del padre Pelagio, en la misa de ocho en los padres teatinos. Un extraño y durísimo sermón contra la inmoralidad de Villabruna, exhortando a una penitencia general antes que Dios enviara un castigo por tantos pecados.

—¿Por qué dice usted que fue un sermón extraño? —intervino don Álvaro de Correntana, que, como todo el mundo sabía, practicaba un régimen de tres misas por domingo, incluyendo en ellas las de los teatinos—. ¿Se puede saber por qué, señor mío?

Y ante el silencio de su interlocutor, don Álvaro reprodujo para sus oyentes los principales pasajes de la «arrebatada oratoria» (así la calificó) del padre Pelagio.

—Ha estado como nunca. Magistral, verdaderamente magistral. Como en los tiempos de Trento, estoy seguro; como entonces. Su tema fue el escándalo; empezó citando aquello de San Marcos, lo de «cualquiera que escandalizase a uno de estos pequeñuelos, más le valiera atarse una piedra de molino al cuello y echarse a la mar». Ni más ni menos. No se andaba con chiquitas el Evangelista, no. ¡Qué fuego, qué inspiración! Y el padre Pelagio dio el texto entero: «Si tu mano te escandalizase, córtala; y si tu pie te pidiere ocasión de caer, córtalo; y si tu ojo fuera puerta de pecado, sácalo: mejor te es entrar en el reino de los cielos con un ojo que, teniendo los dos, ser arrojado en el infierno, donde el fuego nunca es apagado»... ¡Qué trémolos de voz, qué poderosa gesticulación de brazos! Les digo a ustedes que hacía pensar en la Iglesia eterna, y además...

—Pero ¿qué dijo? —aventuró alguien tímidamente.

—La inmoralidad, ¿le parece a usted poco? Habló de la inmoralidad en esta villa, y eso no hay quien me lo discuta. Habló de todo. Fíjese: por ejemplo, del parque zoológico.

El preguntador miró asombrado a don Álvaro. Sí, en un rincón de la Alameda había unas cuantas jaulas pomposamente llamadas «Colección Zoológica» y que la gente apodaba el «rincón de los bichos», procurando no acercarse para evitar el olor desagradable. ¿Qué podía tener aquello de inmoral? Don Álvaro por poco le desafió al oír la pregunta.

—¿Ha visto usted a los macacos? —rugió ferozmente—. Eso mismo preguntó tronando el padre Pelagio. Esos macacos, que las criadas van a contemplar llevando allí a los niños de las mejores familias de la villa. Esos macacos lúbricos, y sus traseros azules y colorados... ¡No me haga usted describir, señor mío, no me haga usted describir!

Sí, el padre Pelagio había hablado del zoológico; había dicho que el demonio quería convertir a Villabruna en una selva virgen («¡sí, sí, virgen!», intercaló sardónico don Álvaro); que el escándalo de la Glorieta no era más que el primero de una sociedad relajada, corrompida hasta las entrañas, hedionda como una llaga reventando de pus; que ya podían echarse a temblar los padres que tenían hijas; que sólo podía salvarnos una misión teatina seguida de pública penitencia por las calles; una reparación de los robos de la villa a la Santa Madre Iglesia; sí, los robos, las nefandas desamortizaciones del pasado siglo... «¡Verdades, señor mío, muchas verdades soltó esta mañana el padre Pelagio! Le aseguro que tuvo a todo el mundo con el corazón en un puño. Cuando describió el infierno, se echó a llorar un viejo y lo tuvieron que sacar a que le diera el aire... ¡Magistral!... Pues ¿y cuando...»

El tercer toque interrumpió el relato y los fieles fueron entrando en la iglesia. A nadie extrañó, por otra parte, que el sermón de don Leonardo estuviera dedicado al mismo tema. Pero todos agradecieron que, en vez de los efectos de brocha gorda por los que era famoso el padre Pelagio entre la gente del pueblo, el culto lectoral supiera ponerse a la altura de sus distinguidos fieles, encaminando los comentarios por los senderos de la razón, del sentimiento delicado y de la filosofía incluso.

Afortunadamente, doña Irenea había advertido poco antes al lectoral sobre el precedente sentado aquella misma mañana en la iglesia de los padres teatinos, pues de otro modo el bueno de don Leonardo hubiera repetido como lema la cita del escándalo, si bien tomada de San Lucas (XVII, 1-2): «Imposible es que no vengan escándalos; mas ¡ay de aquel por quien vienen!», seguido por lo de la rueda de molino. Al saber que iba a perder la ventaja de la novedad —dentro de que todo el mundo esperaba comentarios sobre suceso tan sonado como el de la Glorieta—, se retiró brevemente a replantear sus ideas y así empezó con esta cita de San Marcos (VIII, 11-12), completada con San Lucas (XI, 29-31): «Y vinieron los fariseos y comenzaron a altercar con él, pidiéndole señal del cielo, tentándole. Y gimiendo en su espíritu dijo: ¿Por qué pide señal esta generación? De cierto os digo que no se dará señal a esta generación.» Esta generación mala es —añade San Lucas—. Señal busca, mas señal no le será dada sino la señal de Jonás. Porque como Jonás fue señal a los Ninivitas, así también será el Hijo del Hombre a esta generación. La reina del Austro someterá a juicio a los hombres de esta generación y los condenará; porque vino de los confines de la tierra a oír la sabiduría de Salomón, y halló aquí más que Salomón.»

Tras leer los anteriores textos, don Leonardo comenzó disipando la curiosidad de sus amadísimos hermanos, sin duda intrigados por aquellos pasajes evangélicos. Algunos de sus oyentes carísimos, no obstante, habrían ya sin duda comprendido, pues de cierto por aquellos días la generación villabrunense estaba clamando por una señal al cielo y, como los fariseos, clamaba torcidamente, sin limpieza de corazón. Pues ¿para qué una señal? ¿Acaso es necesaria para vivir según la ley del Señor, en santo temor de Dios? ¿No es orgullosísima osadía pedir al cielo que se nos manifieste aún más, después de habernos dado la señal de Jonás, la Gran Señal, la venida de Cristo al mundo?

Don Leonardo glosó más ampliamente esa idea para volver luego a la señal de Jonás en su sentido literal, según el cual permaneció el profeta dentro de la ballena durante tres días y tres noches. Fijaos bien —insistió el sagrado orador inclinándose sobre el púlpito hacia sus carísimos hermanos—: tres fue el número de la señal. De lo cual dedujo don Leonardo, aunque sin imponerlo como dogma de fe, sino como piadosa creencia basada en el texto evangélico, que efectivamente tras las nubes del martes el Rojísimo Caballo (el mismo de los dos días anteriores o idéntico a sus hermanos) había visitado el cielo de Villabruna, velado de nubes por la Providencia a fin de probar así a los hombres, en uno de sus inescrutables designios.

«Sí —continuó luego—, la señal de Jonás había sido dada a esta generación villabrunense como un privilegio realmente inmerecido; un privilegio como el que mereció Noé, como el que mereció Lot; un privilegio basado en que el Señor se había inclinado sobre la villa y había encontrado al menos un alma creyente y pura (quizá más, pero al menos una), una alma digna de su estimación y de su misericordia. Por eso, como en el versículo de San Lucas, la reina del Austro, del Mediodía, representa entre nosotros la búsqueda de la sabiduría.»

Don Leonardo tuvo el más exquisito cuidado en pronunciar tales palabras sin mirar hacia las proximidades de la capilla de Santa Bienvenida, en la que solía sentarse el matrimonio Gomínez, pero en compensación fueron muchísimos los ojos que allí se dirigieron. Sólo gracias al famoso velito malva y a la penumbra del templo pudo Evangelina velar algo el subidísimo rubor que le encendió el rostro, al mismo tiempo que formulaba en su corazón un acto de humildad. La víspera, don Leonardo había vacilado en aludir a la dama, aun juzgándolo servicio a la propaganda de la causa, pero al verse obligado a citar un nuevo texto evangélico, suscitado *in extremis* por la necesidad de cambiar el prevenido antes, y encontrarse con la inspirada mención de la «Reina del Austro», comprendió que obedecía a un mandato al ensalzar, si bien discretamente, al alma que había atraído sobre Villabruna, con su perfección, la benevolencia divina.

Ahora bien, ¿qué significaba la señal? ¿Para qué nos había sido enviada? Al llegar a ese punto, don Leonardo intercaló el famoso cuento de Andersen sobre el rey desnudo, al que unos estafadores disfrazados de sastres hacen creer que han vestido con una tela tan sutil que parece invisible, haciéndole salir en cueros. Ningún cortesano se atreve a desmentirlos, y así se presenta el rey ante su pueblo. Sólo la inocencia de un niño osa decir la verdad: el rey va desnudo. «Cual bien sabéis muchos de vosotros, hermanos míos muy amados, también en Villabruna el dedito inocente de un niño nos ha mostrado la desnudez animal reinante y ha inspirado, en varias Pías Damas de nuestra ciudad, el firmísimo designio de velarla. Diréis quizá que no es la inocencia, sino la malicia, la que ha visto lo pecaminoso en esas desnudeces acostumbradas. Retorcido argumento es en verdad; hábil y sutilísimo, como venido directamente de una inspiración diabólica, sin duda alguna. Pues cierto que esa desnudez es natural, pero ¿quién dice que la naturaleza es buena? Yo lo niego —clamó—, ¡lo niego una y mil veces!, y no sólo basándome en padres como San Ambrosio y Orígenes, en concilios como el Niceno primero o el segundo de Antioquía, sino en un razonamiento palmario, evidente e inmediato: el de que la naturaleza es inanimada, no puede salvarse, no puede gozar de Dios. Es creación divina, sí, pero es tan sólo una inferior esfera, la baja materia cuyo papel en el Edén era sólo ornamental. Y fue en el Edén mismo, después de perderse, cuando el hombre tuvo conciencia de su desnudez y comprendió que el camino de su perfeccionamiento, la senda de la ascensión de la Humanidad hacia Dios, tenía que comenzar con la corrección, por el vestido, de esa desnudez natural.

»Ciertamente, diréis, los animales no pecan. Así es, en ello convengo; pero inducen a pecar. No hará falta ni insistir: el dedo del niño ha sido sobrado elocuente. Basta analizar nuestros propios pensamientos ante ciertos espectáculos naturales para comprender hasta qué punto debemos guardarnos de ellos. Más aún: en estos momentos en que todos lamentamos un suceso nada favorecedor para la reputación de nuestra villa, ¿sabemos acaso en qué medida han podido contribuir al extravío de los desgraciados culpables (para los que yo os pido toda la generosísima caridad de vuestras almas) tantas contemplaciones pecaminosas involuntarias, incluidas las de ciertas creaciones del hombre?

»No, no cabe negar, entre tantos adelantos humanos como nos rodean y disfrutamos, el de haber cubierto nuestra desnudez, ya sólo subsistente en las selvas más atrasadas. Pues bien, ¿por qué no extender esos adelantos a los animales? ¿Por qué no al caballo, al perro y hasta, si fuera posible, al lobo, a quien la encendida caridad del santo de Asís llegó a llamar hermano? Tema es ése de meditación, que sugiere a vuestros espíritus hoy domingo y, por de pronto, uno mi voz humildísima a la del venerable hermano en Cristo que esta mañana ha dirigido a los fieles similares exhortaciones, sí que también me adhiero a las juiciosas palabras que, sobre los eternos valores morales, hemos visto estampadas en esa publicación tan honrosa para la cultura de Villabruna. Y terminaré, amadísimos hermanos, rogándoos sobre todo, de rodillas si es preciso y con todos los ardores de mi amor por vosotros, que no dejéis de obedecer a la señal del cielo, la señal de Jonás tres veces manifestada. ¡Vedla, atendedla, seguidla, para que no pueda decirse de nosotros aquella tremenda sentencia: ¡Tienen ojos y no ven, tienen oídos y no oyen!»

Un susurro aprobatorio corrió entre los fieles mientras don Leonardo descendía de la sagrada cátedra y la misa continuaba para un pueblo enfervorizado. Aunque, como fieles cronistas, añadiremos que Evangelina no pudo seguir serenamente el Sacrificio. La turbaba la tentación de verse evangélicamente aludida con el alto nombre de Reina del Austro. Al terrible demonio del Mediodía —recordó— se refería un salmo rezado en el colegio, y al ser ahora Reina también del Mediodía, ella se veía venciendo a ese demonio como cuando, de blanco y azul, representaba años atrás a la Inmaculada en los cuadros plásticos de las funciones del colegio. Evangelina no era capaz de rechazar la tentadora visión. Ella, la Reina del Austro, dominaba en su imperio y aplastaba con su planta la exacerbada sensualidad del Sur. Como había escrito *Acteón*, el generoso poeta enviado por la Providencia:

«¡No vencerá! ¡Es un escudo, amparándonos, tu nombre!»

Acteón, *Acteón*. ¿Quién será el misterioso admirador? Pues algo aseguraba a doña Eva, allá en lo más hondo de su corazón, que la expresiva décima no era de *Melampo*.

7

LAS GUALDRAPAS

Jamás en sólo pocos días había vivido Villabruna tantos y tan asombrosos acontecimientos, al menos en lo que podían recordar sus gentes, acostumbradas a administrar con parsimonia, para hacer durar los comentarios, cada pequeño suceso: el perro despanzurrado, la berenjena de tres kilos, el nuevo sombrero de fulanita, el hurto en la tienda de tejidos o la esporádica función de teatro. Ahora, en cambio, derramaba el cielo a puñados los portentos. Siete días antes, Villabruna casi no tenía nada local que comentar, y se reducía a viejas historias o a los grandes problemas mundiales. Pero desde que Adolfito denunció la desnudez animal y la bóveda celeste se resquebrajó sobre la cabeza de doña Eva, desde que el Rojo Caballo se manifestó en el cielo a la vista de las Pías Damas y hasta de su reticente consiliario, parecía como si nada pudiera ya detener el chorro de sensaciones: la aparición del Caballo al siguiente día; la duda y el debate sobre la tercera señal; el escándalo de la Glorieta; el misterioso poeta oculto bajo el nombre de *Acteón*, y ahora la decisiva palabra de la Iglesia en materias de tan alta trascendencia. Y no la Iglesia cotidiana, en una de sus prudentes declaraciones sobre asuntos de conciencia, sino encarnada en los dos máximos oradores sagrados —cada uno en su estilo— de Villabruna.

Ciertamente, ni los más fervorosos adictos de los planes moralizantes apuntados por doña Evangelina osaron esperar respaldo tan unánime y categórico de las eximias autoridades.

Que don Leonardo apoyara —si bien más moderadamente— los afanes purificadores, era cosa ya anticipada por muchos antes de la misa. Pero que se pronunciara de tan inequívoca manera y, sobre todo, que el padre Pelagio hubiera comenzado antes con su apocalíptico mensaje al pueblo, anunciando catástrofes si los corazones seguían empedernidos, eso era algo no sospechado siquiera, aun con toda su fe y su llamada interior, ni por la propia Evangelina, porque los teatinos y el padre Pelagio no entraban propiamente en el círculo más elevado de la sociedad villabrunense. Su actuación, por otra parte meritísima —no se vea en estos párrafos desdén alguno, sino sólo fidelidad descriptiva—, se desarrollaba más bien entre el pueblo y los artesanos, objeto de sus esporádicas misiones y su predicación. El padre Pelagio, por otra parte, contrastaba tanto hasta en la figura con don Leonardo, que hubieran podido parangonarse a Don Quijote y Sancho. La robustez del teatino, su colorado rostro, sus anchas manos, su rotunda voz y fácil risotada eran justamente opuestos a la esbelta silueta y aristocrática complexión del lectoral. Y véase por dónde, como para aumentar los muchos rasgos asombrosos de esta historia, he aquí que Sancho se anticipaba a Don Quijote en el desfacer entuertos. No es extraño que doña Eva tomara una vez más el suceso como un signo de acierto en su firmísima decisión.

Pese a su satisfacción —o precisamente por ella—, procuró reprimir sus manifestaciones de júbilo. La sensación que produjo entre la gente a su salida de la iglesia; la forma, entre cortés y venerante, con que los grupos se abrieron para darle paso; los reprimidos murmullos llegados a sus oídos, le aconsejaron privarse aquella tarde de asistir al concierto, renunciando al sol abrileño, al tibio aire perfumado e incluso a la obertura de *Poeta y aldeano*, de Suppé, delicia siempre de un alma tan melómana y exquisita como la suya. Pero no quería aparentar ansia de recoger laureles que, por otra parte, sólo debían ser tributados a la Providencia y no a su más indigno instrumento. Así lo decidió durante el almuerzo, y su esposo aprobó la prudente actitud, felicitándose una vez más de la esposa ejemplarísima que el cielo y don Leonardo entregaron a sus brazos. Meditando en ello, antes de dormir su acostumbrada y breve siesta, se encontró comparándose a sí mismo con el patriarca San José, ya que no en lo casto, sí en las no consecuencias de la no castidad. No le fue muy grata la idea, forzoso es consignarlo, pese a lo honrosísimo de la comparación, porque los confusos sentimientos suscitados por la aparición del tal *Acteón* le tenían todavía turbado e indeciso. Ahora bien, sí se tuvo a sí mismo al menos por el protector, el ayudante, el colaborador —si de tanto era digno— de aquella flor privilegiada, señora de su hogar.

¡Cuán verdad es, sin embargo, lo de «quien se humilla será ensalzado»! Pues la ausencia de Evangelina, tan habitual de los conciertos, fue casi más notada que su posible presencia. Su alejamiento perturbó incluso los inocentes juegos de Adolfito, que, llevado allí por su niñera, fue objeto constante de preguntas y curioseos por cuantos tenían noticia de su decisivo papel en el nuevo estado de cosas. Al principio el niño gozaba de sentirse tan importante; después empezó a irritarle que le estorbaran los juegos y al final la niñera decidió llevárselo a la casa, ante las preguntas de algunos indelicados chuscos, que a ella misma le subían los colores a la cara.

Al fin acabó la música y entonces unas cuantas personas principales, sin ponerse de acuerdo, fueron concurriendo en casa de los señores de Gomínez. Sabíase el delicado estado de salud arrastrado por la dama durante la semana, y ello hubiera sido bastante para inquirir cortésmente; pero no era ése el verdadero motivo, sino una como interna e imperiosa necesidad de verla, de encontrar ante ella la paz interior y, sobre todo, de conocer sus designios de revolución moralizante, para ponerse a servirlos con todas las fuerzas de cada uno. Llevados de tales sentimientos, y como al imán del domicilio de don Rosendo, acabaron congregándose en la salita y en el gabinete de Evangelina algunas de las personalidades más activas en los sucesos. Una de las primeras en acudir fue, por supuesto, doña Irenea. El *esprit* de su toca gris cortó el aire por dos veces al besar a Evangelina en ambas mejillas, como una espada toledana blandida por diestro esgrimidor. No tardaron en seguirla sus satélites las cuatro señoritas de Avendeño y, poco después, el capitán Centano, cuya presencia causó alguna sorpresa a los dueños de la casa, pues, si bien casi vecinos, realmente no eran «visita». Llegó también la señora Merales, a quien su marido había de volver luego a buscar, acompañándola en cambio el comandante Ezcúñiga. Adela besó muy efusivamente a su amiga y sorprendió a las damas con la novedad de su *antucás*, nombre que hubo de repetir varias veces, pues era algo todavía desconocido en Villabruna.

—Mujer —explicaba ella—, como ahora no se llevan los paraguas largos... Me lo trajo Tomás de Madrid el mes pasado; una novedad. Sí, se dice *antucás*... Claro, del francés *en-tout-cas*, porque lo mismo sirve de sombrilla que de paraguas, y como hoy teníamos este sol tan picajoso...

Fue quizá, sin saberlo Adela, la primera premonición de aquel otro acontecimiento extraño que desde aquella misma tarde sería preciso añadir a los ya registrados. Pero no anticipemos.

Doña Sinda, entretanto, había llegado también y explicaba a dos de las Avendeño que aquello era la primavera.

—A mí —decía, al par que restregaba en el sillón la opulenta grupa—, cuando rompe la primavera me pasa no sé qué. Pero ¡ay, hijas!, cada año menos.

—Eso es la sangre —diagnosticó doña Irenea—. Cuestión de un depurativo. ¿Ha probado usted el Richelet? Es buenísimo. O, en menos enérgico, más para casos suaves, el jarabe de rábano *Dermoz*.

Doña Sinda la miraba, bien segura de que su caso no tenía nada que ver con los depurativos y que, si acaso, debería tomar un impurificativo, si quería mantener con la misma eficacia el famoso poder superior al de las dos carretas. Pero ya llegaba don Leonardo, a quien todos se apresuraron a felicitar por su brillante oración sagrada de la mañana, desdeñando a su acompañante, el padre Beléndez, sólo atendido por doña Irenea porque al fin era el consiliario de las Pías Damas. Y a poco, en raudo tropel, se presentaron don Álvaro de Correntana, honrando aquella casa con su nobilísima estirpe; y don Ulpiano y su sobrina; y Remedios, la joven y avispada Pía Dama; y toda la potencia económica de don Telesforo, la mayor de la ciudad; y otras varias personalidades cuyos nombres sentimos no recordar, como escribía en tales casos *El Eco de Villabruna*. ¡Ah, y esto nos recuerda que el propio *Melampo*, Pepe Cuchillo, hizo acto de presencia en la ilustrada mansión!

Evangelina se debatía entre la sensación de éxito, prometiendo triunfos en la cruzada prevista, y la de ver aquello convertido en una recepción social —un verdadero «asalto»—, obligándola a obsequiar a tantos adictos, con recursos de los que habitualmente no disponía la casa en tanta escala. Un poco apurada, consultó el caso con Adela. «Mujer —resolvió ésta—, trae algunas cosillas de *El Globo*. ¿Cómo? Para eso está Leopoldo Ezcúñiga y, sobre todo, su asistente Agapito, que aguarda en el portal con los caballos.» Petra bajó, subió con el asistente, éste recibió instrucciones de su comandante y, tras un sonoro «a la orden», salió a la calle y regresó bien pronto con unas bandejas de dulces y un par de botellas. Regresaron, mejor dicho, porque volvieron dos.

Evangelina, escapada un momento a la cocina para disponer un poco la improvisación posible, contempló extrañada a aquel lancero desconocido traído por el asistente de Ezcúñiga.

—El asistente del teniente Astúriz, señora —explicó Agapito—. Está libre esta tarde, le dije lo que había y se ofreció.

—Muchas gracias —se dirigió Evangelina al muchacho, que la contemplaba con timidez—, pero ¿no preferiría estar paseando? Un domingo por la tarde, con las chicas.

El lancero guardó silencio y puso un gesto como si quisiera hablar, pero se reprimió. Luego dijo solamente: «Es un placer servir a usted.»

Evangelina volvió al salón pensando en aquel raro soldado y en su educada cortesía. Resultaba simpático. Claro, era el asistente de Víctor; digo, de Astúriz. Pero ¿sólo por eso? Y ¿por qué le había afectado luego su respuesta? Daba una impresión indefinible: el uniforme era un disfraz, no le iba a aquella persona tan distinta de los rústicos anualmente capturados por la redada de las quintas. Pero dejó de pensar para atender a sus amigos.

Las conversaciones ya estaban animadas, variando los temas de un grupo a otro. Don Remigio evocaba uno de los acontecimientos de su vida: el viaje a Madrid el año anterior para asistir a la colocación de la primera piedra del monumento al Corazón de Jesús en el Cerro de los Ángeles. Eso es lo que hay que hacer: cristianizar a España, repetía el consiliario. La situación de los frentes europeos era comentada por el capitán Centano. Pero, naturalmente, predominaban las apostillas a los sucesos en Villabruna. Evangelina iba de un lado para otro.

—Oye, Eva —la detuvo de pronto doña Sinda—, ¿de dónde has sacado esa alhaja?

Evangelina miró hacia allá. El asistente de Astúriz estaba ofreciendo dulces en una bandeja; nada más. Eva contestó a doña Sinda, un poco asombrada del interés de la dama. Pero ya se centraba la conversación en el tema obsesionante.

—No cabe esperar ni un momento —clamaba don Álvaro—. Vamos hacia el abismo. Desde que cayó Maura, tras la Semana Sangrienta y lo de Ferrer, España no es España. La moral anda por los suelos.

—Si volviera Maura… —se atrevió a insinuar la Avendeño mayor.

—Ya no basta —zanjó don Álvaro—. Ahora necesitamos a don Juan. La única salvación posible.

—¿La Cierva? —preguntó Centano.

—¡Qué dice usted! —replicó, indignado, don Álvaro—. ¿Qué don Juan cree usted que puede salvar a España? ¿Tenorio? ¡Vázquez de Mella, señor mío, Vázquez de Mella! El único.

—Eso sí —repuso el capitán—. El único que comprende al Káiser. ¿Recuerdan ustedes cuando aquel submarino trajo a Cartagena, el año pasado, una carta autógrafa del emperador para el rey? ¡Ah, si el Káiser nos ayudara en nuestra cruzada, era cosa resuelta!

Don Leonardo procuró llevar a terreno realista la conversación y sugirió que debían pensarse cosas más asequibles. Lo primero, y en ello convinieron todos, era crear ambiente, predicar la idea, remover las conciencias. Pero ¿cómo?

—*El Eco* estará siempre en primera línea dentro de una campaña de prensa —ofreció en el acto *Melampo*.

—¿Y una Fiesta de la Flor? —sugirió la Avendeño mayor, decididamente audaz aquella tarde—. Podríamos contar con los Exploradores.

—Desde luego hacen falta fondos —advirtió don Telesforo—. Pero no sé si nos autorizarían.

—¿Y una tómbola? —propuso doña Irenea.

—Mejor una *kermesse* —intervino doña Sinda—. Una *kermesse* en los jardines de la Quinta. Con el buen tiempo que hace, sería un éxito. Puestos de todo, muchos puestos. Flores, bebidas, caramelos... y tómbolas también, doña Irenea. En la *kermesse* cabe todo. Yo podría decir la buenaventura. Me vestiría de gitana, junto a una tienda...

—Eso es una superstición condenable —advirtió el consiliario.

—Es de broma, padre Beléndez. Aparte de eso, la sé decir muy bien. De verdad.

—Ay, señora mía, señora mía...

—¿Y una función de teatro? —propuso Adela, que había tenido éxito en un par de representaciones por el estilo, con fines benéficos.

—¡Eso, eso! —se entusiasmaron dos Avendeños—. *El asombro de Damasco*, por ejemplo. En Madrid ha sido un éxito tremendo.

—O *Las Flores*, de los Quintero —terció doña Irenea.

—No, aquí el acento andaluz no nos sale bien —terció Adela.

—*Rosas de otoño*. ¡Ah, *Rosas de otoño*! —se extasió la mayor Avendeño.

Evangelina empezaba a sentirse incómoda. Todo aquello sonaba a frívolo. Estaba muy lejos de ser una cruzada, una acción espiritual, apasionada, profunda. Expresó su pensamiento de la manera menos hiriente que pudo, y se produjo cierto silencio. Don Leonardo acudió al quite: ay, aquella alma privilegiada no podía comprender el barro de las impurezas terrenales.

—Tiene usted razón, amiga mía —dijo—. Nuestro objetivo es purificar a Villabruna y quizá a España entera, elevar nuestras vidas, acercarnos a nuestros ideales. Pero arrancamos de tan bajo que hemos de empezar por lo más elemental. Hay que llevar la voz a muchas conciencias cerradas y hoy, desgraciadamente, para todo hace falta dinero. Yo creo que las iniciativas expuestas son dignas de consideración.

—Además —intervino *Melampo*—, deberíamos organizarnos. Una Liga Moral, una asociación, algo así.

La idea produjo entusiasmo. El que más y el que menos se veía ya en una organización famosa. Doña Irenea estaba deseando manejar algo más activo que las Pías Damas, dormidas en su languidez caritativa.

—Liga para la Moral Animal —lanzó.

—La llamarían la L.I.M.A. —reparó *Melampo* tras de pensar un momento.

—¿Por qué no? —se engalló la señora, agitando su pompón—. La lima que rompe las cadenas, las ataduras carnales... ¿por qué no?

—Señoras —interrumpió don Telesforo—, perdonen que yo hable de cosas prácticas. Es mi profesión: lo práctico. A mí todo lo que se ha dicho me parece muy bien. Sacar dinero: excelente. Organizarse: indispensable. Pero ¿y después?

—¿Cómo después? —preguntó don Ulpiano.

—Sí. Todo eso ¿para qué?

—Para hacer campaña —saltó Evangelina—, para difundir la idea, para celebrar actos de propaganda, para crear institutos de progreso, para subvencionar predicadores, para mover al gobierno, para vestir incluso a los animales, para todo, en fin.

—Ahí iba yo, querida señora. Vestir a los animales desnudos: ¡Hermosa ampliación de la obra de misericordia!, pero ¿cómo? Pues, por razones de innecesaria explicación, no podemos poner pantalones a los caballos ni a los perros.

Hubo un momento de tremendo silencio. Evidentemente, nadie había descendido de las altas regiones de lo ideal para pensar concretamente en cómo corregir la natural desnudez animal. Don Leonardo vio el pánico en el rostro de Evangelina y sufrió por su desfallecimiento, y sintió el ala glacial del ridículo amagando su corazón. Así seguramente padecían con ellas los confesores de las santas. Pero sólo fue un momento. Los salvó aquella voz tonante:

—¡Pantalones no, pero gualdrapas sí!

Era el anciano hidalgo, don Álvaro de Correntana, acudiendo una vez más a defender los fueros del ideal. Todos los ojos se clavaron en él.

—¡Gualdrapas! —repitió exaltado—. ¡Gualdrapas como en los altos y heroicos tiempos! No hay que inventar nada; todo lo valioso ya lo tenían nuestros mayores. Si estuvieran ustedes menos encenagados en esta lamentable época nuestra, si tuvieran más presente en la memoria el resplandor de los siglos dorados, no se hubieran planteado siquiera la duda. Gualdrapas, como los corceles medievales, a quienes el ocultar sus vergüenzas no impedía la bizarría en el combate. Gualdrapas, como las usadas por aquellos caballeros que consagraban su brazo y su corazón a la defensa de su fe, de su rey, de su dama.

El pelo blanco del hidalgo resplandecía en la penumbra y sus ojos sin gafas centelleaban juveniles sobre los austeros pómulos. Evangelina aplaudió con entusiasmo y otros la imitaron. Era la solución, en efecto, y a los detalles prácticos de esa solución se dedicó ya todo el mundo. Doña Sinda cuchicheó, sin embargo, un momento al oído de Evangelina:

—¿Sabe usted? Se llama Marcelo y es tallista.

Evangelina tardó en comprender que aludía al asistente de Víctor. A ella no le sorprendía nada que el teniente tuviera por asistente a casi un artista; era incluso un mérito esperable en alguien como Astúriz. Pero descartó el tema y se concentró en el problema principal mientras doña Sinda repetía:

—Una verdadera alhaja. Fíjese qué modales tan aristocráticos.

Al cabo, sin embargo, olvidó su descubrimiento y, con un suspiro digno de su generoso pecho, se incorporó al entusiasmo general. Ya tenían una meta concreta, un objetivo tangible: las gualdrapas. Ya era cuestión muy clara; algo así como la moda, lanzó la propia doña Irenea. Lanzar la gualdrapa como se lanza el *tailleur* o el corte Imperio.

—O los *Hipofosfitos Salud* —dijo don Ulpiano.

—Exacto —remachó don Leonardo, mientras el padre Beléndez se excusaba por retirarse tan pronto (pero tenía unas urgencias que atender) y, tras despedirse, en vez de salir a la calle preguntaba apuradamente a Petra dónde se hallaba el excusado. Antes de cerrar la puerta y dar alivio a su próstata, aún tuvo tiempo de oír la nueva consigna vociferada por don Álvaro:

—¡Nada de lanzar, señoras y señores! ¡Imponer! Hay que imponer la gualdrapa. Hay que salvar a la gente aunque sea por la fuerza.

«Condenado viejo —pensó don Remigio mientras practicaba su penosa operación—, qué vitalidad tiene, qué salud.» Y luego, mientras se deslizaba discretamente por el pasillo hacia la salida definitiva, siguió escuchando:

—Sí, señores: todas las *kermesses* y las organizaciones que ustedes quieran, pero no olviden que esto es una guerra. La vida es lucha y empezamos un combate contra Satanás, contra sus tentaciones. O peleamos con el espíritu de la Reconquista y de la conquista de América, o perderemos la batalla.

Desde ese momento, un verdadero ardor bélico inspiró la reunión. Parecía que, como en Pentecostés —dicho sea sin la menor irreverencia—, unas lenguas de fuego vibraban sobre las cabezas de aquellos paladines de la moral. Don Telesforo, un momento reticente, se rindió al entusiasmo general. Quizá sólo un instante se desentendieron —pero nadie se dio cuenta— Adela y Ezcúñiga, anunciando éste que el lunes mandaría a Agapito a la casa con cualquier pretexto, para saber el día del encuentro proyectado.

Y de pronto estalló el trueno. Horrísono, ensordecedor. Callaron todos, se acercaron al balcón, vieron un cielo oscuro, casi morado, como en las peores tormentas de agosto.

—Pero ¡si no es la estación! —musitó don Leonardo mirando a Evangelina con reverencia.

Otro trueno le cortó la palabra. Todos concibieron el mismo pensamiento. ¿Reflejaba el cielo la ira de Satanás ante la amenaza que le preparaban los paladines morales de Villabruna? ¿Acaso la tormenta corroboraba las decisiones adoptadas y aportaba también sus armas eficacísimas? Porque, en cualquier caso, el Supremo director del circo de este mundo, con su celestial telegrafía, restallaba la fusta en el centro villabrunesco de la pista. Cualquiera que fuese la significación de la tronada, tenía en todo caso una significación: la de otro meteoro inusitado, exactamente a los siete días de la primera señal. ¿Y siete días no es número tan supremamente mágico como para disipar cuantas dudas hubiera suscitado la discutida tercera señal? ¿Qué más querían?

Hasta Ezcúñiga se sintió impresionado. Hasta a doña Sinda se le olvidó mirar una vez más hacia Marcelo, que estaba en el salón contemplando (pero nadie lo advirtió) a la admirable señora de la casa. Todos menos él alzaban los ojos al negro y arrebatado cielo, escuchando el trueno como la voz de Dios. Porque siete días, precisamente siete, no son una casualidad. Es imposible.

8

EL INTERÉS MORAL

Doloroso es reconocer, pero ineludible, que al pueblo de Villabruna casi no le llegaron las señales celestes. Ocupados sin descanso en sus tareas serviles, no tenían tiempo de alzar los ojos a lo alto, y la telegrafía providencial quedaba sin efecto. La tormenta fue para la gente un paseo de domingo chafado, y nadie pensó en relacionarla con extrañas nubes de siete días antes. En suma, para el pueblo llano la revelación de la inmoralidad llegó de la boca del padre Pelagio, que, según el tabernero Cesáreo, no era precisamente un asceta. Quizá por eso la masa no se inquietó demasiado ante la cuestión, aunque el sermón lograse introducir de golpe la desnudez animal en los diálogos callejeros. El mercado del lunes, sobre todo, fue una explosión de comentarios.

—¿Ha oído usted, señora Facunda? ¡Eso de que van a vestir a los caballos! —preguntaba una parroquiana a la más verbosa de las verduleras.

—Eso dijo ayer el fraile en misa.

—¡Qué cosas!, ¿verdad, usted? ¡Qué adelantos!

—Tome usted, buen hombre, y bien pesadas… ¿Adelantos? ¡No le digo a usted *na* lo que se van a hacer los pobres bichos sobre lo que les pongan! ¡Se les ocurren unas cosas a los señoritos!

—¿Por qué a los señoritos?

—Eso son *fantesías* de señoritos, que no tienen *na* que hacer ni han *limpiao* una cuadra en su vida, ni han visto una plasta de buey.

—Pero no lo han dicho los señoritos. Fue el padre Pelagio, el de los teatinos.

—Para mí que la Iglesia y los señoritos da lo mismo, señora.

La señora no quiso discutir y se marchó. Pero Paulino el barrendero le siguió dando a la cuerda:

—¿Y no sería mejor desnudarnos tos y así se acababan las *diferiencias*?

La Facunda se echó a reír:

—Demasiadas pretensiones me parecen —dijo—. ¿Es que tiene usté mucho que enseñar?

—Yo no, pero usté sí.

—¿Yo? ¡No quiero hacer de fantasma!

Como se ve, la cuestión estaba lanzada, pero de ningún modo recogida. A la gente le parecían fantasías ajenas a su vida cotidiana. Los campesinos de la comarca, al acudir al mercado y conocer la novedad, se quedaban atónitos. Simplemente, no podían imaginar siquiera la realización del proyecto. «¿Vestir a los animales?», repetían, y abrían la boca sin más comentarios. Otra reacción era la de los guasones. «Tápate eso, tápate eso, chucho», gritaba alguien desde la republicana taberna de Cesáreo, tirando un canto a un perro que había levantado la pata contra una acacia de la plazuela. «Tápate eso, que escandalizas a las señoritas. ¡Corre, que te capan!» Y, por último, la reacción filosófico-resignada: «Todo eso acabará en que subirá el vino, señor Paco», decía alguien. «*U* los consumos —replicaba su concienzudo colaborador de chateo—. *Ca* vez que se encaprichan con algo, siempre lo pagamos los pobres.»

De todas maneras, el padre Pelagio tenía sus seguidores, singularmente entre muchas entusiastas de sus sermones. Para ellas tenía razón, dijese lo que dijera. ¿Qué mejores argumentos que aquellos brazos como aspas de molino en lo alto del púlpito, aquella voz insuperable para hablar del infierno, aquellos puños que golpeaban la madera como martillos para fustigar los vicios? Eso, eso era un hombre, y tenía razón: las malas costumbres crecían como cizaña; una verdad como un templo. Antes, cuando las mujeres eran decentes, no andaban siempre callejeando como ahora. ¿Cómo no iba a pasar lo de la Glorieta? Y mucho más que tenía que pasar. Y si pasaba mucho más, ¿cómo lo iba Dios a permitir? ¡Entonces sí que nos caería una peste, como aquella del cólera, que algunas recordaban! Así razonaban, más o menos, las personas sensatas de la feligresía, sintiendo oscuramente que, al hacerlo, ascendían ya siquiera un peldaño en la escala social, despegándose de las Facundas y los Paulinos de la plebe. No; si como el padre Pelagio había pocos. Y, de pronto, una de las que caminaban hablando así se detenía apurada, porque su pequeño se disponía a satisfacer en plena calle cierta necesidad, extrayendo al efecto el correspondiente adminículo, sin darse cuenta de que el mundo estaba cambiando y aquello ya no podía hacerse como siempre.

Afortunadamente, el pueblo —que es un niño, según solía repetir el señor Correntana— encuentra siempre vocaciones paternales, y a veces maternales, dispuestas a dirigirle. En las altas esferas directivas se concretaban cada vez más las previsiones para la batalla. Dos comités preparatorios funcionaban ya activamente: el económico para la recaudación de fondos con la *kermesse* —el consiliario, doña Irenea y doña Sinda— y el comité cívico-moral, para organizar el acto cuyo contenido y peculiaridades había que precisar, pero que constituiría el resonante arranque de la campaña salvadora. A este último objetivo se aplicaban, bajo la presidencia de don Leonardo, la propia Eva, con el señor de Correntana, por su acometedor brío, y dos asesores: don Telesforo, para las cuestiones financieras en general, y don Rosendo, para cuidar de los aspectos culturales y el nivel de las intervenciones en el acto. *Melampo* les ayudaría en los detalles más adelante.

Junto a esa especie de Estado Mayor del planeamiento, cada entusiasta desplegaba sus iniciativas. E incluso se desarrollaban líneas de acción paralelas y con centros de interés completamente diferentes del principal. Así ocurría con don Telesforo, que el mismo lunes se desplazó a la Caja de Ahorros para visitar a Merales.

Éste recibió al prohombre con los honores adecuados y esperó que le hablase de alguna de las operaciones de crédito que tenía en marcha. De eso comenzaron tratando, en efecto, pero ninguna de aquellas cuestiones suscitaba problemas que justificasen la importante visita. Merales aguardó, por tanto, a que apuntara el objetivo inesperado, y se sorprendió bastante cuando salió a relucir el problema de la desnudez animal. Contestó al principio sin comprometerse a nada.

—No crea, amigo Tomás, no crea. Todo tiene su importancia —dijo el visitante—. Esa cuestión de los caballos no sólo es idealismo, la moral tiene también su interés, amigo mío. ¿Qué sería de la sociedad sin la moral, eh?

Merales asintió efusivamente a tan lapidaria sentencia y esperó la continuación mientras don Telesforo encendía calmosamente un habano.

—Por ejemplo, en este caso, ¿se le ha ocurrido a usted pensar cuánta tela hace falta para la gualdrapa de un caballo? ¿No? Pues, así por encima, en ancho de un metro veinte, calcule usted dos metros de tela. Sin contar galones ni adornos: en eso se puede llegar todo lo lejos que se quiera. Dos metros por caballo, ¿estamos? Pues sólo del escuadrón de aquí, ya tenemos unos cuatrocientos metros. Más una gualdrapa de respeto, pues no va a ir el caballo en cueros en cuanto haya que lavarla, son ochocientos metros. Casi un kilómetro de paño. ¿Qué le parece?

—Tiene interés, sí, pero no demasiado. Un hombre como usted, don Telesforo, lleva asuntos más importantes que vestir a nuestro escuadrón de Lanceros del Guadalete.

—¿Y quién le dice a usted que se trate sólo de un escuadrón? ¿Por qué no el regimiento? Serían tres kilómetros. ¿Y la caballería española? ¿Y la Artillería? ¿Y otros cuerpos montados? ¿Y los caballos civiles? ¿Los coches de punto, los particulares? Van creciendo los kilómetros, ¿verdad? Miles y miles de metros. ¿Ve usted cómo la moral tiene sus aspectos prácticos? Hay mucho dinero que ganar, amigo Merales. Eso sin contar —concluyó soltando una bocanada de aromático humo— con la satisfacción interior de estar haciendo el bien, en aras de la moral. Sin contar el interés moral, que es lo más importante.

Merales reflexionó un momento. ¿Estaría envejeciendo don Telesforo? Tenía que cuidar un poco más de los negocios en que se metiera. Aquel hombre manejaba muchas cosas, y si le iba mal sería un problema para la Caja. Porque en eso de las gualdrapas, don Telesforo le resultaba un poco visionario.

—Me hago ilusiones, pensará usted —dijo don Telesforo como si hubiera seguido el pensamiento ajeno—. Puede. Pero no se arriesga nada. En los asuntos en que hay gran inversión inicial, amigo Merales, soñar es muy peligroso. Pero en cosas como ésta, lo peligroso es no soñar, porque si sueña otro antes, y resulta que acierta, se lleva el gato al agua. Esto es la bola de nieve. Se empieza por poco: un escuadrón, unos cuantos caballos, unos cuantos perros, qué sé yo. ¿Funciona? Crece la bola. ¿No funciona? Pues a casa.

—Tiene usted razón, como siempre, don Telesforo. El escuadrón no presenta dificultad, en cuanto se lo ordenen desde arriba. Pero ¿los perros? ¿Quién va a vestir a los perros? La gente no se gasta el dinero si no hace falta, por mucha moral que esté en juego. ¿No cree? ¿Por qué se lo iban a gastar ahora?

—Porque si no tapan al perro o al caballo les cascan una multa mayor que el precio del trapo.

—Ah, si consigue usted un bando declarando las gualdrapas obligatorias... Pero no sabemos lo que dirá el señor alcalde. ¿No ha hablado usted con él?

—No, porque lo que me interesa es lo que dirá usted... Vamos, no me diga que no sabe nada. A lo mejor ahora mismo está dimitiendo Romanones y han empezado las consultas en palacio.

Merales se puso en guardia. ¿Tendría concomitancias en telégrafos don Telesforo? Era muy capaz. Pues acababa Merales de recibir un telegrama dándole exactamente esa noticia. Cambió de táctica y adoptó una actitud interesada y sagaz. Ya no se trataba de tomar a la ligera unas visiones y unas ventas de tela, sino de entablar desde ahora mismo los pactos convenientes con la potencia económica local.

Don Telesforo notó el cambio y sonrió.

—Claro que lo sabe —dijo—. Como sabe también quién va a ser ahora jefe de Gobierno.

Se inclinó hacia Merales por encima de la mesa, le tocó casi el pecho con el dedo todo amarillo de nicotina y dejó caer:

—Su jefe de usted: García Prieto. Por eso, si deseo saber lo que va a hacer el alcalde de Villabruna tengo que venir aquí.

—Con usted no se puede —fingió capitular Merales—, es usted el más fuerte. Sólo que aún no está el gato en la talega. ¿Y si la crisis se resuelve con don Eduardo, su jefe de usted?

—Con franqueza, no creo que Dato quiera gobernar ahora. Es mejor dejarles a ustedes que se gasten bien en estos malos tiempos. Después será la hora de que volvamos los conservadores... y para largo.

Don Telesforo le hablaba de tú a tú: eso era ya un gran triunfo para quien, como Merales, había llevado tantos pliegos urgentes al escritorio de su interlocutor, como simple botones de la Caja de Ahorros. Ese pensamiento redobló la fe en sí mismo para el diálogo entablado. «De todos modos gano —se dijo—, porque a don Telesforo le interesa sobre todo el dinero y a mí el poder. Dándole lo que quiere, a la larga tendré las dos cosas.»

En efecto, cuando salió el visitante, el pacto quedaba ya suscrito y la estrategia montada. Se emprendería la operación moralizadora y don Telesforo recogería todos sus frutos económicos, desde la venta de telas y la confección, hasta especulaciones de terrenos y...

—Quién sabe —soñó sin riesgo el moralizador financiero—, con un poco de suerte, de señales celestes, de histéricos curados, ¿por qué no ha de ayudar Dios a los llenos de buenas intenciones?, podría convertirse Villabruna en un pequeño Lourdes... No sonría usted. Las aguas de la Quinta, el antiguo convento, siempre han tenido fama de casi milagrosas, y yo ando hace tiempo detrás de comprar la finca de los Ezcúñiga. Y caerá, caerá: esa familia gasta demasiado.

Merales insistió mucho en que los primeros pasos debían

darse con toda cautela. Si le hacían alcalde —su visitante sonrió—, él apoyaría desde el Ayuntamiento el interés moral, pero sólo si podía dar la impresión de que le presionaba el pueblo, pues de otro modo parecería acercarse demasiado a la política de la Iglesia y le convenía mantenerse en el centro. Don Telesforo aceptó: bastaba que al final no se opusiera Merales, siendo fácil crearle antes una opinión pública presionante, aprovechando para ello la voz desde los púlpitos y la campaña de *El Eco*.

—En cambio —cerró don Telesforo—, yo me ocupo de que durante su alcaldía no planteemos los conservadores problemas locales serios, y le respondo que cuando entremos a gobernar usted podrá moverse aquí con toda libertad como banquero. A cambio sólo de los bandos ordenando la moral animal en esta población.

—Sí, pero con tiempo, ¿eh?, con tiempo —recalcó Merales—. Otros han de ir por delante. A mí habrá que presionarme.

—Pero usted se inclinará ante la presión; eso es. La situación es ésta —concluyó don Telesforo, coincidiendo sin saberlo con el planteamiento inicial de Merales—: Usted va a ser el poder, y es más discreto que yo sea el dinero por ahora. Más adelante recogerá usted lo sembrado, se lo prometo.

Merales despidió en la puerta a su visitante, asegurándole que con su palabra no necesitaba garantías, mientras pensaba que buen loco sería quien se fiara del viejo zorro. Si no necesitaba garantías es porque tenía sus proyectos y armas propias.

Entretanto, Adela llevaba también adelante sus planes. La víspera, tras la tormenta, había logrado convencer a Evangelina de que debía equiparse. Por higiene y por silueta, ahora que había de dirigirse a la gente (y quién sabe adónde la llevarían sus gestiones) era preciso visitar a Desideria, para encargarse lo mejor de lo mejor. Y justamente salían de la corsetera, donde Evangelina se había incorporado a la cohorte de damas consagradas a sostener la sociedad con su corsé. No le había costado demasiado esfuerzo, justo es decirlo. Desideria le había enseñado preciosidades y durante un buen rato de un semidesnudo turbador —pero nada en la casa era sospechoso, sino que sugería la respetabilidad más completa— lo difícil fue elegir entre los diferentes modelos ofrecidos. Ciertamente, el arte de ceñirse había progresado enormemente. ¡Cómo favorecían las nuevas técnicas! Al salir a la calle rebosaba optimismo, reforzado por la absurda sensación de que había realizado una gran heroicidad entrando allí y saliendo indemne.

«Qué tonta soy —se decía—, ¿pues no me había creído todas esas calumnias sobre la pobre mujer? ¡Y qué atenta, qué modales! Algunos elogios me azoraban, también los de Adela, pero Desideria los dice con finura, no como Bonifacia. Tenía razón Adela, debo salir de mi concha, soy joven todavía, no se puede predicar desde una cueva, hay que echarse a la calle, enfrentarse con la gente, me da un apuro tremendo, Dios me infundirá fuerzas, yo creo que ya se nota, la calle está diferente, hay más vida, no es sólo la primavera sino algo más, una actividad, un despertar, como si ya hubiera empezado a reaccionar la virtud, a regenerarse la villa enferma, como si ya estuviéramos alerta, en pie de guerra como dice don Álvaro. Qué personaje, yo antes le creía ridículo, sus viejas tradiciones, pero qué brío, qué vitalidad, lo que ha debido de ser a los veinte años, y aun a los cuarenta, y esa fe tan firme, tan acrisolada, ¡oh, qué hermosa batalla vamos a empeñar!, no, las puertas del infierno no prevalecerán sobre Villabruna, salvaremos a esta ciudad, la salvaremos puesto que Dios ha querido avisarnos, ha señalado la presencia del Maligno, ha ordenado a un niño que nos abra los ojos, criaturita mía, ¡si fuera hijo mío!, es lo único que Dios no me ha concedido, tiene razón Adela, todo se arreglará, se prohibirá la desnudez como se prohíben las malas lecturas, después de todo es más grave, a caballo destapado multa que te pego; como las estatuas, su hojita de parra, su gualdrapa o lo que sea, qué gracia tiene esta Adela, qué cariñosa, y con su desparpajo suelta verdades como puños; estoy deseando ya tener mi corsé, andar como ella, qué airosa y elegante, qué figura, una terracotta, ¿se escribe con dos tes?, nunca he visto una terracotta, ¿y por qué vamos por aquí?, ¡ah, por lo de entregar los bonos que encargó doña Irenea!, es desagradable este barrio, tan cerca del centro pero tan sórdido, deberían prohibirse estas cosas, de aquí nace la inmoralidad, de esta pobreza, todo habrá que arreglarlo, Señor, ¡trágame, tierra!, no, ¿por qué?, ahí llega, ¡qué marcial!, claro, naturalmente, cómo no va a ser marcial un militar, soy boba, menos mal que no estamos solos, viene con Ezcúñiga, otro que me resulta más simpático que antes, muy cooperador con nosotros, con la causa, por Dios que no se me note nada, ¿por qué me azoro así?, no hay motivo, un amigo como otro cualquiera, cosa más lógica, parece como si Adela me apretase un poco el brazo, es verdad, yo echaría a correr para otro lado, ¡estoy loca, esto es nervioso!, ya saludan, qué les digo, Adela les habla, he balbuceado algo, ella tan desenvuelta, le envidio el desparpajo, pero son finísimos, dos caballeros, se ve la estirpe, qué corrección y qué galantería al mismo tiempo, tiene los ojos grises, ¿cómo no me había fijado antes?, pero ¡claro que me había fijado!, es que pierdo la cabeza, ¿estaré colorada?, y qué voz tan de hombre, tan viril, ¡se ha fijado en el sombrero!, ¡qué alegría!, qué cumplido más perfecto, no puedo hablar, voy a parecerle tonta, qué desgracia, ¡por Dios, que se vayan pronto!, no, que no se vaya, ¡si no le veo nunca!, nos acompañan, mejor, así no me ve de frente, se ha puesto a mi lado, tengo que dominarme, demostrar que no me ocurre nada de particular, Adela está muy atenta con el comandante, ahora estoy segura, aquella vez que ella salía de Desideria no era Víctor el que vimos, ¿cómo iba a ser?, toda una señora, pero la gente murmura tanto, ¿y a mí qué me importa?, ¿cómo decía usted?, perdone, estoy tan preocupada estos días, sí, le echamos de menos en casa la otra tarde, pero cómo iba yo a saber que usted sentía tanto interés por la moral, no, por favor, no lo tome así, he dicho una tontería, cómo voy a juzgarle inmoral, ¡Dios me libre! es que los hombres suelen preocuparse menos, y luego un soldado, sí, claro, cómo no va usted a tener corazón, en fin, ya usted me entiende, me alegro de su adhesión, no sólo por mí sino por el bien de su alma, Dios se lo pagará, bueno, por mí también me alegro, no tanto, no tanto, que no soy una santa, como lo repita me enfado, me enfado con usted Astúriz, no sé si debo, bueno, le llamaré Víctor, sí, claro que lo recuerdo, ¿tampoco usted ha olvidado aquel baile? *Tesoro mío*, sí, no veo de qué te ríes, Adela, y ahora se ríen los tres, no lo comprendo, pero una risa tan de amigos, tan sin malicia, me río yo también, de pronto es idea de Adela, hay que castigar a Víctor por no haber ido el domingo a casa, por desertor, ¿no se dice así, comandante?, no, arrestarle no, Adela tiene otra idea, por algo estamos a la puerta de *El Globo de Oro*, ¡qué vergüenza!, se echa a cruzar la calle con el comandante, seguimos nosotros dos, formando pareja, ¡qué pensarán!, pero soy tonta, qué tiene de malo, me coge del brazo para subir la acera, ¡me ha cogido!, ¡esa mano, esa mano!, y sólo fue un segundo, qué delicada y firme, las riendas, las armas, ¡ay! y las mujeres, seguro, cuentan cosas, las armas y las caricias, yo desvarío, son riquísimos, verdaderamente las cosas de *El Globo* son especiales, ni en Madrid, dicen que tienen secretos de monjas, recetas, pero qué dice, por qué va a ser atractiva mi boca al comer bombones, como todas, bueno, dejemos eso, ya está cumplido el castigo, salimos otra vez, huele a hombre bien cuidado, sano pero delicado, ni a paño rancio ni a perfume presumido, qué indiscreción de Adela, jamás debió decir de dónde venimos, qué mirada sobre mi cuerpo, me ha desnudado con los ojos, me he sentido desnuda, por completo, qué bochorno, no puedo ni hablar, aunque sea admiración, aunque sea un homenaje tan rendido, no puedo aceptarlo, pero cómo negarse, no ha dicho una palabra, sólo mirar de arriba abajo, yo qué culpa tengo de ser así, menos mal que nos acercamos a casa, he debido de decir alguna tontería porque me ha cogido la mano, claro, para despedirse, se inclina, roza los labios, suaves y ese bigote, qué sofoco, qué bizarro, adiós, adiós, pero eso no se hace, me desnudó con los ojos, desnuda, desnuda, la culpable fue Adela.»

Dejaron a Evangelina en su portal y siguieron los tres andando. A poco se despidió el teniente. Ezcúñiga acompañó a Adela hasta la cercana puerta de la casa y reconoció que

Víctor le ponía los puntos a la de Gomínez. Ésta se hacía jalea, por supuesto. ¡Cómo tomaba las varas! Así demostró Adela su lealtad y el comandante se retiró más encandilado que nunca.

Merales aguardaba a su mujer en la casa. Hasta la hora de la cena estuvieron hablando, porque la ocasión era muy delicada e importaba manejar bien todos los hilos. La primera versión de la conversación con don Telesforo dejó a Adela un poco preocupada. Le parecía que su marido se comprometía demasiado. Todo eso de la moral animal era una ridiculez que desacreditaría al que se metiera a fondo en ella. Pero Merales aclaró su pensamiento:

—Puedes estar tranquila: no voy a meterme a fondo. Voy a hacer que se metan ellos y sólo actuaré cuando estén ya comprometidos. Mejor dicho, no actuaré, porque para cuando esperen un bando del Ayuntamiento, la cosa habrá crecido demasiado y el gobernador o Madrid cortarán la campaña. Yo no haré nada y no tendré la culpa, ¿comprendes? Por eso he insistido en que me presionen, para que sean ellos quienes se hundan.

Adela miró a su marido con admiración.

—Además —sonrió Merales—, mis planes van más lejos. No debería decírtelos ni a ti, pero eres igual que yo: en eso no me traicionas. («Ni en nada, ya lo sabes», estuvo a punto de decir Adela, pero no era el momento.) Mi plan es retener la alcaldía poco tiempo, y dimitir en cuanto tenga una ocasión de hacerlo con pretexto de haberme abandonado en algo mis propios correligionarios; en cuanto pueda presentar mi marcha como cuestión de dignidad. ¿No comprendes? Así quedaré libre para marcharme con los conservadores, que me tenderán la mano para el salto a Madrid, pues necesitarán quien les asegure esto. Aquí sólo tienen a inútiles respetables y a don Telesforo, que tampoco es una cabeza política. Yo lo seré para ellos. ¿No ves que, después de Romanones, al subir ahora García Prieto ya no les quedan a los liberales más cartas? El próximo será Dato, y yo con ellos. Como ha dicho don Telesforo, gobernarán para rato.

Adela se levantó del sillón, se acercó a su marido y le besó entusiasmada. Casi a la misma hora, pues cenaban muy temprano siempre que podían, Evangelina recibía un ósculo muy otro: el apacible y sereno beso de don Rosendo, al marcharse a la tertulia del Casino. Sintió ganas de preguntar a su esposa si se encontraba bien, pues había estado a la mesa muy silenciosa y se le notaban encendidas las mejillas. Pero no se atrevió, para no importunar los sin duda altísimos pensamientos que por aquellos días reinaban en el alma de Evangelina. La verdad, sin embargo, era una agitación mental muy diferente, originada por el casual encuentro con los dos militares y, sobre todo, por la mirada desnudante. La violencia casi física de aquella penetración agitaba todavía a la casta señora. No conseguía sobreponerse a ello; menos aún recobrar su apacible serenidad de siempre, tan necesaria para la batalla moral emprendida.

Experiencias así —como la percepción del caballo desnudo, o las exaltadas palabras de la modista, o el escándalo de la Glorieta— ponían a Evangelina en contacto con la inmoralidad de Villabruna como si le acercaran un hierro candente. Pues, por lo demás, ¿dónde estaba la inmoralidad de Villabruna? No en su alcoba, ciertamente, templo del más sereno y atemperado tálamo. En su adolescencia, cuando recibía a escondidas aquellos versos de Alejandro, su pecho había palpitado muchas veces con una agitación sofocante y angustiosa, haciéndole temer que si así sucedía desde lejos y a través de un escrito, ¡qué sería cuando su carne recibiera de verdad la auténtica revelación amorosa del hombre! Enfermaría o moriría sin remedio, claro está. Eso mismo facilitó sin duda la labor disuasiva de don Leonardo, que con tanto acierto la apartó de aquel peligroso amor y cuando, más tarde, la revelación carnal le llegó por la sensata y enternecida persona de don Rosendo, comprendió cuánta razón tenía el sacerdote al asegurarle que los arrebatos inspirados por Alejandro eran exageraciones demoníacas para incitarla a caer. Verdaderamente, de sobra comprobó con el tiempo que la caricia viril no era ni mucho menos la descrita por algunos atrevidos novelistas, con sus complicadas imaginaciones. Cierto que, una vez abatidas las primeras barreras del pudor, el miedo y la torpeza, se alcanzaba por breves instantes una placentera sofoquina digna de experimentación. Pero eran mucho más exaltantes y duraderos los deliquios del espíritu en la meditación religiosa, e incluso las admiraciones estéticas ante el poema o el paisaje, sin tener que someterse, para esos goces, a contactos groseros e incómodos. Verdaderamente, ¡cuánto error y aberración eran precisos para que una mujer perdiera la cabeza creyendo encontrar en el trato viril sensaciones inefables! Y no se diga cuando ya la caricia máxima acababa transformándose en mera costumbre. Hacía años que Evangelina se prestaba a los espaciados requerimientos de don Rosendo sólo por sincero deber conyugal, procurando no pensar demasiado en lo que hacían, pues el ejercicio mismo le resultaba penoso y grotesco, cual una especie de gimnasia obligatoria imposible de relacionar con los sublimes ideales del amor.

Estaba, pues, de vuelta de tales ilusiones y no contribuía a resucitarlas el ósculo depositado en aquel instante sobre su frente por don Rosendo, al regreso de la tertulia. Por eso mismo la sorprendían y turbaban más aún los pensamientos infiltrados en su mente desde la famosa noche del baile. No, ella no necesitaba la triple señal de Jonás, ni el dedito acusador del niño, para comprender que el aire de Villabruna estaba desde hacía poco moralmente envenenado. Sus propias imaginaciones y su alterado ánimo lo demostraban de sobra, pues tanta agitación no podía tener otro motivo. Si ella, conocedora de la vida, templada en una piedad constante, se sentía desnuda bajo una simple mirada de hombre, ¿qué no estarían sufriendo tantas almas mucho menos preparadas? La batalla contra la inmoralidad era así también su propio y personal combate para recuperar la paz y la serenidad. Era imposible seguir con aquellas desazones, era urgente purificar el aire de la ciudad, era preciso expulsar cuanto antes al Caballo Desnudo que hollaba con sus diabólicas pezuñas los hogares de Villabruna, era cuestión de vida o muerte espiritual serenar su atormentado corazón. Sí, de vida o muerte.

9

LA CASA NUEVA

Como el impúdico Caballo de la inmoralidad se había instalado en la vía pública y en las almas pudorosas, no resulta paradójico que la moral pareciera refugiarse en lo único que permanecía libre: la Casa Nueva. Sí, en el antes licencioso antro de doña Tadea. Pues la semana siguiente a las señales celestes había sido la más baja en visitas desde hacía muchos años. Ni siquiera el sábado, fecha tradicional de esparcimiento para la más juvenil gallofa, había llenado con sus habituales ruidos y trajines los aposentos del regodeo.

Por eso, mientras Evangelina se desvelaba animándose para la batalla, en casa de doña Tadea se preparaban con mucho menos ardor, temiendo la continuación de la mala racha. Casi era únicamente por conciencia profesional por lo que Alfonsa se aprestaba, como todos los lunes, a la consuetudinaria visita del señor juez de paz. Solía ser siempre el día más tranquilo de la semana, y por eso mismo muy solicitado por los clientes respetables, medrosos huidores de todo contacto con la indiscreta juventud. Caballeros había que, por no haber logrado reserva de hora para ese día, se las arreglaban con el también decoroso miércoles en espera de alguna baja en el escalafón que les permitiera el ascenso a la distinción social de «ser de los lunes».

La Alfonsa temía que don Rodrigo tampoco fuera, limitándose a enviar el regalito con el mozo del Casino, como la semana anterior, para que le siguieran reservando el hueco de la niña. Pero entre que el regalito era, lógicamente, menos entusiasta, y que a la concienzuda Alfonsa le disgustaba ganarse el pan sin el sudor de su frente, como está mandado, la tenía de mal humor la previsión de nueva ausencia. De todos modos, se puso el corsé negro con encajes y pasamanería granate que tanto realzaba —dejándolos, no obstante, bien expeditos— los encantos más apreciados por el buen señor en sus manuales paseatas. Doña Tadea entró de pronto, en el momento en que la moza practicaba sus profesionales abluciones, porque ésa era otra de las buenas cualidades alfonsinas: su extremada pulcritud.

—Aviva —dijo la señora—, que ya viene el Jué por la Santa Hermandá.

Alfonsa se tranquilizó. Se perfumó las axilas y el antepecho, se calzó el pantalón, se sobrepuso el cubrecorsé y la enagua, empezó a introducirse en el severo traje negro que él disfrutaba quitándole —doña Tadea ayudó a completar la interminable abotonadura—, se encopetó el moño y se puso la sortija recibida como regalo para las ferias. En eso de las sortijas era preciso andar con gran cuidado, porque el de turno se enfadaba si no era la suya. No solían decir nada, pero torcían el gesto al verse sustituidos en el recuerdo, y se desanimaba a veces la sesión.

Abajo sonaba ya la campanilla. Corrieron los pasos de Rufa, la moza de cuartos. Doña Tadea salió a la recepción: «¿Qué se me olvida?», pensó Alfonsa. Cayó de pronto en ello y sacó del cajón el abrochador, poniéndolo bien a mano en la mesilla. ¡Aquella moda de los botones para las botas de caballero!

Rechinó veintidós veces la escalera. Un peldaño había cedido el mes anterior y hubo que reponerlo. ¿Por qué precisamente el penúltimo? ¿Era el esfuerzo final de los clientes, su reforzado ímpetu al llegar casi al nivel del pecado, como la honda primera pisada de los corredores genuflectos al iniciar una carrera? Llamaron a la puerta. Don Rodrigo siempre llamaba. Alfonsa, fiel al ritual, corrió a abrirle y abrió también los brazos:

—¡Nene! —exclamó—. ¡Cómo te echaba de menos!

A don Rodrigo le reventaba aquella bienvenida. El «nene» aquel, tan dulce en otros momentos más jadeantes, resultaba inoportunísimo a la entrada. Había rogado a Alfonsa que lo olvidara, habían ensayado incluso otras bienvenidas, pero todas resultaban aún peores. Era increíble la capacidad de Alfonsa para estropear cualquier actitud y palabra en aquel momento inicial. Ambos se habían resignado ya a lo inevitable. Don Rodrigo tragaba saliva ante aquel «nene» grotesco, agachaba la cerviz y pasaba bajo uno de los brazos extendidos como quien pasa bajo las horcas caudinas («¿O se dice caudillas?» No estaba muy seguro don Rodrigo) mientras Alfonsa cerraba la puerta con el otro brazo. Unas veces era el derecho; otras el izquierdo. Nunca sabían por qué.

Después de la entrada, vergonzante cual corresponde a las puertas del pecado, los dos suspiraban aliviados y se sonreían casi humanamente. ¿Por qué había de ser así, semana tras semana?, se preguntó una vez más don Rodrigo, mientras se despojaba de la americana y se dirigía a sentarse en el borde de la cama. Alfonsa le siguió y se puso frente a él, muy cerca, de pie entre las piernas abiertas del caballero. Las patriarcales barbas quedaban así a la altura de la rosa de chifón que adornaba la cintura del vestido femenino. Los masculinos brazos ciñeron las caderas, pero pasó un momento y ella no advirtió el escarabajeo de los dedos en los últimos botones. Miró hacia abajo, extrañada por aquel cambio en las costumbres.

—¿Es que ya no me quieres? —preguntó mimosa, contemplando la honorable semicalva.

El caballero suspiró. Sin embargo, sus dedos cumplieron con su obligación y fueron escalando la carrera de botones hasta el cuello. El vestido cayó a los pies de Alfonsa, lo mismo que la enagua, y ella sacó las piernas y fue a dejar ambas prendas sobre la silla, quitándose el cubrecorsé a su regreso. Pero al volverse vio que don Rodrigo ni siquiera se había quitado el chaleco. Apenas si estaba desprendiendo la saboneta de su cadena de oro, pero con gesto mucho más gobernado por la costumbre que alentado por el entusiasmo. Éste tampoco pareció acrecerse ni siquiera al tener ante sí la hembra rozagante, en el atuendo más deseado e inspirador.

Alfonsa reprimió un suspiro. Ya se lo había dicho a ella el corazón: le tocaba día negro. El juez había venido, pero como si no hubiera venido. ¡El tío malange! Iba a ser preciso trabajarle a fondo. En fin, cuanto antes mejor, así que inició un gesto de reverencia que el caballero reprimió, atajando la genuflexión como un soberano dispensa del besamano. Alfonsa, desconcertada, se sentó junto a él.

—Pero bueno, ¿qué te pasa?

Don Rodrigo hizo un gesto evasivo. Alfonsa, sin descartar un natural efecto de la edad, pero pensando en que mediaba una semana extra de recuperación, trató de imaginar las causas posibles de tales fallos. No se le ocurrió ninguna: ni la interferencia conyugal era previsible —Alfonsa había visto una vez al juez con su mujer por la calle— ni tampoco las turbaciones psicológicas de algunos principiantes. Por eso decidió seguir adelante con su técnica:

—Anda, suéltame el corsé. ¿Tú no tienes calor?

Don Rodrigo accedió incluso a iniciar la complicada maniobra y hasta husmeó profundamente, sobre el hombro de la madura moza, los olores violentos de su pelo y su cuerpo, a ver si le vencían aquel desánimo. Pero cuando, desprendida la coraza, las manos olvidaron su habitual búsqueda inmediata de los frutos liberados, Alfonsa se volvió y amenazó con las bromas:

—Oye, a ver si voy a tener que pedir el cinturón eléctrico que hemos traído de París. ¡Hace unas cosquillas!

Y, confiando en los ataques masivos, le abrazó y le derribó de través en el lecho, cayendo sobre él. Don Rodrigo esperó también, durante algunos instantes, que la extensión del contacto pusiera en movimiento íntimos resortes, pero el resultado de aquel ataque envolvente fue convencerle por completo de que tampoco había debido ir aquella noche. No tenía el ánimo para expansiones pecaminosas; estaba demasiado afectado por los sucesos de la semana, y así se lo explicó a la hembra, que se tendió a su lado en la cama, izándolo a él hasta la almohada, hasta que ambos quedaron acostados normalmente, en el más razonable y quieto de los tálamos.

—Tú te reirás, hija —dijo don Rodrigo—, pero ésa es la verdad. El sermón de ayer..., uno se pone a pensar... Verdaderamente, la vida no vale la pena.

—No, si yo no me río —dijo Alfonsa muy seria—. Yo comprendo que esto no puede ser, que es un contradiós. Yo me confieso todos los domingos en los teatinos, y luego no me atrevo a comulgar, aunque me diga el padre que sí. Yo también oí ayer al padre Pelagio y tenía más razón que un santo. Menos en lo de los bichos, claro. Porque eso de vestir a los caballos, ¿a quién se le habrá ocurrido?

—¡Ah! —dijo el juez, satisfecho—. ¿A ti también te parece una tontería?

¡La lata que le había dado su mujer en favor de la idea!

—Tontería y bien tontería. Rematada. Como que no puede ser.

El juez empezó a alegrarse de haber ido. Por primera vez en varios días tenía la sensación de estar hablando con una persona razonable y sensata. Sin embargo, para confirmarse en sus ideas, se puso a hacer de abogado del diablo y a defender la propuesta correntanesca de las gualdrapas. Alfonsa las rechazó también sin vacilar. ¿Acaso iban a andar los labradores quitando y poniendo vestimentas a las caballerías? ¿Y cuando éstas se revolcasen? Porque los bichos, con perdón, son como los hombres: necesitan revolcarse de cuando en cuando. ¿Y el coste de lavarlas y mudarlas? ¿A qué tanta molestia y tanto gasto? Bien estaba que las personas se vistieran porque, después de todo, la moral es la moral. Pero los animales son otra cosa. No tienen conocimiento. Un perro ya crecido igual tiene perritos con su madre, ya ves qué barbaridad. Pues nada. Y lo mismo...

Hubiera sido grato al cronista, como signo de que la batalla moral empezaba a hacer sus efectos, poder escribir con verdad que jamás Tristán e Isolda separados por una espada yacieron más castamente que Alfonsa y don Rodrigo. Pero lo cierto es que en aquel punto de su disertación notó la hembra el cuenco de una mano sobre uno de sus desbordados pechos y comprendió, con ello, el cambio de las condiciones meteorológicas. Con certera intuición continuó sin embargo su charla, como si no hubiera notado nada, hasta que llegase la madurez de los tiempos y el propio requirente pasase a mayores. Pues, en efecto, era la sensata descripción alfonsina de un mundo engualdrapado, con todas sus aberraciones e incongruencias, lo que había mudado el talante hasta entonces encogido de la visita. El señor juez respiraba al oír al buen sentido; experimentaba la misma liberación que al emerger de un pozo o de una mina; se sentía en el terreno de lo simplemente humano, sin divinas señales ni alquitaradas perfecciones. Y como el buen sentido tenía además dos pechos y otras apetitosas circunvoluciones, no tardó en desembarazarse de las trabas que le habían inhibido y en envidiar incluso a ciertos animales, en vez de soñar con querer perfeccionarlos. Así acabó teniendo razón Evangelina: la inmoralidad vencía en Villabruna. ¡Incluso en la Casa Nueva! Al menos mientras no trajeran la salvación los paladines.

Pero no del todo, porque el resto de la casa estaba desierto. Pocos habían imitado al juez en su gesto de acudir; quizá porque ningún otro había faltado el lunes anterior. El caso es que doña Tadea, Trini y otras colegas no menos meritorias se hubiesen aburrido, de no ser por la compañía de Talante que, como otras noches, se había acercado a tomar una copa.

Lo malo es que el tema de conversación era poco alentador. Sobre la casa pesaba por fuerza la sombra de las señales famosas. Doña Tadea, más concretamente, estaba preocupada por el escándalo de la Glorieta, porque tales sucesos, aun sin apariciones caballunas, solían desencadenar el moralismo ciudadano, en perjuicio de los intereses del establecimiento.

—Oye, niño —interpeló al periodista—, ¿tú crees que me mandarán serrá? Porque hase tre año, cuando la niña aquella de Roldáne, mal tiro le dieran, me quitaron la lisensia.

—¿De veras? ¿Y qué hiciste? —El periodista era de los muy pocos que tuteaban a la señora.

—Hombre, pus qu'iba asé: Pedir otra y mudarme a esta casa. Entonse estábamos junto al mercado. Salimo ganando, mira. Esto es má tranquilo y mejó para todos. Pero es una pelmá, mover los trasto y tó: ¡con tanta cama y tan grande!

—De todos modos, el mal no es grave... No sé, no sé lo que pasará ahora. Los «morrales» están muy agresivos.

Tuvo que explicar el nuevo mote y todas se rieron. La Trini le dijo que se había ganado una copita de manzanilla, se la sirvió y se sentó en sus rodillas. Talante les habló de la crisis ministerial y les dijo que se rumoreaba un cambio hacia los garciaprietistas, cosa que puso de buen humor a doña Tadea porque el cacique de la capital provinciana había sido muy buen amigo suyo en otros tiempos y le guardaba ley. Puede que hasta le nombraran gobernador y todo, o presidente de la Diputación. Talante aportó algunos datos más que corroboraban tan favorable perspectiva, mientras la Trini le acariciaba el pelo, restregaba el pecho contra su cara y le decía tiernamente:

—Osú, Fermín, hijo, lo que tú sabes.

En esto llamaron a la puerta y la campanilla tintineó muy alegremente en los femeninos oídos. Algunas mozas huyeron a esperar que las llamaran y el salón recobró un poco su dignidad habitual, hasta que Rufa anunció a dos conocidos importantes pero de confianza: el comandante y el teniente Astúriz. Las fugitivas mozas volvieron de sus retiros, el comandante ordenó que se generalizase para todos la manzanilla, y Astúriz agarró por la cintura a *La Golosa*, una morena esbelta así apodada no por habilidades o preferencias determinadas (que no nos hubiéramos atrevido a sugerir, en esta moralizante historia, ni siquiera a través de un simple mote) sino porque cuando ingresó en la casa empezó Talante a llamarla *La Goulue*, en recuerdo de sus bohemios tiempos parisienses.

—¡Formalidad, teniente! —le reprochó con fingida seriedad Ezcúñiga—. Ha quedado usted en reservarse para más altas empresas.

—Precisamente por eso, mi comandante. Las maniobras

mantienen entrenadas a las fuerzas para futuras operaciones.

Los dos se rieron y su excelente humor se contagió al personal. Fermín se quedó con ellos, pues congeniaba bastante con Ezcúñiga, que a su vez reconocía las cualidades del periodista, sin comprender por qué se había limitado a quedarse en aquel hoyo de Villabruna. «¿Y usted, mi comandante?», le había preguntado Talante alguna vez. «Oh, yo soy de aquí; tengo mi vieja casa y ya he visto bastante mundo.» «Pues yo también soy de aquí, aunque usted no lo sepa. Salí por desesperación, rodé bastante, me harté de casi todo y cuando supe que ella había muerto sin casarse, volví al nido. No esperaba usted ese romanticismo cursi, ¿verdad? Pues así es. Por eso ahora soy cínico; todo me da igual.» Y el comandante había aumentado su respeto por el periodista, porque recordó de pronto historias ya olvidadas. Discrepaba en muchas cosas, empezando por la política, pero cada cual reconocía en el otro a un hombre.

Después de dejar a las dos señoras en sus casas, ambos militares se habían vuelto a encontrar y habían cenado juntos. Todas las dudas de Ezcúñiga se habían disipado. Aunque Astúriz no le habló de sus recién terminadas relaciones con Adela, le aseguró que en efecto había encontrado a Evangelina muy acogedora, desde el famoso baile del Casino, y añadió que la belleza indiscutible de la dama, condimentada con su justa fama de pura e inaccesible, la convertían en objetivo deseadísimo, digno de todos los esfuerzos. El comandante creyó prudente advertirle que la cosa tenía algún compromiso frente a la opinión, pues la ciudad se miraba en Evangelina como en un ejemplo. El teniente replicó que, como ya sabía Ezcúñiga, antes de tres meses le mandarían a África a petición propia, y allá películas. En cualquier caso, y hecha la advertencia procedente, el comandante no podía sino desear el más cumplido éxito a su joven compañero, con lo que se corroboraría una vez más el justo renombre conquistador de los Lanceros del Guadalete, que él mismo, por su parte, estaba procurando también confirmar. Ya en clima de franca confraternización, decidieron ir a terminar la noche a algún sitio menos ceremonioso que el Casino y como sitio así no había ningún otro en Villabruna, acudieron a la acogedora mansión de doña Tadea. Donde, para celebrar la mutua alianza, encargaron unas tapitas para siete y ocuparon durante un rato el saloncito con tres niñas y la amena compañía de doña Tadea, que se retiró a poco. Ocioso es decir que ambos estuvieron discretos sobre los motivos de su especial regocijo, como dos verdaderos caballeros, pero la famosa manzanilla *La Guita* —en casa de doña Tadea se bebía siempre lo mejor— hizo saltar algunas involuntarias alusiones, por fortuna suficientemente crípticas para todos. ¿Quizá no tan secretas para Talante?

Por eso don Rodrigo pudo escuchar alegres voces en el saloncito cuando, reconfortado por una sensata charla y unos sólidos y abundosos atractivos —quizá más lo segundo pero, ¿cómo quejarse?—, descendió por la escalera de atrás hacia la puerta del callejón. Pudo creer por eso que no era el único indiferente a las nubes acaballadas, pero se equivocaba. La moral, en efecto, se había refugiado en aquella casa, con la sola excepción del señor juez. Ningún otro cliente «de los lunes» osó mantener sus desenfadadas costumbres después de las exhortaciones sermonales de la víspera. Y en cuanto a la expansión del saloncito, sabido es que los soldados y los escritores, los hijos de Marte y de Apolo, como diría el incógnito *Acteón*, han gozado siempre de bulas y licencias inherentes a sus trabajosas y sacrificadas profesiones. ¡Alguna compensación han de tener en este valle de lágrimas!

10

LA L.I.M.A.

Para resolver la cuestión de vida o muerte, para salir de aquella obsesión asfixiante, Evangelina se concentró desde el martes en la actividad del comité cívico-moral, con el propio don Rosendo si no tenía clase, con don Leonardo y con el señor de Correntana. Se reunían en la colegiata, cada mañana después de misa, y ante todo decidieron convocar una urgente reunión de la que saliera, por fin, el programa y la organización del acto inicial. A esa reunión se presentó el primer día, «a recibir órdenes», el asistente de Astúriz. Los tres miembros del comité le recibieron asombrados por tan inesperada oferta, pero la explicación era sencilla y el propio soldado la ofreció, expresándose con la cultura y educación ya mostradas en casa de doña Eva. Simplemente, el teniente había oído también la misa y al ver reunirse a los tres no quiso importunarlos, pero había enviado al asistente por si necesitaban algo.

Doña Evangelina contemplaba al soldado como la antevíspera: con la misma sensación de que el uniforme era un disfraz. Desde luego no lo era, pero el recio paño contrastaba con aquellas facciones aristocráticas —tenía razón doña Sinda—, con la silueta esbelta a pesar de las prendas militares hechas en serie y, más todavía, con las manos expresivas. Algo la desazonaba, y objetó:

—Pero yo... nosotros... no podemos abusar de usted de esa manera. Ni del teniente, que le necesitará.

—El teniente es quien me ha mandado aquí. En cuanto a mí, no imagina la señora cuánto placer tengo en servirla. Por favor —suplicó—, acepten mi humilde ayuda.

Correntana tronó que no podía privarse a un soldado de colaborar también en la campaña de moralización, y nombró a —¿cómo se llamaba?— Marcelo García, muy bien, a Marcelo, enlace del comité. Evangelina no intervino, pensando como estaba en la súbita piedad experimentada de pronto por el teniente Astúriz, y sólo se cuidó de disimular su rubor al pensar que la devoción del teniente sólo se manifestaba en las misas a que ella iba.

El nuevo enlace fue muy útil en la tarea de convocar a todos para una reunión plenaria el jueves diecinueve, en la sede de las Damas Pías. Al llegar encontraron la grata sorpresa de unos dulces y unos azucarillos enviados a la señora presidenta por el comandante Ezcúñiga, que se disculpaba de no poder asistir. Alguna otra ausencia resultó inevitable, siendo muy lamentada la de doña Adela, citada aquel día en la capital por el especialista que vigilaba las palpitaciones de su corazón. En cambio se registraba una valiosísima incorporación al grupo, como subrayó en sus primeras palabras doña Irenea, aludiendo a la robusta presencia del padre Pelagio, cuyas preclaras dotes y apasionada colaboración habían inducido a todos, a todos por unanimidad —recalcó—, a solicitar su presencia para futuras actuaciones. El teatino, con voz que llenó la sala a pesar de utilizarla sólo en su registro melifluo, dio las gracias y se declaró consagrado en cuerpo y alma a tarea tan sublime como la emprendida por doña Evangelina y sus paladines.

Abierta de ese modo la sesión y agotados los dulces con la destacada colaboración de las hermanas Avendeño y del propio padre Pelagio —dispuesto en todo a demostrar su celo— se pasó al orden del día. Para empezar, don Leonardo hizo un bosquejo de la situación ambiental, pudiendo ya hablarse de una extensa simpatía entre los sectores más representativos de la ciudad. Sólo algunos escépticos y descreídos como Talante, o cierta lamentable indiferencia popular introducían tintas negativas en el panorama. Al nivel más culto y socialmente distinguido no había prácticamente oposición sino, acaso, reservas hijas de la prudencia y no de la incredulidad. El señor arcipreste, por ejemplo, se había abstenido aún de tomar posiciones porque como máxima dignidad eclesiástica local estimaba obligada la cautela, si bien *in péctore* albergaba una clara simpatía que se había dignado manifestar confidencialmente a don Leonardo. Las clases mercantiles, en general, aguardaban los acontecimientos con favorable disposición, y si bien los hacendados de la tertulia del Casino se habían mostrado al principio más reacios, pronto evolucionaron positivamente al serles explicado que, en todo caso, las normas para el decoro animal no se aplicarían más que en el casco urbano y no en la campiña, por razones obvias. En el Ayuntamiento no se habían efectuado aún gestiones por la situación de interinidad, agudizada al dimitir en Madrid el señor conde de Romanones y plantearse la crisis de gobierno. La banca y las finanzas locales, como podía confirmar don Telesforo y así lo hacía ya con su presencia, se alineaban junto a la moral y el orden. Lo mismo ocurría con las personas más ilustradas, como el archivero de la colegiata y otra notable figura cuyo nombre no mencionaba por no ofender su modestia (todas las miradas se volvieron hacia don Rosendo) y, por añadidura, la prensa local había ofrecido ya su apoyo desde el primer momento. Finalmente, el comandante Ezcúñiga estaba en aquellos momentos realizando una gestión tan delicada como interesante. En efecto, aprovechando un reglamentario desplazamiento a la capital para dar la novedad al coronel de su regimiento, había prometido tantear el criterio de su superior jerárquico sobre las posibilidades de que el elemento militar se adhiriese oficialmente a los proyectos moralizadores.

Tras preámbulo tan estimulante, se pasó a discutir el punto relativo a la organización o, como dijo don Álvaro, se pasó a diseñar la estrategia para la batalla. Doña Irenea volvió a proponer la constitución de la «L.I.M.A.», o *Liga para la Moral Animal.* Había pensado incluso un lema en torno a la idea de «Vestir al desnudo», «Caridad para el animal», o algo así.

—¿Por qué no algo más solemne y tradicional? —objetó don Álvaro—. ¡Ligas, asociaciones! ¡Bah, palabras impregnadas de liberalismo! Una cofradía, señoras y señores. Mejor aún, una orden militar, caballeresca. Estamos dando la batalla al Mal, no lo olviden.

—Sí señor —irguióse el padre Pelagio, y su barba se agitó como al viento—, la orden de los caballeros de San Jorge.

—San Jorge es el veintitrés, dentro de cuatro días —apuntó la mayor de Avendeño, eruditísima en el santoral—. San Jorge de Capadocia.

—Eso, eso, de Capadocia —subrayó su hermana segunda.

—¿Y nosotras? ¿Las mujeres, qué? —se encrespó doña Sinda.

—Una orden de damas —aclaró don Álvaro—. Las damas de...

—La casta Susana —sugirió la Avendeño menor.

—Es decir, Santa Susana —corrigió piadosa doña Irenea.

La Avendeño hizo un mohín; no era lo mismo. Y la discusión entre los partidarios de andantes caballerías y los de reglamentarias asociaciones agitó a la reunión durante un rato. Al fin, por razones prácticas que apuntaló enérgicamente don Telesforo, y a pesar del atractivo anejo a la pompa y ceremonial de las órdenes caballerescas, la idea de la L.I.M.A. prevaleció como decisión. Con el voto en contra, claro está, del señor de Correntana, dispuesto a morir antes que rendirse.

El segundo punto estaba enlazado con el primero. Fue don Rosendo, con palabra tímida y mendigando con la mirada el mudo aliento de su esposa, quien expuso su idea de crear un centro científico-religioso para estimular el pensamiento sano y las publicaciones de recta doctrina; un lugar, en fin, para la cooperación intelectual en esas materias; algo como un faro que irradiase actitudes morales por el universo mundo. Podría llamarse, a su modesto juicio, *Instituto Cardenal Venegas*, desagraviando así Villabruna el olvido en que tenía a su preclaro hijo, en contraste con la fama mundial del prelado desde el siglo XVIII, por sus estudios sobre las inscripciones cristianas primitivas, como puso de relieve en *La Ciencia Española* el erudito genio de Menéndez Pelayo.

La iniciativa pareció acertadísima y los rumores laudatorios excluyeron las deliberaciones. Evangelina dedicó al pobre Rosendo su mejor sonrisa, en el momento en que oía a doña Sinda afirmar que «había sido una idea buenísima, pero que buenísima». Sorprendida por el entusiasmo de la dama ante perspectivas culturales tan altas, le hizo una pregunta aclaratoria y averiguó que doña Sinda se refería al hecho de utilizar a Marcelo como enlace. Pero Eva no tuvo tiempo de comentar, pues don Álvaro pidió de nuevo la palabra para una cuestión suscitada por la brillante propuesta de don Rosendo. En efecto, el cardenal Venegas necesitaba otra reparación.

—No sólo hay que sacarle del olvido —dijo—, sino conseguir que se olvide lo único que de él no debe recordarse. Sí, señoras y señores —añadió ante la estupefacción general—, hay que derribar al fauno, hay que arrancar esa indecencia pública de nuestro mejor paseo. Yo afirmo categóricamente que si esa estatua culpable no estuviera ahí, ni se hubiera escapado la de Roldánez ni hubiera pasado lo del otro día en la Glorieta.

El padre Pelagio se unió al orador para afirmar que, con arreglo a la más sana moral, el fauno era una incitación pecaminosa. Pero la sensibilidad estética de don Leonardo se alarmó y temió que esa iconoclasta diera pie a los adversarios de la futura L.I.M.A. para acusarla de vandalismo artístico. Don Álvaro iba a contraatacar cuando Astúriz pidió la palabra, provocando con ello, inocentemente, una aceleración en el ritmo cardíaco de doña Evangelina.

—Quizá sea yo el menos indicado, por mi escaso mérito —comenzó con una modestia que cautivó a los presentes—, para sugerir ideas a tan culta asamblea, pero se me ocurre una solución intermedia. ¿No cabría conservar el fauno evitando de algún modo lo que tiene de atrevido? Por ejemplo, en estos casos una hoja de parra...

Siguió una deliberación un tanto embarazosa, pues todos

pensaron que el teniente, por ser forastero sin duda, no había reparado en los detalles de la estatua, cuyo acusado realismo impedía superponer una hoja de parra sin determinadas amputaciones previas, difíciles de especificar ante un auditorio femenino. Alguien consiguió de todos modos expresar el problema, pero Astúriz volvió a vencer la dificultad:

—Pues, entonces, se le ponen a la estatua unos calzones. De ese modo se podrá cohonestar el pudor con el respeto a la mitología.

Don Leonardo, que había pasado un año estudiando en Lovaina, encontró admirable el propósito, invocando el precedente del *Manneken Piss*, de Bruselas, que tiene todo un guardarropa (¿O estoy equivocado?, pensó luego; pero no valía la pena rectificar). Don Remigio enfrentó a la tesis su sentido práctico, temeroso de que en Villabruna unos calzones llamasen todavía más la atención y fueran, además, desgarrados con frecuencia por vandálicos curiosos. Otros participaron en la discusión, pero Evangelina no escuchaba. La palabra «mitología», en labios de Astúriz, le había volcado el corazón al golpe de una idea. ¿Sería él? ¿Sería el teniente quien se ocultaba bajo el poético nombre de *Acteón*? Tardó un buen momento en serenarse y poder atender a la discusión, encauzada otra vez por el propio Astúriz al afirmar que los calzones podrían ser también de mármol. Se labraban en dos piezas, se encajaban por delante y detrás y se resolvía la dificultad. El teniente, realmente inspirado aquella mañana, no sólo aportaba la idea, sino también el ejecutor. Su asistente, Marcelo, era tallista estimable. Para el cuarto de banderas del cuartel había labrado un Santiago muy entonado. Estaba seguro de que resolvería la cuestión en un periquete.

—Eso, eso —concluyó el padre Pelagio—. Los calzones, de mármol y ¡bien prietos!

Nadie tuvo ya nada que objetar. El acuerdo fue unánime, con un entusiasmo muy vivo por parte de doña Sinda. Seguidamente se planteó la cuestión de solicitar ayuda a los poderes públicos, en aras de la moral nacional. Poco a poco, la discusión se hacía más inspirada, como si todos quisieran emular las felices iniciativas del teniente. Así se fueron bosquejando las oportunas peticiones que incluían, desde luego, subvenciones para los costes de la campaña moralizante, concesión de premios y estímulos, y otros fines análogos; así como también obtener gratuitamente unos solares, entre los terrenos de la villa sin utilización por el momento, para construir el Instituto, sede la L.I.M.A.

En segundo lugar, había de solicitarse muy enérgicamente la promulgación de medidas —bien en forma de leyes, para todo el ámbito nacional o bien, para empezar, como bandos municipales— a fin de establecer la obligatoriedad de la decencia animal. El nuevo notario, todavía soltero por cierto y en consecuencia ávidamente escuchado por niñas y mamás, planteó una serie de cuestiones jurídicas sobre el carácter y modalidades de las medidas procedentes. Hizo notar, además, que si bien el Ayuntamiento podría imponer la cobertura obligatoria en el término municipal, sería preciso dirigirse, además, a las autoridades militares si se quería extender la acción moralizadora a los bizarros desfiles de Lanceros del Guadalete. En suma, a él le parecía muy difícil poder aplicar medidas de esa índole que, sobre todo en el caso de los lanceros, exigían forzosamente un ámbito nacional de aplicación.

El escepticismo del nuevo notario cayó bastante mal en la reunión y le calificó rápidamente de hombre con ideas sospechosas. La precisión jurídica de sus razonamientos dejó, no obstante, algo paralizados a sus interlocutores, hasta que el bizarro don Álvaro salió por los fueros de la fe y de la moral, ignorando como siempre los obstáculos y los despreciables trucos técnicos de los hombres modernos.

Recordó, a tales efectos, que en el orden militar los Lanceros del Guadalete disfrutaban de un *status* bastante especial pues, como todos los nacidos en la villa sabían (y con eso pareció arrojar cierto desdén sobre los forasteros), el destacamento de Villabruna tenía su origen en una gallarda acción de guerra de la Independencia contra los franceses, y a esa misma causa debía especiales privilegios en el uniforme, diferente en ciertos detalles del usado por los demás lanceros españoles: por ejemplo, el galón morado de Castilla sobre la costura del pantalón en vez del galón plateado. Basándose en esos mismos privilegios, sustentados con toda la sacrosanta fuerza de la tradición, podía muy bien solicitarse la instauración —reinstauración, mejor— de la gualdrapa, que, después de todo, no era sino un alargamiento de la manta colocada bajo la silla.

Tras de reanimar con eso a su auditorio, don Álvaro hizo notar que, en cuanto al problema municipal, todo dependía de la persona y actitud de quien, con el nuevo gobierno, fuera designado alcalde para acabar con la interinidad derivada del traslado a Madrid del anterior, cuatro meses atrás. En todo caso, las leyes, cualesquiera que fuesen, no podrían menos de amparar el orden y la moral pública, dejando libre a cada municipio para proteger tan altos fines en la forma conveniente. Y si así no fuese, concluyó, habría que luchar por ese mínimo de autonomía administrativa, arraigado, como muy bien tenía demostrado el insigne tribuno Vázquez de Mella, en las más preclaras tradiciones de los municipios medievales. Sagrado es el derecho del hombre a organizarse y a administrarse; no menos sagrados son el orden y la moral. ¿Cómo no iba a ser posible, dados ambos soberanos principios, requerir de un alcalde sensato unos bandos que acabaran con el escándalo del exhibicionismo animal?

El fogoso orador acabó así de conquistar a sus oyentes, que, con todas esas ideas bosquejadas, pasaron a deliberar sobre el acto cívico. Previa la adecuada discusión, se acordó que éste se compondría, en oportuna fecha y a no mucho tardar, de diferentes partes. Primero, hacia las diez de la mañana, una breve ceremonia en la Glorieta, para la pública imposición de los calzones al fauno. Después, un solemne debate cívico-literario en el Casino, para tratar ante el pueblo los distintos aspectos del problema: religioso-moral, filosófico, artístico, económico, y demás facetas de la cuestión. Para ello se escogerían los ponentes más capaces de convencer al auditorio y de convertir las propuestas, que presentaría la L.I.M.A., en entusiastas aclamaciones de todo el vecindario de Villabruna, adelantado en la campaña nacional de moralización. Por la tarde, y después de un ágape al que se invitaría a las autoridades, podría celebrarse la *kermesse* encaminada a reforzar los medios económicos de la organización.

Perfilando estaban los últimos toques al proyecto, cuando entró de súbito *Melampo* con la noticia del nuevo gobierno. Don Telesforo sonrió al escuchar que el señor marqués de Alhucemas había sido encargado por S. M. el rey de constituir un nuevo ministerio, y se apresuró a recordar a los presentes que eso significaba tener a Tomás Merales como alcalde.

Hubo un momento de duda, pues Merales no era un hombre de inequívocas actitudes y, por otra parte, su adscripción al ala garciaprietista del partido liberal no parecía prometer en él una firme devoción por las sacrosantas tradiciones. Don Telesforo se apresuró a calmar a los presentes. A él le constaba que don Tomás Merales era hombre de rara integridad y de sólida ética, pues su aparente indiferencia no era sino el sentido práctico propio de quienes, como el mismo don Telesforo, hacían de las actividades económicas su principal ocupación. No era Merales, cierto, hombre de entusiasmos aparatosos, pero nadie tenía derecho a suponer —y él salía fiador— que en la lucha entre el bien y el mal no se pusiera del lado de la moral y el orden el señor director de la Caja de Ahorros de Villabruna. En resumen, todos debían felicitarse de la solución de la crisis ministerial que, si bien desde otro punto de vista era lamentable para quienes albergaran en su pecho las sanas ideas del partido conservador, al menos se compensaba en Villabruna con la fortuna de entregar la alcaldía en aquellos momentos decisivos a uno de los hijos más meritorios de la ciudad, que tan alto había sabido llegar con su esfuerzo y su honestidad.

Todos suspiraron de alivio y la reunión empezó a disolverse entre mutuas felicitaciones. Evangelina afirmó, en apoyo de don Telesforo, que Adela había sido desde el primer momento una de las más fieles creyentes en las señales celestes, por lo que era seguro contribuiría también a la adhesión del nuevo alcalde. Astúriz se acercó en ese momento a la dama pidiéndole el privilegio de acompañarla hasta su domicilio, consiguiéndolo así aunque con el estorbo de doña Sinda, coincidente durante casi todo el camino. El resto del trayecto fue recorrido por Evangelina y Astúriz en un silencio lleno de la visible turbación de la dama y apenas cortado por algunas trivialidades sociales hasta que, de pronto, ella intentó la prueba que rumiaba desde hacía un rato:

—Dígame, Astúriz, ¿usted podría decirme los nombres de las siete musas?

La inesperada pregunta cogió desprevenido al teniente, que, para ganar tiempo, sólo acertó a decir:

—Perdone, quizá esté yo equivocado, pero creo que eran nueve.

—Ay, sí, qué boba —rió doña Evangelina, encantada del éxito logrado con su deliberada equivocación—, claro que eran nueve. ¿Las recuerda usted?

El pobre teniente enrojeció como estudiante en un examen. Sabía perfectamente cuántas eran porque meses antes había visto en el teatro Apolo, de Madrid, un juguete cómico-bailable titulado precisamente «Las Nueve Musas». Por desgracia, aunque las nueve hermanas andaban constantemente en escena, con unos peplos blancos provocativamente abiertos en el costado, él no recordaba sino el opulento busto de Talía, las pantorrillas de Clío y las caderas voluptuosas de Terpsícore. No pudo, por tanto, ofrecer a la dama más que aquellos tres nombres, y confesó avergonzado ignorar los demás, mientras para su capote maldecía de la erudita curiosidad femenina.

—No se preocupe —le consoló ella—, tampoco es nada importante. Quería yo resolver sin ayuda de Rosendo un concurso de *El Hogar y la Moda*. Mil gracias de todos modos —concluyó, tendiéndole la mano para el beso cortés.

Al hacerlo enrojeció, pero no había podido reprimir su alegría. Astúriz sabía perfectamente que las musas eran nueve. Incluso conocía los nombres de algunas, aunque por delicadeza —descubriendo quizá entonces la trampa en que ella le hiciera caer— había fingido ignorar los demás. ¿Y quién, salvo Rosendo y quizá don Leonardo, conocía en toda Villabruna los nombres de alguna musa?

No cabía duda. Astúriz sabía muchísima mitología. Además, ¿acaso no empezaba también *Acteón* con la letra A? Doña Eva entró en su casa felicitándose de que el pasillo estuviera siempre oscuro, pues temía que el impetuoso júbilo de su pecho le asomase demasiado a la cara. Aunque, después de todo, no había nada malo en la respetuosa admiración de aquellos versos que tenían fe en su nombre como escudo para defender a Villabruna del Caballo Desnudo. ¡Ah, no desmentiría ella esa confianza! ¡Con alma y vida, ahora más que nunca, se consagraría a la sublime misión!

11

LA DÉCIMA MUSA

Días de actividad, días de agitación, días frenéticos, electrizados, los posteriores a la reunión que definió don Álvaro como de planeamiento estratégico. Todos y cada uno de los reunidos rivalizaron en exprimir su imaginación para alcanzar el máximo resultado en la campaña moralizadora. Desde la reina del grupo —la Reina del Austro, como a sí misma se llamaba a veces con delectación, para reprocharse en el acto tal pecado de soberbia— hasta la sobrinita de don Ulpiano, todos consagraban sus horas a pensar, a proyectar, a ejecutar. Don Leonardo, con una visión lógicamente diferente de la de don Álvaro, pensaba en la acción como en una obra misional y a través de las confesiones de sábado y domingo había percibido el fervor eficaz de los predicadores de la buena nueva. Incluso Remedios tenía concentrados sus pensamientos en la batalla empeñada, aunque a veces sospechaba el lectoral si no sería más bien para levantar el velo de la moral que para imponerlo a los animales.

En fin, la perseverancia de las Pías Damas y de sus aliados ofrecía ya resultados. A fuerza de tratar el tema en la tertulia del Casino, en la calle, en las visitas, en la colegiata, en las oficinas, en las tiendas, en el mercado y hasta en la taberna de Cesáreo, era un hecho que la cuestión dominaba las preocupaciones de todos. En contra o a favor, nadie escapaba a la discusión del problema planteado por el Caballo Desnudo, y estas dos palabras flotaban en el aire, materializándose casi como una neblina rojiza en las miradas. Nadie contemplaba ya a un caballo como antes; nadie podía dejar de escrutar inquisitivamente ciertos detalles anatómicos particulares. Fue una primavera penosa para algunos animales, obligado es decirlo. Bastaba que un vagabundo perro se pusiera a olisquear a una congénere en mitad de la calle, para que alguien impidiera por la violencia la continuación del natural proceso.

Ocurrían cosas, además, que por fuerza habían de mantener vivo el interés y hasta excitar las imaginaciones. En la mañana del viernes los escasos paseantes de la Glorieta a aquellas horas vieron a un lancero del Guadalete acercándose al fauno, acompañado por el guarda jurado, portador de una escalera. En el acto se formó un corro en torno a los dos personajes que, tranquilamente, adosaron la escalera al pie de la estatua, apoyaron su extremo superior contra el pedestal y, calzándola con piedras, se cercioraron de su firme asiento. Acto seguido, mientras el guarda jurado mandaba severamente a los circundantes que no se acercaran demasiado, el lancero trepó hasta lo alto y contempló detenidamente ciertos detalles de la estatua. Entretanto, las inusitadas operaciones habían reunido ya un público relativamente numeroso de niños, desocupados, presbíteros paseantes y lanceros francos de servicio, que habían reconocido al asistente del teniente Astúriz y le lanzaban jocosos gritos para hacer reír a las niñeras. Ante esa intrigada reunión Marcelo extrajo del bolsillo una cinta métrica y procedió a anotar diferentes dimensiones de la estatua. Descendió luego de la escala, devuelta dignamente por el guarda jurado hasta la casilla donde se encerraban los útiles de jardinería, y Marcelo permaneció en la Glorieta dedicándose a dibujar apuntes del fauno en un álbum, desde distintos ángulos. Finalmente se alejó, sin un comentario, sin dar explicaciones siquiera a sus intrigados compañeros, dejando tras sí un hervidero de cábalas.

Ya puede comprenderse la difusión inmediata del suceso. Cuando llegó a la taberna de Cesáreo, se daba por seguro que los ricos iban a capar al fauno y que, por supuesto, la misma operación sería extendida a todos los animales del contorno. A esa conclusión llegaron los contertulios del vaso del mediodía, discutiéndose tan sólo encarnizadamente si el programa se reduciría al término municipal o si afectaría a todo el partido. Hubo incluso quien se preguntó si el peligro no alcanzaría también a los humanos; pero, aunque se tomó a chacota, Cesáreo se limitó a decir sentenciosamente que cuando el pueblo no se había sublevado ya contra tantos abusos desde arriba, es que hacía tiempo carecía de lo que se consideraba extirpable.

La actitud popular reflejaba, con menos intensidad revolucionaria, los recelos de Cesáreo y sus amigos contra la furia moralizadora de las clases altas. Ese recelo provenía sobre todo de la gente del campo, que no imaginaba siquiera cómo podría llevarse a cabo la ocultación de las anatomías animales y, al no poder concretar su inquietud, sentía todavía mayor miedo, agravado por rumores tan fantásticos que ni siquiera vale la pena recogerlos aquí. Había incluso quien relacionaba tales cuestiones con la crisis ministerial reciente (que, por lo común, ni siquiera hubiera llegado a conocimiento de la gente) y aludían a una revolución, un cambio de gobierno, una alianza con los bolcheviques o, al revés, un ataque a los mismos participando en la guerra, y comentarios igualmente desaforados. Los pobres campesinos escuchaban, se rascaban los pelados cráneos y meditaban pensando a qué santo resultaría más barato y eficaz encomendarse.

La excitación del ambiente se acrecentó el sábado cuando, por el circuito informativo de lanceros-criadas-mercado-señoras, se supo que un carro para forrajes del escuadrón había salido muy de mañana para la capital, conducido por dos lanceros, llevando también a Marcelo (el que había medido al fauno el día anterior, añadía la gente al relatarlo), y con una misión desconocida. El carro volvió al oscurecer y los dos soldados conductores se apresuraron a transmitir solemnemente que la misión había consistido en ir al cementerio. «¡Al cementerio!», repetían boquiabiertos los oyentes. Bueno, exactamente al cementerio no, pero sí a las casillas de los alrededores, donde tenían sus talleres los dos o tres marmolistas dedicados a la confección de lápidas. Allí Marcelo había procedido a ciertos tratos, acabando por adquirir dos bloques de mármol, del tamaño como de un taburete, que cargaron en el carro y transportaron al cuartel. Según les había dicho Marcelo, se trataba de confeccionar unas piezas que sirvieran de calzones al fauno, porque el Ayuntamiento iba a mandar cubrirle sus vergüenzas.

La noticia fue ampliamente comentada en el ambiente de la casa de Cesáreo, a impulsos de la acumulación de clientes sabatinos y de la mayor densidad de consumo vínico. ¡Qué escándalo ponerse a vestir estatuas cuando los hijos de los pobres no tenían con qué abrigarse! Pues ¿y vestir a los animales? El abuso de los ricos no tenía límites. Hasta ahora, las señoritingas se habían conformado con vestir santos, pero ya no les bastaba. Claro, querían vestir a quienes tuvieran algo que tapar, porque los santos de palo... En ese punto surgió una discusión sobre lo que los santos tienen bajo sus vestiduras, hasta que un ex sacristán aseguró categóricamente que los imagineros no llevaban el realismo de sus gubias más abajo de la cintura. ¡Ni aun siquiera más arriba!, soltó alguien pensando en las santas. Pero el ex sacristán hubo de recordar que bastantes imágenes femeninas estaban en esa región suficientemente caracterizadas aunque, claro está, sin acercarse nunca, ni de lejos, a los umbrales de la provocación. Ésa era la moral de los ricos, concluían los más contumaces enemigos del orden social establecido: visitar a doña Tadea por un lado y, por el otro, prohibir a los animales lo de toda la vida; pensar en nubes y en fantasías, cuando a cada paso se están viendo la explotación y la pobreza; etc. Y claro está que sólo la revolución era remedio; bien fuese la revolución socialista o, por el contrario, la supresión de toda autoridad opresora como querían el *Bacunín* y el *Cropoquin*: ésos sí que eran dos tíos. Dejadlos que hagan —concluía Cesáreo, sin duda intuyendo la teoría del cambio social a través de las contradicciones—, cuantas más locuras cometan, mejor. Así se nos unirá más gente desesperada cuando organicemos la huelga revolucionaria. De este verano no pasa: la armamos. Y, entonces, como en San Petersburgo: ¡abajo los burgueses!

Afortunadamente, el pueblo no estaba todo en la incandescente taberna, bochorno de Villabruna. Muchos más eran quienes comprendían que sólo el orden social asegura la paz y el trabajo para todos, la continuación de las vidas apacibles, ya que no todas opulentas. Muchos y, sobre todo, muchas sabían por otra parte —puesto que Dios mismo nos lo ha revelado así— que las imperfecciones de esta vida terrena eran inevitables y que todas ellas serían compensadas a los buenos allá en lo alto, con la contemplación eterna de la divina beatitud. A todos esos buenos ciudadanos se dirigió el domingo el padre Pelagio, acrecentado su prestigio por el llamamiento de las personas más principales de Villabruna, que no podían pasarse sin el auxilio del teatino; es decir, sin el del pueblo a quien tan fielmente encarnaba. A todos ellos prometió desde el púlpito, con encendido verbo digno de competir con el de los parroquianos de Cesáreo, que serían los humildes y no los poderosos quienes de verdad habrían de salvar a la villa y a la nación entera. Una procesión monstruo, una rogativa, un impresionantísimo desfile de cristianos enfervorizados por las calles de Villabruna: ésa sería la acción decisiva para barrer de la atmósfera hasta las más sutiles emanaciones de la fétida inmoralidad. Sí, un verdadero reto al demonio. Saldrían al atardecer, luego de haber impetrado el favor del Altísimo, y a esa misma hora del crepúsculo se vería si el Enemigo Malo se atrevía a volver a presentarse, ni siquiera en efigie nebulosa. No, que no temiesen nada sus amadísimos hermanos. Él mismo, el propio padre Pelagio, iría al frente de todos para ofrecer su vida, si preciso fuere, en holocausto de la moral y de la santidad de la villa. Él formaría con su cuerpo un escudo para sus feligreses, para su amadísimo pueblo. Y no lo anunciaba con jactancia, no. Antes al contrario, con la serenidad de quien sabe que nada ha de ocurrirle porque cuenta con el brazo de Dios en su apoyo. Eso harían: un magno desagravio, un absoluto exorcismo colectivo. El caso estaba previsto por la sabiduría de la Santa Madre Iglesia, que, en otros siglos más creyentes, había ya dejado establecidas las preces para expulsar íncubos y súcubos, con toda clase de demonios, de los cuerpos de pobres cristianos atenazados por el Maligno. Pues bien, del mismo modo irían todos —y él a la cabeza— a sacar al Demonio de Villabruna. ¡Que huyera a la capital, si quería, o a esa Babilonia de Madrid! ¡Pero, lejos, Satanás, lejos de Villabruna! Y un puñetazo rotundo hizo crujir la barandilla del púlpito y dio a los fieles una idea de lo que le esperaba al pobre Satanás, lo bastante imprudente o soberbio para imaginar que podría vencer a cristianos defendidos nada menos que por el paladín padre Pelagio.

Entretanto, Marcelo trabajaba afanosamente, presionado por la urgencia que sentían los moralizadores. Ya el propio viernes, tras de estudiar la escultura de la Glorieta, el lancero artista sometió sus dibujos a doña Evangelina y a una comisión de la prevista L.I.M.A., cuyos estatutos estaban ya siendo elaborados por el señor notario, indispensable para el caso a pesar de su tibieza ideológica. La comisión se debatió entre dos requerimientos: por un lado, cubrir lo inexhibible; por otro, guardar cierto respeto a la estética. Era preciso diseñar un calzón practicable y, a la vez, lo menos discordante posible de la estatua. Esto último preocupaba mucho a Marcelo, que no acertaba con ninguna clase de cobertura satisfactoria para el buen gusto. Si los calzones eran largos, ocultarían el delicado detalle de los rizos caprinos sobre los muslos míticos; si eran cortos, por fuerza terminaría demasiado abruptamente en la entrepierna, por exigencias de la protuberancia que precisamente se trataba de ocultar al público inocente. Al fin la comisión aprobó la propuesta intermedia de Marcelo y encontró también muy acertado el diseño exterior, de carácter rústico y pastoril, muy a tono con el resto de la figura. En todo aquel debate, la comisión pudo apreciar la esmerada educación y las altas cualidades intelectuales del lancero, hasta casi, casi, llegar a considerarle como uno más, no obstante su condición de soldado, demostrativa de humilde extracción social, que le había impedido pagar la cuota de mil quinientos reales, liberadora del servicio militar. Evangelina se interesó bondadosamente por el muchacho, que, azorado y tímido, relató brevemente una vulgar historia de madre viuda, pobreza y vocación artística. «Tiene raza, tiene», dijo don Álvaro en tono elogioso cuando el lancero se hubo retirado. «Me atrevería a apostar que su verdadero padre no fue el peón de albañil caído del andamio, como él mismo se cree. ¡Qué va! Esa nobleza de actitudes, esos ideales artísticos exigen sin remedio una nobleza de sangre muy auténtica.»

Aprobados así los proyectos, la excitación de la villa toda se propagó al taller donde trabajaba Marcelo. Doña Sinda había ofrecido para la tarea un aposento casi vacío, que servía de almacén, en la planta baja de su casa. «Los artistas —dijo— requieren comodidades y cuidados. Su cafetito de vez en cuando, la inspiración... ya saben ustedes, esas cosas.» Sin embargo, prevaleció la oferta de Astúriz, y el taller se instaló en una apartada dependencia del cuartel. Los golpes que allí daba el cincel de Marcelo sobre el mármol eran los latidos del corazón moral de Villabruna. A veces Evangelina, doña Sinda, todos en general, creían oír aquellos golpes salvadores a través de la distancia y de los muros. Cuando doña Sinda supo que Marcelo a veces trabajaba por la noche —¡claro, como todos los artistas!—, empezó a despertarse inquieta, en la oscuridad aserrada por los sonoros ronquidos de su esposo, y a imaginar al genio en acción, luchando miguelangelescamente contra el duro mármol. Y ya que no podía ayudarle en el aposento vacío de su propia casa, al menos le enviaba cigarrillos que se fumaban Marcelo y Agapito, mientras las piezas trasera y delantera de los calzones iban emergiendo poco a poco de la blanca materia.

—¡Chavó, la suerte que tienes! —comentaba Agapito con su compañero—. ¡La hembra esa está por ti, atontao! ¡Que sí, que sí! —insistía, ante las sonrientes negativas de Marcelo—. ¡Y que tiene muchas carnes! ¡Vaya carnes!

No podemos, en una historia tan moralizante como ésta, continuar transcribiendo los expresivos comentarios de Agapito. Marcelo se limitaba a sonreír, a contestar brevemente de vez en cuando. Agapito, a veces, se extrañaba de la transformación sufrida en pocas semanas por su compañero. En estos últimos tiempos estaba melancólico, abstraído, casi soñador, suponiendo que palabras como ésas figurasen en el vocabulario de Agapito. Éste había pensado que Marcelo tenía pasión de ánimo por doña Sinda y le estaba aconsejando que no dejara de darle gusto al cuerpo pues la vía franca estaba clarísima, pero en aquella conversación se persuadió de que, o eran otras preocupaciones de su amigo, o era otro el objeto de la susodicha pasión. Y un poco ofendido por la falta de confianza de Marcelo, se retiró para que, según sus propias palabras de despedida, «siguiera trabajando hasta partirse los cuernos». Al quedarse solo, Marcelo intensificó su expresión soñadora. Luego cogió papel y lápiz y sacó de disimulado lugar un libro hallado entre el polvoriento montón de volúmenes que en un armario constituían la biblioteca del cuarto de banderas. Era el tomo cuarto de la *Enciclopedia de la Juventud* («O sea, compendio general de todas las ciencias»), aumentada considerablemente por el traductor D. A. Zaragoza Godínez y publicada en Madrid, con licencia, en 1826. Allí había encontrado días atrás la historia de Acteón castigado cruelmente por haber osado contemplar a la diosa; allí trataba ahora de dar forma a un atrevido pensamiento de su alma, que ni siquiera él mismo se confesaba: el de echar de menos entre las musas mitológicas a una décima que gobernara los sentimientos de la moral. Pues tal musa existía sobre la tierra, encarnada en doña Evangelina, y fuerza era por tanto incorporarla al coro de las nueve hijas de Júpiter y Mnemosina. Tal pensamiento dominaba en aquellos momentos su ente de tal modo que reclamaba con imperio la expresión poética. Así es que se sentó con el cuaderno sobre las rodillas y sin dificultad alguna brotó del lápiz este primer cuarteto de un soneto:

Clío, Euterpe, Terpsícore, Talía,
Melpómene, Calíope y Erato,
Polimnia, Uramia ofrécente su trato
a ti, décima Musa, Musa mía.

Inmediatamente surgió el quinto verso:

Musa de la moral, reina del día...

y pronto llegó al final, asombrándose de tanta facilidad, sin perjuicio de faltarle aún al soneto bastante pulimento. Mas, ¿de qué se asombraba? Ciertos sentimientos, cuando son tan puros como intensos, hacen brotar la vena poética como la vara de Aarón engendró de la peña la cristalina fuente.

Como la peña, él permanecería mudo, jamás se atrevería a declarar sus platónicas emociones. Pero el venero no debía quedar oculto. Ella debía conocer que alguien, quizá muchos (un rictus de melancolía se dibujó en su boca), apoyaban en secreto sus desvelos por la humanidad descarriada. Sí, aquel soneto era de Ella, ella lo había hecho brotar. Y, si era suyo, a ella había que restituírselo, aun ocultando bajo el mismo seudónimo el humildísimo nombre del instrumento que se había limitado a escribirlo.

12

CASTO AMOR ESPIRITUAL

Describir las emociones de nuestra protagonista, cuando halló el soneto declarándola décima musa, sería pretensión imposible. No se hubiera turbado más torrencialmente la razón de la dama si el cielo se hubiera confundido con la tierra y el día con la noche. Porque, además, las circunstancias le depararon el hallazgo precisamente tras de una mañana toda llena de choques con las mezquindades del mundo cotidiano. Parecía que las cosas y las personas, aquel lunes festividad de San Jorge, habían decidido oponer la más torpe obstrucción a los designios salvadores de la dama y de sus paladines.

No todo fue negativo aquel día, si hemos de ser fieles a los hechos. Pero la dama ignoraba que aquella mañana, desalentadora por acumulación de pequeñas adversidades, estaba tomando posesión en el Ayuntamiento don Tomás Merales, en virtud de nombramiento interino por el Gobierno Civil de la provincia, en espera de verlo confirmado mediante elecciones populares debidamente organizadas. Tras la sencilla ceremonia, puntualmente observada por *Melampo* en su doble carácter de funcionario municipal y director de *El Eco*, reunió en su despacho a los jefes más importantes de la administración local y, en un ambiente campechano por todos agradecido, les invitó a cambiar impresiones sobre las líneas más acertadas de la acción futura. Para él había sido completamente inesperado el honroso nombramiento —afirmó— y si quería llevar a cabo alguna labor por la prosperidad de Villabruna, como era su más ferviente deseo, necesitaría la cooperación de funcionarios tan competentes y conocedores de los problemas como los que le escuchaban.

Con ese motivo se trataron las principales cuestiones pendientes y acabó tocándose el tema del Caballo Desnudo. ¿Qué pensaban de ello los dignos funcionarios del Ayuntamiento? Merales confesaba que, absorbido por las delicadas cuestiones financieras de la Caja de Ahorros, no había tenido tiempo para formarse una opinión. Desde luego, su esposa formaba parte de quienes tomaban muy en serio las señales divinas, pero entre los empleados de la Caja no encontraba reacciones igualmente positivas.

Los dignos funcionarios vacilaron antes de contestar, pues sabían que al nivel social de las personas más principales de Villabruna, como el nuevo alcalde, la cuestión era ya cosa juzgada. Pero las vacilaciones de don Tomás los estimularon a manifestarse, en conjunto, con cierto escepticismo, temperado sin embargo por su acatamiento a la omnipotencia de lo alto que siempre —¿por qué no?— podía elegir manifestaciones extraordinarias de su voluntad.

—Lo que yo digo, señor alcalde —resumió Becerra, el jefe de la reducida guardia municipal y del servicio de incendios—, es que puede que la nube sea una señal y puede que no lo sea, puede que la haya habido y puede que no, que un servidor no llegó a verla, ¿usted me comprende?; pero, vamos, que si Dios quisiera hablar, podía decirlo más claro, y que si ver a los animales en cueros, con perdón, fuera como para condenarse, hace muchos años que estábamos todos condenaos, digo yo.

Merales tradujo adecuadamente el esfuerzo oratorio de su subordinado y reconoció que, en efecto, las cosas no estaban claras. Ahora bien, eso mismo impedía desdeñar los recientes acontecimientos de Villabruna y la fuerte corriente de opinión moralizadora que dominaba ciertas esferas sociales. En primer lugar, porque la propia política municipal estaba por fuerza vinculada a las susodichas esferas y, en segundo, porque quizá pudieran aprovecharse dudosas manifestaciones celestiales para verdaderos beneficios terrenales. Aludía con eso —aclaró para sus perplejos subordinados— a la posibilidad de obtener algunos fondos para las arcas públicas, que, se atrevía a suponer, estarían tan exhaustas como era tradicional.

Restremillo, el jefe de la oficina de recaudación, acogió las palabras del nuevo alcalde como una tabla de salvación. En efecto, las mencionadas arcas sólo contenían telarañas. Se debían incluso algunas cantidades por anticipos recibidos de la Caja de Ahorros, como el propio señor alcalde sabía muy bien. Y si a base de la moral podía incrementarse algún tanto el capítulo de multas, claro está que la moral tendría interés y podrían hacerse algunas cosas pendientes, como concluir el lavadero del barrio del Castillo, adecentar un poco las escuelas públicas, reparar las farolas de la plaza... Merales atajó la lista de necesidades no cubiertas y convino en que ésa era su intención al aludir a posibles beneficios. Por consiguiente, desde entonces encargaba a Restremillo, como expertísimo en tejer y tender redes recaudatorias, el estudio de un posible bando que sometiese a multa los aspectos más salientes de la inmoralidad animal. Quería dejar bien sentado, sin embargo —añadió al ver que Restremillo empezaba a frotarse las manos por las nuevas oportunidades de ejercer su notoria manía impositiva—, que él no era en modo alguno partidario de la idea.

—Yo entiendo —afirmó solemnemente, mirando a todos como si los pusiera por testigos— que la alarma de algunas personas ante la desnudez de los caballos o los perros es un escrúpulo exagerado y hasta enfermizo. La naturaleza los hizo brutos irracionales y no creo que debamos enmendarle ahora la plana al Creador del mundo, escandalizándonos de lo que nuestros padres y abuelos vieron con toda naturalidad, sin daño alguno para sus almas. Yo soy, por tanto, radicalmente opuesto en principio a esas nuevas manías, sin duda bien intencionadas pero llenas de exageración. Ahora bien, yo no soy ni quiero ser un dictador de Villabruna, sino un ejecutor de los deseos del pueblo, y como sé que la mayoría de los concejales participan de la decisión moralizadora, habré de inclinarme ante la voluntad del Consejo y aplicar las medidas procedentes. Por eso me gustaría, llegado el caso, tener ya a mano un proyecto de reglamento moral, para promulgar el bando tan pronto como se decida.

La reunión contribuyó no poco a acreditar a Merales como hombre realista, alineado junto al espíritu popular, si que también respetuoso con las decisiones de una mayoría, aun cuando fueran contrarias a sus propias opiniones. Por otra parte, aun cuando fuese con reservas, se declaraba propicio a los proyectos moralizadores y por eso su toma de posesión fue un hecho positivo. Pero doña Evangelina lo ignoraba y, mientras tanto, padecía una mañana de desánimo que, aun cuando no quisiera confesárselo, procedía ante todo de la falta de mensajes celestes. En efecto, el domingo había transcurrido sin la menor alteración meteorológica. El sol se puso en un cielo sin nubes y de una serenidad hostilmente cerrada a cualquier interpretación esotérica. Doña Eva se sentía, digámoslo así, como abandonada por la Providencia y, aun comprendiendo que en su misión las espinas abundarían por fuerza más que las rosas, se levantó de la cama y salió hacia la Colegiata poseída de una secreta congoja.

Por desgracia, cuantos contactos personales la asistían otras veces en sus tribulaciones, resultaron aquella mañana decepcionantes. Parecía que una sequedad sobrenatural convertía en desierto las cordialidades cotidianas; o bien —se dijo a sí misma en algún momento— que su propio estado de ánimo teñía cosas y personas del más desolado color. Así, por ejemplo, el señor de Correntana la fatigó un largo rato con comentarios pesimistas sobre la solución de la crisis ministerial, que, al no haber llevado al poder al insigne tribuno don Juan Vázquez de Mella, no podía sino traer calamidades sin cuento a la nación hispana. Doña Evangelina acudió al lectoral para encontrar en él un entusiasmo y una comprensión bien necesarios, pero le halló obsesionado con los horizontes teológicos nuevamente abiertos por el problema de una posible culpabilidad animal, como ampliación del concepto de pecado. La pobre Evangelina, deseosa de aliento, no escuchó aquella mañana sino la voz de la erudición y de la ciencia teológica. Tuvo que asentir a la culpabilidad de la serpiente en el paraíso, junto a la de nuestros primeros padres, toda vez que el reptil jugó un papel decisivo en el origen del pecado; oyó los pareceres de varios graves autores en la materia; se enteró incluso de toda una jurisprudencia medieval condenando a animales por desafueros cometidos, así como también ejecuciones públicas de bestias declaradas culpables en procesos de brujería. El bueno de don Leonardo sólo pensaba en su gloria futura si lograba fundamentar en esas ideas toda la nueva teoría del pecado ampliado, y casi se veía por encima del mismísimo cardenal Venegas en la estimación de los villabrunenses del mañana.

Doña Evangelina, por tanto, sólo encontró en sus paladines más fieles la obsesión de otras preocupaciones muy personales. Abandonada así por ellos tanto como por las señales dominicales de la Providencia, recorrió la breve distancia hasta las escuelas municipales como si fuera camino de la soledad en el Huerto de los Olivos. Algo la animó, sin embargo, la actividad reinante en una de las aulas de labores, a cuya encargada había logrado persuadir doña Irenea de que las niñas se aplicasen a trabajos útiles en vez de las consabidas laborcitas. Tales trabajos consistían en confeccionar gualdrapas perrunas, siguiendo los modelos especialmente diseñados por Marcelo, a requerimiento del comité de la L.I.M.A. Daba gozo ver aquellos deditos infantiles cortando y festoneando las mantitas que, en diversas tallas, servirían para abrigar a los canes domésticos y, al mismo tiempo, para asemejarlos más a los humanos por medio del pudor. Por cierto que, al preguntarle la profesora, recordó Evangelina haberse olvidado en su alcoba el corte de paño de reglamento enviado por Ezcúñiga la víspera para confeccionar una gualdrapa caballar castrense, a fin de poder elevar propuestas a la Superioridad apoyadas en una previa experiencia.

Se estaba excusando doña Evangelina de su olvido cuando entró en el aula el propio Marcelo, portador de unos dibujos con el histórico emblema de los Lanceros del Guadalete, al tamaño en que habría de ir sobrepuesto, en morado, sobre el paño celeste de la caballería, en los ángulos traseros de la gualdrapa. Al enterarse de lo ocurrido, el propio Marcelo, tan servicial como siempre, se ofreció a ir a casa de doña Evangelina, para traer en el acto el envoltorio en cuestión. Y así, mientras el enlace de la L.I.M.A. salía hacia la casa de don Rosendo, doña Eva prefirió regresar dando un rodeo, a través de la Alameda, a ver si entre las frondas primaverales recuperaba la serenidad ausente de su alma.

Por un momento así ocurrió, pues quiso la suerte que se encontrara con Adela, cuya torrencialidad de iniciativas y risueña vivacidad no quedaron desmentidas. En pocos minutos contó a Evangelina las novedades más salientes de la vida local, y hasta consiguió suscitar su animación un par de veces. Además, tenía una noticia especial para ella. Desideria había recibido por fin de la capital, con el recadero, el raso y los complementos necesarios para su corsé, con lo que muy pronto iría a probarse. ¡A ver si podía estrenarlo en la fecha del acto cívico-moral!

La noticia tocó una determinada fibra de Evangelina y por eso se atrevió a preguntar a Adela si conocía bastante a Astúriz. Adela se puso inmediatamente en guardia con una prudente reserva y Eva explicó de qué se trataba. Quería saber si Astúriz hacía versos, si era poeta. Adela se echó a reír.

—¿Astúriz poeta? No, mujer. Muchas cualidades tiene, pero no es Núñez de Arce precisamente. Vamos, yo no quiero decir que no sea capaz —matizó al advertir en su amiga una mirada casi de censura—. A lo mejor escribe versos, pero yo no se lo he oído decir nunca, ni me ha parecido que fuera muy aficionado, creo yo, a la literatura... Pero, bueno, ¿es que necesitas además que escriba versos? —contraatacó al final, porque le fastidiaba haberse puesto tan a la defensiva ante una infeliz como aquélla.

Evangelina se sintió ruborizar y balbució vagas explicaciones. Cuando se separaron, todavía le duraba el malestar producido por la conversación. Por un lado, en cierto modo se había delatado, aun cuando todo era de lo más inocente y no para avergonzarse. Por otro lado, en su fuero interno comprendía que Adela tenía razón, y que Víctor Astúriz no parecía precisamente el tipo más idóneo de poeta. Eso la entristecía y, además, dejaba pendiente el enigma de *Acteón*, que ella había creído dejar resuelto cuando preguntó al teniente por los nombres de las musas. ¿Quién era *Acteón*? Le disgustaría mucho que fuese cualquier otro conocido de Villabruna y que la famosa décima hubiera quedado reducida a un ejercicio de retórica más o menos cortés. Lo de «retórica», sobre todo, le hacía temer que fuera obra de su marido, lo que rayaba en el ridículo si alguna vez se averiguaba.

En ese decaimiento y presa de tan sombrías ideas, llegó doña Evangelina a su casa a mediodía, refugiándose cuanto antes en la soledad de su alcoba para evitar conversaciones insustanciales con las muchachas. No quería ver a nadie, su alma ansiaba algo, algo, y la bola del famoso domingo en que descubrió la desnudez de los caballos estaba formándose otra vez en su garganta. Se dispuso, en consecuencia, a beber hasta las heces la copa de la soledad que el Señor le había deparado, y que aquella mañana le había ofrecido ya tan amargos tragos. ¡Júzguese, pues, su violentísima sorpresa, su torrente de emociones al encontrar sobre su mesilla de noche el soneto dedicado a la Décima Musa, cuyo primer cuarteto, con el nombre de las otras nueve, era la secreta respuesta a la pregunta hecha a Astúriz! Al ver el papel, no se dio cuenta al pronto de su significado y casi se leyó todo el soneto antes de percatarse. Después quedó tan pálida, se replegó tanto su sangre, que la debilidad la obligó a sentarse en el lecho y, después, a tenderse para evitar un seguro desmayo. E inmediatamente su corazón se puso a latir con inaudita fuerza, su pecho se levantó en oleadas y un mar de lágrimas empezó a derramarse por sus ojos. ¡Lágrimas de felicidad y de gratitud, naturalmente, impulsándola a arrodillarse para dar gracias al cielo por tan alta consolación!

«Es él, es él, no me equivocaba yo —se arrebataron sus pensamientos—, si me lo decía el corazón, si no podía ser otro, esa Adela es que se muere de envidia, qué mala soy, perdón, Señor, no es eso, es que ella no le conoce, no ha podido apreciar sus cualidades como yo, bueno, yo tampoco le conozco, pero pensamos al unísono, eso es, pensamos al unísono, lo adiviné, y ahora qué delicado, qué sublime, no se atrevió a darse a conocer el otro día, evita toda sombra de groseras interpretaciones, pero tampoco se oculta al menos entre nosotros dos, y ahora me lo dice así, porque quién va a haber puesto aquí esto, Rosendo no ha llegado todavía, esta mañana no estaba, quién va a ser sino Marcelo, su asistente, claro, le ha dicho Víctor que aprovechara una oportunidad, sí, Víctor, le llamo así como a un hermano, le ha dicho a Marcelo que lo entregara discretamente, lo ha dejado al entrar con Petra a recoger el paño de la gualdrapa, bendito papel, ya no estoy sola, ya no estoy sola, Dios mío, gracias, gracias, qué felicidad, un poco atrevido ha sido, en mi alcoba, a lo mejor le contará a Víctor cómo es, quién sabe si él le ha encargado que se lo diga, es atrevido, casi me avergüenzo, pero por qué, en primer lugar son pensamientos míos, locuras que no deben entrar en esta cuestión, además por qué no va a saberlo, no hay aquí nada que ocultar, y él también se pone en mis manos, este soneto es una confesión, y qué lindo, qué bien hecho, decía Adela que no escribía versos, claro, ¡a ella se los iba a enseñar!, no debo pensar tampoco eso, Adela es muy buena, pero me alegro de que ella no lo sepa, sí, es un mal pensamiento, lo confieso, pero me alegro, yo sola, para mí sola, qué soneto, qué belleza, "Clío, Euterpe, Terpsícore, Talía", verso por verso me lo voy a aprender, hasta el último de "A ti la vida, el ser, el alma entera", ¡qué expresivo!, me da la vida, el alma... ¡Dios mío!, pero eso significa, eso quiere decir, es una declaración, una declaración de... bueno, de amor. ¡De amor! ¡Astúriz! ¡A mí! ¡De Amor!»

La casta dama se detuvo ante su descubrimiento como ante una sima inesperada y terrible. El torbellino de emociones al descubrir el soneto fue apenas leve brisa comparado con el huracán que amenazó descuajar de su alma toda su anterior manera de vivir. Su fisiología pasaba de un extremo a otro: su rostro del rubor a la palidez, su corazón del silencio al alboroto, sus manos de la quietud a los temblores. En su mente aún era más terrible: ella, una mujer honrada, teniendo entre sus manos una declaración de amor enviada por otro hombre. Peor aún, ¡leyéndola deleitosamente, dando oídos a aquellas envenenadas palabras! Oh, si ella pudiera publicar aquel papel, nadie en Villabruna necesitaría pruebas de los deletéreos miasmas reinantes en la atmósfera. Sólo bajo el imperio del rojo Caballo Desnudo podía explicarse tal subversión del orden y de los mandatos divinos.

«En cuanto llegue Rosendo se lo digo —pensó en el acto—, es mi deber, pero no, he de pensarlo antes, qué va a ocurrir entonces, Rosendo se ofenderá, le pedirá explicaciones, él es un caballero, se batirán, Rosendo muerto, yo viuda, Víctor imposible para mí, el matador de mi esposo, Dios mío, esto es el *Don Álvaro*, la *Fuerza del Sino*, el duque de Rivas, qué hacer, qué hacer, ya ha llegado Rosendo, no, pues yo no salgo, yo no como hoy, ese amor es imposible, le diré que estoy mala, es verdad, me creerá.»

El buen señor, en efecto, se quedó consternado ante el aspecto desencajado de su mujer. Ésta procuró tranquilizarle. No era nada, lo mismo del otro día, luego daría una vuelta por el parque, se le pasaría pronto, no debía preocuparse por ella, debía comer tranquilo, ella iba a cerrar las ventanas, se iba a acostar y después se tomaría una tisana.

«Menos mal que se ha ido —pensó al quedarse sola—, debo reflexionar bien, no precipitarme, vamos a ver, quizá había soñado que otro hombre, ¡Jesús, Jesús!, pero Víctor me respeta, pero me ama, eso sí, ¡me ama!, pero me respeta, voy a leer otra vez, el alma entera es lo que ofrece, no dice otra cosa, y además me lo ofrece a mí como décima musa, como musa de la moral, ahora comprendo, yo no soy tanto, claro, yo no merezco ese nombre, pero él me ve así, como inspiración poética, como musa, y como musa de la moral, no es posible que piense en nada torpe, nada pecaminoso, me entrega el alma, su espíritu, me ama con el alma, somos almas gemelas, ¡eso es cierto, muy verdad!, lo somos, no puede negarse, y ese amor es otra cosa, a ese amor puedo corresponder con el pensamiento, en secreto, como él lo ha hecho, sin decírmelo más que así, un signo, sin saberlo nadie, ni aun nosotros, puedo corresponder, Tristán e Isolda, mejor aún, Teresa y Juan, eso es, no es que seamos santos, ¡Dios me quite tal soberbia!, pero es como lo mismo en más humilde, madrecita y padrecito, la compañía que el Señor me envía, el consuelo a mi soledad, quién sabe si acabaremos fundando una orden, don Leonardo me lo ha insinuado alguna vez, estas señales divinas, esta batalla que emprender, quién mejor que un soldado para una batalla, San Ignacio de Loyola, el cielo me lo envía, él será el hombre fuerte, me ayudará a salvar mis debilidades, y este amor es digno, es honesto, es sublime, ¡qué felicidad!, sin embargo, aún hemos de santificarlo más, eso de la musa es demasiado pagano, yo le convenceré de que mire más al cielo, al verdadero, no al Olimpo, no al Parnaso, al de verdad, al cielo, donde si somos fuertes acabaremos reuniéndonos los dos eternamente, qué gozo, qué segura me siento ahora, ésta es la señal definitiva, gracias, Señor, gracias, perdóname por creer antes que me habías abandonado, cómo iba yo a esperar esto, si no lo merezco, si es tu misericordia, qué felicidad encontrar al fin el amor, y un amor espiritual, casto, que puedo acariciar, que acaricio, con el que estoy dispuesta a todo, a las adversidades, a las fatigas, ¡hasta al martirio iría con él de su mano!, pues no sería martirio, sino gozo dulcísimo, ¡oh, gracias, gracias, gracias!»

13

EN EL TEMPLO DE LA VERDAD

Quienes niegan la inmensa fuerza de la fe o discuten la acción todopoderosa de los sentimientos puros y la capacidad creadora de la comunión entre dos almas, deberían haber vivido aquellos días en Villabruna. ¡Qué ambiente indescriptible! A primera vista podía atribuirse a la fuerza germinal de la tierra, manifestándose en la primavera, llenando el aire de transparencia, de luz, de alegría, de fuerzas irresistibles. Los pardos cerros lejanos, vistos al atardecer desde la Glorieta, formaban un horizonte de exquisita alegría. Una permanente sinfonía llenaba el espacio y sonaba silenciosamente en los oídos, moviendo los corazones con sus violines, con sus trompas, con sus clarinetes y sus pífanos. Una electricidad traspasaba los cuerpos; un polen de infinitas especies flotaba en la atmósfera. En nuestros decaídos tiempos eso provocaría alergia, pero entonces, y en las sanas provincias españolas, esas innúmeras partículas de vida germinativa inflamaban de ardor los organismos. Talante mismo se sentía arrebatado y hasta casi optimista cuando en la mañana del martes paseaba por el parque, si bien lo atribuía al esplendor de la primavera. Erróneamente, pues aunque estallaban en verdad las flores y los seres, no es menos cierto que todos los años vuelve la primavera sin ser nunca lo mismo que en aquellos días. Porque en aquellos días el alma de Evangelina difundía las oleadas de su místico amor por el espacio.

Vivía transfigurada. Adela estaba atónita, sin acertar a

explicarse los motivos, pues sabía muy bien que nada había ocurrido «aún» entre el teniente y Eva. En la primera prueba del corsé fue tal el espectáculo de juventud y resplandor ofrecido por el cuerpo de Eva, que Adela se arrebató de despecho. Porque, para que resultase todo más insultante, Evangelina no presumía en absoluto de su gloria, no parecía ni siquiera enterarse de aquel resplandor interior. «Y eso solamente porque está enamorada sin saberlo —pensó Adela—. ¡Qué será cuando se entere y lo goce! ¡Siempre salen ganando estas cursis decentes! ¡No hay derecho!»

Y mientras la actividad de Evangelina se multiplicaba, convenciendo de su misión a cuantos hablaba, la clase de labores amontonaba las gualdrapas que se facilitarían el día del acto cívico-moral, y el cincel de Marcelo creaba del mármol informe los ajustados calzones de la estatua. Al fin las autoridades de Villabruna se vieron ya en la precisión de tomar conciencia oficialmente del problema, siquiera para informar a la superioridad, ya que no para tomar demasiadas decisiones, difíciles por la falta de precedentes. Antiguamente, en los buenos viejos tiempos, como diría nuestro señor de Correntana, las apariciones tenían su tratamiento previsto: procesión, hisopo, latines y, en casos graves y sospechosos, una buena hoguera purificadora. Pero en pleno siglo XX parecía difícil atenerse a tales recetas. De todos modos, algo había de hacerse antes que las autoridades pudieran parecer culpables de pasividad o negligencia. El día menos pensado, ese perturbador de Talante enviaba una crónica a *El País* y ¿para qué más?

Por eso se reunieron el viernes, en el despacho del alcalde, las personas con cargos oficiales superiores: el juez municipal, don Rosendo como director del Instituto, Ezcúñiga como comandante militar de la plaza, el Arcipreste de la Colegiata y el Decano de los médicos en ejercicio. Aparte de tomar algunos acuerdos sobre la inmediata fiesta del Dos de Mayo —celebrada siempre en Villabruna con especial relieve—, se trataba, como indicó Merales al declarar abierta la sesión, de coordinar en lo posible el tono de los informes que a su juicio convenía ir elevando a la superioridad, para dar al menos la sensación de que los representantes del poder, en sus distintas ramas, seguían con interés todo acontecimiento inusitado. Y lo ocurrido ahora en realidad lo era. Él no entraba —se apresuró a declarar— en la autenticidad o no de ciertas señales vistas por personas muy respetables, y sobre ello acataría gustoso la opinión autorizada del señor Arcipreste, pero las consecuencias de tales signos eran ya suficientemente notorias como para debatir sobre ellas, así como sobre las medidas que, según sus informes, se proponían solicitar de las autoridades, en relación con la moral pública, las personas promotoras de cierta organización.

No aclararía mucho las cosas resumir aquí el discurso bien meditado del Arcipreste, mucho más aficionado a leer el pretérito glorioso en los legajos del archivo colegial que a enterarse del cotidiano presente. Larguísimas y numerosas fueron las referencias del bendito señor a los precedentes históricos, a pesar de que el alcalde procuró acortarlas, guardando el debido respeto al orador. De creer a éste, la historia de Villabruna estaba llena de tales sucesos extraordinarios, por lo menos hasta mediados del siglo XIX, en que la desamortización y, sobre todo, los efectos del nefasto bienio progresista parecieron reducir el interés de la Providencia por el pueblo de Villabruna como destinatario de sus altos mensajes. En resumen, el Arcipreste no decía si las nubes rojas con figura caballar fueron tres o dos, ni tampoco si fueron signo o no, ni siquiera si la tormenta excepcional tenía algún sentido ultraterreno. Ahora bien, como cosas así habían acaecido cientos de veces en el pasado, tomándose siempre por signos evidentes de lo Alto, el Arcipreste se inclinaba más bien a creer en la conveniencia de tomarlas prudentemente en consideración.

Ésa fue, en definitiva, la opinión de los demás, quizá por su cansancio tras de oír a la autoridad religiosa, o por piadoso acatamiento del inspirado dictamen. Prevaleció, por tanto, la idea de no definirse todavía demasiado, pero informando a sus respectivos superiores en el sentido de que, sin prejuzgar el origen de los motivos iniciales de la cuestión, se dibujaba en el ambiente local un movimiento organizado susceptible de plantear a las autoridades, en un futuro inmediato, la adopción de ciertas decisiones. Deberían insistir los informes en que dicho movimiento, por supuesto, no era de los hostiles al orden establecido, sino, al contrario, pretendía consolidarlo en sus fundamentos más hondos. Ahora bien, como personas experimentadas, las autoridades locales conocían los daños a veces originados por el exceso de celo y procurarían en todo momento atender las peticiones razonables, si bien evitando llegar a extremos susceptibles de convertir a las intenciones más morales en motivo de escarnio o ridiculización de las instituciones.

Merales aceptó ese criterio unánime y manifestó que en tal sentido remitiría un oficio al señor gobernador de la provincia, pero a ello objetó Ezcúñiga, previamente comprometido con la L.I.M.A.. para lograr que nada trascendiera todavía oficialmente a las alturas, por temor a reacciones capaces de agostar la plantita moral en la fase difícil de su nacimiento. Era mejor esperar por lo menos al solemne acto cívico, en el cual las peticiones aparecerían respaldadas por una opinión unánime. Ahora bien, como Ezcúñiga no podía alegar estos motivos para retrasar el informe oficial, hubo de pretextar la conveniencia de aguardar algunos días a que las cosas tomaran más estado, no fueran a aparecer las propias autoridades locales como timoratas y asustadizas. Merales sabía perfectamente las razones de la actitud del comandante, pero aceptó el retraso porque así hacía un favor a la autoridad militar y, además, porque a él le bastaba con haberse mostrado el más escéptico de todos, dentro de la línea final de no oposición convenida en el pacto con don Telesforo.

El propio Ezcúñiga compartía las reticencias de Merales, por quien llegó a sentir estimación en la reunión. Eso le molestaba. Cuando recordaba el suculento día clandestino disfrutado el jueves en la capital con la estupenda Adela —que para eso faltó a la reunión de las Pías Damas, como ya adivinaría a su tiempo el avisado lector—, hubiera preferido que el marido de la dama fuera un pobre diablo, y no aquel individuo listo, sensato y de buen juicio. Ezcúñiga era hombre de honesto fondo, y estimar a los maridos le había sucedido más de una vez, para disgusto suyo, porque entonces comprendía menos aún a las mujeres. Menos mal que la vida es para vivirla, no para comprenderla, y él —se daba cuenta— estaba apurando las últimas buenas copas. Así es que ¡allá películas! De todos modos, ¿cómo Adela, con su inteligencia, había entrado tan a pecho en el juego de la moralidad? ¿Quizá por hacerse perdonar sus devaneos? «No, devaneos no es la palabra —se dijo—. Es injusto. No soy el primero, es cierto, pero Adela me ama. No se hace sin amor lo que ella hizo. Y luego, esa pesadumbre que le entra, ese menosprecio de sí misma. Viene conmigo porque no lo puede remediar. La verdad: envidio a Merales. No me arrepiento de no haberme casado cuando era joven, pero ahora que me veo de último Ezcúñiga, me gustaría estar casado con una mujer como ella. ¡Qué compañera de cama y de sociedad! ¿Por qué diablos ayudará de ese modo a la romántica de su amiga? ¡Ésa sí que es una pavisosa!, ¿qué ganará con ayudar a Astúriz en sus planes? Es que me quiere, claro, todavía cree que desconfío de ella y se esfuerza por desmentir mis celos, por demostrarme que el teniente no le ha importado nunca nada. Pero ¡si ya lo sé, si estoy convencido!»

Así pensaba el comandante militar de la plaza, aquella misma noche, encaminándose después de cenar hacia la consuetudinaria reunión en casa de doña Tadea. No le guiaban, justo es decirlo, deshonestos propósitos, de sobra eliminados por fidelidad a Adela y por las pruebas físicas de su amor tributadas a la dama en la inolvidable cita de la capital. Era que el ambiente le gustaba, le rejuvenecía en cierto modo, con el acento de doña Tadea, aunque no se pareciese de veras al oído en Puerto Rico en sus años mozos. ¡Ay, aquello sí que era vida! Si algo había él soñado ser en su vida, era capitán general de Puerto Rico. Ya sabía Prim lo que hacía cuando lo aceptó. ¡Qué canonjía; ser rey de un paraíso! Nunca se lo perdonaría a los yanquis. En fin…

La casa de doña Tadea nunca había sido un paraíso, pero

menos en aquellos días. Otro lunes de soledad había vuelto a abatir los ánimos más templados, salvo el indestructible de doña Tadea. Dos pupilas habían pedido permiso para irse unos días con sus familiares, en Coria del Río y en Ponferrada respectivamente. Sólo Talante concurría con una fidelidad digna de gratitud pero que de ningún modo llenaba el vacío reinante, ni económica ni fisiológicamente.

La reunión de autoridades había llegado a oídos del periodista, que, al llegar Ezcúñiga le interrogó sobre lo acordado. El comandante le contó por encima el tono de la reunión, ya que no se trataba de secreto alguno, y doña Tadea preguntó si se había hablado de cerrar su casa. Se tranquilizó ante la respuesta negativa, aunque no le extrañaría nada que la medida se adoptase más adelante, como era costumbre. Luego sacó una botella para sus fieles amigos.

—¡Qué lata de arcipreste! —se desahogó el comandante tras el primer sorbo de manzanilla—. Bueno, y los demás también. Ese don Álvaro, en su Edad Media. Y el don Leonardo, que en otras cosas parece hombre sensato. ¡Pero ayer me colocó una tabarra sobre sus nuevas teorías del pecado animal! ¿Usted cree que los animales pueden pecar de alguna manera?

—Ni siquiera los hombres —repuso Talante—. Son trucos y soberbias de la humanidad. Eso de que podamos ofender a Dios, supuesto que lo haya, es una idea fantástica.

—No seas herehe, niño, claro que lo hay —terció doña Tadea—. Por eso mismo no podemos ofenderle, con lo alto que está. Como escupí a la luna, ¿no te digo?

Una vez más, durante la conversación, se le ocurrió a Ezcúñiga que en aquella casa había mucha más sensatez que en el Casino o en el Ayuntamiento. Se lo dijo a Talante.

—¡Hombre, claro —repuso el periodista—, como que aquí no hay trampas! Y las que hay son razonables. Allí reinan sobre todo los convencionalismos; se habla como hay que hablar, según lo establecido, no según lo que se es. Aquí actuamos como somos, con más autenticidad. Aquí habita la verdad, mi comandante. Una verdad descarnada, si usted quiere, pero la verdad. Aquí no caben ropajes sociales: las levitas, las togas, las sotanas, o los uniformes, con su permiso, se dejan a la puerta.

—La verdad desnuda —se echó a reír Ezcúñiga.

—Desnuda, desde luego, chico —dijo doña Tadea.

—Sí —se enardeció Talante—, aquí habita la verdad. Y la moral.

—¡Huy, la moral! —estalló en risotadas doña Tadea.

Talante empezó a explicar su teoría: si aceptaban que allí estaba la verdad, allí tenía que estar también la moral, porque... pero se detuvo recordando que le habían oído lo mismo muchas veces. Se contentó con gritar un «¡abajo la hipocresía!» y a compadecerse de los sufrimientos que causaba la falsa moral oficial. Ése era el verdadero problema de España, sí, señor: el de los tabús de la moral oficial. Miles, millones de mujeres se encontraban hechas madres sin haber sido antes amantes; otras se morían sin conocer una cosa ni otra; miles y miles de hombres reprimían o desviaban sus instintos naturales y acababan por dar salida a su resentimiento en su ejercicio del poder y de la autoridad. Así reinaban la envidia, la torpeza, la sospecha, la mediocridad y, al mismo tiempo, para enmascarar tanta deficiencia, la bambolla, la ostentación, la proclamación de imaginarias grandezas. Ése era el problema, sí, señores.

Cuando concluyó su perorata, llena de detalles e ilustraciones ingeniosas, que hicieron reír más de una vez a sus interlocutores, los tres estaban ya dispuestos a aceptar cualquier teoría, por aventurada que fuese, gracias a la influencia conciliatoria de la manzanilla. Y como ejemplo clarísimo de víctimas de la moral, ahí estaba la pobre doña Evangelina, objeto de la más profunda lástima para Talante. Ahí estaba, presa de una supersticiosa y ridícula inspiración, dispuesta a lanzarse a una campaña moralizante de la que acabaría saliendo como el gato escaldado, hecha el hazmerreír de todo el mundo.

—Pueden ustedes creerme, lo confieso aquí, entre amigos —dijo inclinándose confidencial hacia sus oyentes—, en este templo de la verdad: si no he mandado ya una crónica satírica a *El País* es porque me da una pena enorme la pobre señora.

—¡Ay, niño, pues si lo supieras to! ¡Y qué penita te daría! —dijo doña Tadea.

Tales palabras excitaron la curiosidad de los oyentes, que la presionaron para saber más. Doña Tadea se resistió a hablar, pero triste es confesar que no mucho, traicionando así el carácter confidencial indispensable siempre en el ejercicio de su antigua profesión. Digamos en defensa suya que doña Tadea fue toda su vida un prodigio de discreción, como lo prueba el hecho mismo de haber guardado celosamente once años el secreto ahora revelado. Añadamos, incluso, que no fue el vino lo que desató su lengua, pues el vino era trampa a la que estaba acostumbrada y que dominaba perfectamente. Atribúyase la revelación a aquel bache de soledad en que la ponían las circunstancias, a aquel asedio de la moral oficial contra su casa, a impulsos de visiones nebulosas indudablemente pueriles y timoratas, a juicio de la experta señora. Compréndase la tristeza que, a edades ya avanzadas, acaba produciendo todo ataque infundado y quizá se disculpe, aunque por supuesto no del todo, la censurable conducta suya en aquella noche.

El caso es que por ella supieron el periodista y el comandante —un par de hombres discretos, por fortuna— la deficiencia genésica contraída por don Rosendo cuando, en sus años universitarios, se vio contagiado de una enfermedad que la vergüenza le impidió cuidar a tiempo. Doña Tadea había sido después su confidente e incluso su amiga, y no se recataba de decirlo, pues don Rosendo no era un cualquiera y ella estaba aún, ¡hace años, ay!, apetitosa. Por eso conocía el lamentable detalle, y aun se sentía en la obligación de precisar que el buen hombre quiso confiarlo a su futura antes del matrimonio. ¡Y desde su boda, no ha vuelto por aquí! Un marido modelo, eso es don Rosendo —concluyó.

En efecto, sabido eso aún le daba más pena a Talante la pobre doña Evangelina, porque no era ésa precisamente su idea de lo que debía reunir un marido modelo. Ahora comprendía muchas cosas. Bebió otra copa y concluyó:

—¿Lo ve usted, mi comandante, como éste es el templo de la verdad? ¡Perra vida!

Y sin esperar respuesta, sin más despedida que un gesto con la mano, arrebatado por una náusea no causada solamente por el vino, Fermín Talante se echó a la calle y respiró muy hondo el aire perfumado de la noche. El aire de la violenta primavera. En la plazuela de la Santa Hermandad, debajo de unas acacias en flor, se detuvo y de pronto se le saltaron las lágrimas. ¿Por qué, por qué los árboles tienen tantas primaveras en su vida y el hombre sólo una? ¿Por qué? ¿Y por qué esa única primavera humana le es destrozada y arrebatada a tantos?

14

EL DOS DE MAYO

Como todos los años, aquel Dos de Mayo estuvo especialmente consagrado no sólo a recordar en general a los héroes del alzamiento contra el yugo francés, sobre la nación hispana, sino más aún a rememorar la gesta de Villabruna. Como todo el mundo sabe, los villabrunenses rechazaron el primer ataque de la vanguardia del mariscal Joubert y sólo cuando nuevas tropas francesas, en abrumadora superioridad numérica, ayudaron a los primeros asaltantes, pudieron éstos penetrar en una Villabruna donde todas las puertas se cerraron y donde nadie ofreció alojamiento voluntario al invasor. El heroico regidor Corrientes y el alguacil Parduelo pagaron con su vida la improvisada defensa, siendo bárbaramente fusilados tras un simulacro de juicio sumarísimo.

Como todos los años, por tanto, los mejores jinetes del escuadrón del Guadalete ofrecieron al pueblo (en la Campa del Obispo, donde también se celebra en septiembre el ferial de ganados) algunos ejercicios de equitación, aislados y de conjunto, mientras su banda de trompetas y timbales llenaba el aire de marcialidad. Como todos los años, el espectáculo resultó impresionante, y en él apareció, por primera vez ante el pueblo, el nuevo alcalde, en el ejercicio de su cargo. Pero además, y para larga memoria, el Dos de Mayo de mil novecientos diecisiete ofreció algo aún más extraordinario, preparado cuidadosamente por la L.I.M.A. como anticipo de las brillantes acciones moralizadoras planeadas.

En efecto, cuando la exhibición de los lanceros estaba a punto de empezar, y sólo se aguardaba para ello la presencia del Ayuntamiento en corporación, apareció al extremo de la Campa un raro coche abierto tirado por cuatro caballos. Un rumor de asombro circuló por la muchedumbre. El coche llegó hasta las tribunas preparadas al efecto y allí se apearon la señora de Gomínez, acompañada de la presidenta de las Damas Pías y escoltadas ambas por don Leonardo de la Hoz —que así testimoniaba la aquiescencia de la Iglesia a los proyectos emprendidos— y don Álvaro de Correntana. Bellísima estaba Evangelina, con un vestido blanco con encajes y guipures, sosteniendo una sombrilla con puño de nácar y blanquísimos volantes de encaje, que envolvían su angelical cabeza en una luminosidad delicadísima. Imponente aparecía doña Irenea, ostentando en su toca un nuevo y desconocido esprit, prendido por un *cabochon de strass.* Arrogante se mostraba en su firme ancianidad de roble don Álvaro y elegante y espiritual a un tiempo la esbelta figura del sacerdote. Pero la gente sólo tenía ojos para el tiro de caballos, engualdrapado con arreglo a los nuevos y morales cánones de la L.I.M.A.. De ahí el rumor de asombro: nadie había visto antes tal efecto estético, tanta eficacia moral. Sobre los lomos de los caballos y bajo los arreos estaban puestas sendas capas de color granate, con un vivo verde todo alrededor y, en los ángulos, el emblema de la L.I.M.A.: una tau, símbolo de San Antón, eremita de la Tebaida, entre un caballo y un perro de actitudes adorantes. En los mismos ángulos, dos borlas doradas contribuían a fijar la caída de la tela, no demasiado gruesa por tratarse del modelo para verano.

Los ocupantes del coche se dirigieron a su puesto en las tribunas, pero el carruaje siguió atrayendo la atención pública. Verdaderamente, la iniciativa fue un éxito. Nada podía demostrar mejor que las gualdrapas eran perfectamente practicables, que su confección y empleo eran de lo más sencillo, que no imponían molestia ninguna a los nobles brutos y que, en cambio, eran definitivas en su eficacia moral. ¿Quién iba a sentir la menor tentación ni curiosidad malsana ante un caballo engualdrapado, cualesquiera que fueran sus características anatómicas, ya que éstas quedaban absolutamente ocultas por el atalaje, cuya vistosidad era además un regalo para los ojos? Y todo ello sin embarazar en lo más mínimo las funciones fisiológicas del animal, como pudo comprobar perfectamente la curiosa multitud, ya que durante los ejercicios ecuestres las dos clases de funciones resultaron ejecutadas en algún momento por varios de los enganchados caballos.

No es de extrañar, por lo tanto, que el carruaje causara sensación y que le siguieran luego los chiquillos al finalizar los ejercicios. Tampoco debe sorprendernos que cuando, después de la solemne misa, con un marcialísimo sermón del padre Pelagio en recuerdo de los fastos bélicos de la Independencia (sin olvidar claras alusiones a los problemas del presente), se reunió el Ayuntamiento en las casas consistoriales, el tema del engualdrapamiento resultara fundamental. En efecto, tan pronto como se rindió el tradicional tributo a la memoria del regidor Corrientes y de su alguacil, varios concejales se apresuraron a pedir la palabra para expresar la idea de que, si entonces Villabruna figuró entre las más ardorosas ciudades defensoras del orden tradicional y la gloria de Fernando VII frente a los modernismos napoleónicos, ahora se encontraba obligada por signos ineludibles para seguir en la vanguardia del esfuerzo hispano defendiendo la moral y el orden. En suma, tras las inevitables expansiones oratorias se preguntó al alcalde qué pensaba aportar el Ayuntamiento a la lucha de moralización.

Don Tomás Merales contestó prudentemente que le habían sido remitidos varios escritos por la proyectada Liga para la Moral Animal, en el sentido de que se adoptasen diversas medidas por la Corporación. A su juicio, y sin mengua de lo que acordara el Concejo, una de esas peticiones no presentaba dificultades excepcionales y podía accederse a ella, pues se trataba solamente de superponer a la conocida estatua de El Fauno Desnudo un par de piezas de mármol debidamente acopladas que, sin deterioro para la escultura original, cubrieran con un calzón las arrogancias naturalistas de la figura. El alcalde, sin prejuzgar acuerdo alguno, había solicitado del culto director del Instituto un informe, emitido ya en el sentido de que la leve corrección impuesta por el aditamento descrito a la estética y a la pureza del estilo grecorromano estaba más que compensada por la absoluta eliminación de toda inmoralidad. En consecuencia, y a propuesta de Merales, el Concejo acordó el encalzonamiento de la estatua, para fecha que el propio alcalde fijaría y sin más voto en contra que el del concejal republicano.

Otros dos escritos, en cambio, requerían más meditado estudio. El primero solicitaba la donación a la L.I.M.A., una vez constituida ésta, de los terrenos municipales del Soto de Mendiguillos, hasta entonces sin aplicación ninguna y que la L.I.M.A. dedicaría a construir un magno «Instituto Cardenal Venegas para la Moral Animal», con fines y proyectos expresados en la propia petición. El segundo requería del alcalde la promulgación de un bando imponiendo el uso de gualdrapas a los animales útiles y domésticos en el casco de la población, elaborándose al efecto unas Ordenanzas reglamentarias.

Tras de algunas escaramuzas entre «morrales» y «licenciosos», la primera solicitud quedó sobre la mesa para resolver más adelante, a la vista de diversos informes y cuando la constitución de la L.I.M.A. se encontrara más avanzada. En cambio, el predominio de los moralistas en el Ayuntamiento convirtió el debate sobre el bando prohibitivo en una apasionada manifestación de fervores éticos y de abnegación humana para el perfeccionamiento espiritual de los animales. En las intervenciones, diversos concejales expresaron las numerosas ventajas de la petición; tanto en el orden estético-moral y patriótico cuanto en el económico, ya que de ese modo el erario municipal encontraría una nueva fuente de ingresos, bien necesarios para sus fines y proyectos. Merales llevó astutamente la cuestión, pues, sin oponerse del todo al proyecto en ningún instante, señaló que la aplicación práctica de la medida presentaba dificultades varias no bien estudiadas todavía. Consiguió, en suma, que se acordara encomendar a los servicios municipales la redacción del anteproyecto de ordenanzas y fijación de las posibles multas, tras de lo cual se discutiría definitivamente la cuestión. Tal resultado pareció demasiado negativo a los más fervientes concejales moralistas, pero lo aceptaron de mejor gana cuando supieron que el anteproyecto había sido ya encargado al jefe de Recaudación, por lo que interpretaron la actitud de Merales como disimulo de una posición en el fondo muy favorable. Por supuesto, como explicó Merales a su mujer, el debate serviría en lo futuro para probar exactamente lo contrario, a saber: que él se había negado sistemáticamente al proyecto y que sólo arrollado por una mayoría había logrado al menos retrasar medidas a su juicio tan improcedentes.

Más o menos, esa misma explicación dio Adela aquella tarde al comandante Ezcúñiga, cuando pudieron hablar a solas un momento en la tradicional invitación que, cada Dos de Mayo, ofrecían los Lanceros del Guadalete a las autoridades de Villabruna en los jardincillos y pabellones del cuartel. El motivo fue la pregunta de Ezcúñiga, extrañado de que un hombre inteligente como Merales se embarcara tan a fondo en la dudosa cuestión de la moralidad caballar. Adela comenzó echándose a reír:

—¿Y tú, tan inteligente, no estás también metido en eso?

—En primer lugar, yo no soy tan inteligente —dijo con sinceridad el comandante—. Y, sobre todo, yo estoy metido en eso por ti, bien lo sabes. Por acompañarte, por obedecerte, por adorarte.

Adela escamoteó su enguantada mano, que el comandante se llevaba a los labios, y le dijo mimosa:

—Tonto, sé prudente; puede haber alguien entre los árboles. Yo sí que te obedezco —añadió melancólica— hasta perderme por ti.

En el día entero pasado en la capital con el comandante, Adela había desempeñado el papel de la mujer desorientada hasta entonces por ilusiones falaces y que sólo ahora hallaba el hombre de su vida: cuando ya era tarde, cuando no podía ofrecerle la juventud que él merecía. Esa actitud llenaba al comandante de un ardor tiernísimo y compasivo, en el que el deseo de la mujer se acendraba con el afán caballeresco de protegerla y compensarla por las injusticias del pasado: Lo asombroso, notaba Adela, era que ella misma se estaba persuadiendo de que ésa era su verdadera historia; al menos mientras acompañaba a Ezcúñiga.

Suspiró sinceramente y, volviendo al tema, explicó a su amante que Merales de ningún modo compartía la absurda actitud moralizadora, como lo probaba su actitud reticente en la sesión municipal de aquella misma mañana. Al contrario, cada vez se sentía menos compenetrado con los hasta entonces sus correligionarios políticos, cuyos errores percibía con toda claridad. En ese asunto se sentía incluso traicionado, y sólo por su acatamiento a las directivas del partido había aceptado con disgusto una alcaldía que, en aquellos momentos, le obligaba a violentar algún tanto sus íntimas convicciones sobre la dignidad humana. Ah, pero su marido no caería en demasiadas claudicaciones: antes sería capaz de dimitir y renunciar a toda carrera política futura. Sí, Merales era un hombre de principios; un hombre digno. Por eso mismo —concluyó llevándose a los ojos un exquisito pañolillo—, ella era más indigna aún, si bien un amor verdadero la hacía digna de lástima y perdón, ya que no la justificase.

El comandante afirmó arrebatado que el amor sincero lo justifica todo y que a sus ojos no había mujer más digna y adorable. La aproximación de unos pasos sobre la gravilla del jardín dispensó a Adela de tener que montar una defensa contra las pruebas de adoración previsibles, nada prudentes en aquel público lugar. Por eso se alegró de la llegada de don Telesforo y de su esposa, con los que se dirigieron hacia el grueso de los invitados. Allí buscó con la mirada a Evangelina y, al no verla, preguntó a don Rosendo, quien le dijo que acababa de ir a inspeccionar el estado de los ya casi acabados calzones, en un local del cuartel adonde la había conducido Astúriz. «No hemos ido con ellos —añadió sonriendo el buen señor— porque no quieren que vea la obra nadie absolutamente hasta el día de la colocación pública.»

Evangelina, en efecto, caminaba entre los altos paredones

de las cuadras, respetuosamente seguida por el teniente. Había cambiado su *toaleta* blanca de la mañana por un *tailleur* con vistas de astracán gris y, al caminar, sus botinas de ante y charol asomaban alternativamente bajo la falda princesa. Adornaba el sombrerito una aguja *article de Paris* con una piedra amatista y colgaba sobre sus ojos un velito de *pois*. Escuchar junto a ella los pasos del teniente, firmes y marciales con el tintineo de las espuelas, por aquella especie de desfiladero entre los muros, le producía una emoción intensísima de aventura y soledad en compañía. No se atrevía a mirar atrás y, en su ensimismamiento, Astúriz tuvo que avisarla dos veces cuando llegaron a la puerta del improvisado taller.

Marcelo no estaba, pero sobre un potro de madera se encontraban, ya sólo a falta de pulimento, las dos piezas de mármol destinadas al fauno. La visión era un poco escandalosa, pues, para permitir la colocación, Marcelo había tenido que vaciar por la parte interior las piezas que en la estatua sobresalían inmoralmente. Evangelina contempló un momento en silencio la obra escultórica, mientras el teniente contemplaba a Evangelina, recordando el consejo que le había dado Adela en la última entrevista celebrada por ambos —un amistoso adiós, más jocundo en verdad que melancólico— en la recámara de la corsetería: «Eva no es de las que tú acostumbras, Víctor; no te declares romántico porque lo echará a lo platónico y se pondrá a la defensiva. Esas plazas se conquistan por sorpresa: cuando se dé cuenta, que no pueda ya impedirlo.»

Al cabo la dama se volvió y, con su dulce voz, agradeció vivamente a Astúriz toda su ayuda, coronada en aquella perfecta solución del problema del fauno. Al propio tiempo le miraba con tal dulzura, que Astúriz se lanzó al ataque:

—No me agradezca nada, Evangelina. Soy yo quien le agradece todo. Que exista usted, que haya venido aquí, que me mire de ese modo. Porque yo la amo, Evangelina, la amo apasionadamente, la amo con locura desde el baile del Casino, la amo hasta dar mi vida por usted.

Y se disponía a arrodillarse, a tomarle una mano, a alzarse luego y besarla para continuar todo el proceso cuando se quedó estupefacto al oírle decir con serena emoción:

—Ya lo sé, Víctor; lo sé desde hace tiempo.

—¿Lo sabe usted? —balbució desconcertado.

—Lo sé desde que le pregunté lo de las musas; desde que me lo dio usted a entender tan delicadamente con el soneto... Sí, lo sé y su amor es un inmenso consuelo para mi soledad.

Astúriz no comprendía nada, pero la última frase de aceptación le decidió y, ciñendo a la dama por la cintura, exclamó:

—¡Eva, Eva mía!

—¿Qué hace usted? —gritó aterrada Eva, tratando de desasirse—. ¿Qué locura es ésta? ¡Déjeme, déjeme!

—No, Eva mía, no te dejaré después de haber oído que me amas.

—Pero con el alma, con el alma, Víctor... ¡Déjame, por Dios! ¡Así no, así no, espiritualmente!... ¡Como San Juan de la Cruz y Santa Teresa!...

No pudo hablar más. Astúriz, sin dejar de ceñirla, había quedado inmóvil un momento, paralizado por tan absurdas pretensiones, pero el contacto de las redondeadas formas le sacó de su asombro y, apartando con la nariz el delicado velito de lunares, oprimió con sus labios los de la dama hasta que sintió debilitarse la hostilidad nerviosa del cuerpo femenino. «El campo es mío», pensó.

Pero la Providencia no quiso apurar la prueba de la inocente mujer y algo crujió al otro lado de la puerta entreabierta. «La sandalia del ángel de la guarda», pensaría más tarde Evangelina, sin que nosotros afirmemos ni neguemos tal aserto. El caso es que el teniente se retiró sorprendido y ella aprovechó para retroceder hacia la puerta. Astúriz comprendió en el acto lo decisivo del momento y se precipitó hacia ella con tan mala fortuna que... ¡Ah, mal haya quien diseñó el tahalí de gala para los lanceros del Guadalete! ¡Malditos los sables que arrastran, por marciales que resulten normalmente! Astúriz soltó invectivas aún más violentas cuando, al avanzar tendiendo los brazos hacia ella, el sable se cruzó entre sus piernas y él cayó al suelo estrepitosamente. ¡Y si al menos hubiese quedado allí inmóvil! Entonces Eva se hubiera precipitado a socorrerle, etc. Pero la excitación perdió al teniente, al querer levantarse en el acto. La dama se llenó de pánico y salió por la puerta abierta, corriendo por entre los altos muros perseguida por el diablo hasta que, al doblar la esquina y ver a lo lejos unos soldados en el patio y, más allá, a los invitados entre los árboles, se detuvo, todavía con la serenidad suficiente para simular que esperaba al teniente, y para dar tiempo a éste a que se sacudiera el polvo cogido en el suelo por el uniforme. Después, cuando le sintió cerca, echó a andar como si regresaran juntos.

15

EVA EN EL TORMENTO

El mundo seguía girando, ajeno al oleaje de las pasiones en las almas. La existencia cotidiana desconocía los abismos del corazón humano, las asechanzas de la carne, las tentaciones excitadas por la presencia del Caballo Desnudo. Por fortuna, el rumbo de las cosas más bien parecía sumarse a la lucha contra el mal que desanimarse de ella. Al domingo siguiente, a pesar de que Cesáreo y sus compinches calificaron de caballos para entierro el engualdrapado tiro del coche ocupado por doña Evangelina (y galantemente cedido por el escuadrón de lanceros, que lo tenía de respeto), otras gualdrapas voluntarias reforzaron el interés de la campaña, destacando la de la carretela en que los Doladero venían todos los domingos a misa desde su finca junto al río y también la que exhibió el propio don Álvaro, cabalgando con un brío digno de imitar por la juventud decadente y velocipédica. Por añadidura, lo menos se vieron siete mantitas de perros a la hora del concierto vespertino en la Alameda, confeccionadas desde luego en ligero tejido, ya que, camino del verano, se trataba de salvaguardar la moral sin reforzar el calórico fisiológico de los animalitos.

Todo ello creaba en la ciudad un clima de hechos consumados que los promotores de la L.I.M.A. consideraban signo cierto de victoria. Pero no era lo visible y notorio lo más importante, sino otros sucesos mucho más decisivos para el asentamiento de la sana ética. El nuevo alcalde, desde su doble observatorio del municipio y de la Caja de Ahorros, veía acumularse día tras día las nuevas adhesiones al interés moral. Ya no era sensible a ese interés solamente don Telesforo, con sus cálculos sobre los beneficios derivables de la venta de telas para gualdrapas, confección de las mismas, registro de modelos y patentes, y análogos. Otros industriales se aprestaban, con su iniciativa y celo, a crear la oferta de bienes reclamada por las apetencias morales de la sociedad. De esa eficaz manera la libre economía de mercado venía a demostrar su superioridad sobre las quimeras socialistas de los desvaríos habituales en la taberna de Cesáreo. La moral prometía ser fuente de riqueza —justificando así una vez más el orden providencial de la sociedad—, y no sólo para el ramo textil e industrias conexas, sino para otros sectores. El viernes, por ejemplo, recibió Merales en su despacho de la Caja una visita probatoria de la trascendencia latente en la cívica reacción de Villabruna frente al diabólico Caballo Desnudo.

Cuando le pasaron la avitelada tarjeta —«Diego de Altavera, Promotor de Empresas. Alcalá, 99. Madrid»—, Merales se dispuso a algo inusitado para las costumbres de Villabruna. Recibió, en efecto, a un caballero próximo a los cincuenta, pero cuidadosamente conservado, alto, elegante, con soberana perla en la corbata, chaleco blanco, botines y un refinado bastón de Malaca. El señor de Altavera sabía presentarse y, como observó Merales en el acto, tenía más conchas que un galápago. Bajo su exterior aplomo percibió Merales la azogada vivacidad del especulador, siempre atento a las oportunidades de ganancia y a la defensa contra los riesgos imprevistos. Y especulador resultó, al cabo de prolija y estudiada conversación. El visitante había llegado de Madrid ex profeso atraído por las estupendas y nobilísimas iniciativas morales del pueblo de Villabruna, cuyo acendrado espíritu necesitaba —afirmó— la asistencia del experto en los problemas financieros y materiales. Pues bien, violentando su modestia, había de declarar que pocos podían competir con él en esa tarea colaboradora, tras una larga vida de promoción de empresas e inversiones. ¿Villabruna quería predicar la moral? Allí estaba él aportando las trompetas de la moderna publicidad, más indispensable que las mismísimas de la Fama para esparcir a los cuatro vientos cualquier clase de buenas nuevas. ¿Villabruna quería generalizar el uso de las gualdrapas y otros implementos pudorosos? Allí estaba Altavera con vasta experiencia en la fundación y lanzamiento de factorías textiles, como las bien conocidas de Blanch y Negre, de Camastre y Compañía, y más cerca, la de los Sobrinos de Fuerte y Ventura. ¿Villabruna quería, en fin, erigir un Instituto de Investigaciones Morales consagrado al cardenal Venegas? Nadie mejor que Diego de Altavera, admirador ferviente del santo cardenal, y especialista en compraventa de solares y planeamiento de edificios. Para este último fin, él podía relacionar a las admirables pero inexpertas Pías Damas con los mejores arquitectos y constructores de Madrid, garantizando los mínimos costes y la solidez más absoluta.

Pronto percibió Merales que los solares eran el verdadero objeto del visitante. Estaba, además, asombrosamente documentado sobre los terrenos disponibles del Ayuntamiento y la maniobra —que insinuaba al director de la Caja de Ahorros para contar con su ayuda y su participación a todos los efectos, subrayó— consistía en utilizar luego para fines privados y lucrativos parte de los terrenos municipales gratuitamente cedidos en el Soto de Mendiguillos, a cambio de supuestas ventajas de una nueva urbanización para la expansión demográfica esperada cuando Villabruna llegara a ser la Meca de la moral nacional. Merales, intrigado por documentación tan completa y tan rápida, preguntó de pronto al visitante si acaso conocía a don Telesforo Verdera. La negativa fue inmediata, pero una ligera vacilación y una chispa de sorpresa e inquietud en los ojos de hombre tan aplomado fueron prueba segura de que el imponente señor de Altavera era un testaferro del financiero local.

En cualquier caso, torpe sería desdeñarle y no era Merales capaz de semejante error. Admitió, por lo tanto, una posible continuación de conversaciones, no rechazó su posible participación «a todos los efectos» y con ello se satisfizo el visitante. Merales se alegró de su tacto cuando supo que don Diego de Altavera había hecho por sensibilizar a la población casi tanto como el atalaje engualdrapado de Evangelina en la fiesta típica del Dos de Mayo. En efecto, el caballero había reclamado nada menos que dos de las mejores habitaciones de la Fonda del Comercio, abriendo la puerta de comunicación entre ambas para instalar en una su gabinete de trabajo, y había preguntado inmediatamente por el baño. El asombrado silencio de doña Felisina, dueña del establecimiento, fue respuesta suficiente, pero el señor de Altavera no se amilanaba por tan poco: logró instalaran en su cuarto de dormir una tina de adecuadas dimensiones y exigió el agua caliente necesaria durante cada semana, sin discutir los gastos de caprichos tan desaforados. «¡Cada mañana, como usted oye!», repetía doña Felisina a todo el mundo, sin reponerse todavía de su asombro. Además, no era simulacro: la mojadura de las toallas y otros detalles probaron sin la menor duda a las camareras de la fonda —las tres pasaron el primer día a confirmar los hechos— que el huésped de Madrid sometía en efecto el cuerpo todo a la ablución cotidiana. ¡Qué malolientes empezaron desde entonces a resultar los cuartos dejados revueltos por los viajantes de comercio, clientela habitual de la casa! Y la difusión de la estupenda noticia demostró además una cosa importante para los reticentes: que la moral no está reñida con lo moderno. Nótese, desde luego, que aludimos a la sana modernidad, a la modernidad bien entendida.

De ese modo se iban sumando adhesiones, aunque no todas tan valiosas, como piedras sillares para edificar en Villabruna el faro moral de la Humanidad. En el escaparate del bazar de juguetes habían ya expuesto caballos y perritos engualdrapados, con tal éxito que hasta en las modestas cacharrerías se habían apresurado a copiarlos. Los muñecos de celuloide, última novedad japonesa, no aparecían ya nunca sin sus pudorosísimas braguitas. Ciertos géneros de tela apta para cubrimientos escaseaban ya en las pañerías. De pronto nadie estaba dispuesto a vender ninguna finca urbana a ningún precio, en espera de los acontecimientos. En suma, el interés moral llenaba ya con su fuerza impulsora todos los espíritus. Merales se preguntaba a veces si no se equivocaría él al contemplar con escepticismo las corrientes regeneradoras. ¿Convendría quizá apuntarse sin reservas a la obra de doña Evangelina? Lo pensó por un momento al ver que la gente se incorporaba a la tarea incluso sin interés moral alguno para ellos. Así, por ejemplo, Restremillo había trabajado noche y día para presentarle un proyecto de ordenanzas municipales contra la inmoralidad que, una vez aceptado el principio engualdrapador, resultaba en verdad perfecto: un verdadero modelo de precisión en la configuración de las faltas, en el escalonamiento. Pese a esas dudas, la seguridad en sí mismo decidió a Merales a seguir su juego según las líneas previstas, convencido de que el engualdrapamiento de la esfera zoológica de la creación estaba condenado al fracaso y sus defensores al ridículo. No, las puertas del cielo no podrán prevalecer sobre la naturaleza.

Entretanto, el mundo seguía girando, sí, pero, ¡ay!, también las pasiones se desataban, no menos violentas por invisibles, en el seno profundo de las almas. ¿Qué Homero podrá pintar la angustia de doña Evangelina desde aquella tarde del Dos de Mayo? ¿Qué Sófocles nos estremecerá bastante con la tragedia de su alma? En días, casi en horas, había pasado desde sentirse la heroína de un amor inmaculado y sublime hasta verse solicitada por la obscenidad del más carnal deseo. ¿Era eso posible?, se preguntaba. ¿Era aquel asaltante del Dos de Mayo su Víctor, el poeta de mitológico seudónimo? ¿Y —pregunta más siniestra todavía— era ella la Evangelina de siempre, la que con propiedad insustituible encarnó año tras año a la Purísima en las funciones del colegio monjil? Porque lo aterrador y lo increíble no era descubrir que su padrecito Juan, cofundador de la orden, su lírico *Acteón*, era un macho en celo. Más trágico era recordar y —casi la enloquecía— el estremecimiento de voluptuosidad que recorrió su cuerpo bajo la boca del fauno uniformado, la inexcusable debilidad entregada que dobló casi sus rodillas, que estuvo a punto de hacerla caer, inerme, suspirante, ¡deseosa!, a la merced del lúbrico deseo. Fue un momento, sólo un momento, pero valió por siglos de infernal condena, porque le dio la medida de los insospechados abismos en su alma. Y desde entonces el recuerdo la obsesionaba. La conciencia de su indignidad y de su flaqueza la corroía. No, no era vivir aquel temor continuo de sí misma, aquel atirantamiento entre el deber y el deseo, entre la mente y el corazón, entre el cielo y el infierno. Ante la doncella sumisa y la casada honesta que fue, surgía un alma de pecadora, una boca —¡horror!— manchada, un abismo interior como mar tenebroso a cuyo borde mismo lograba todavía sostenerse precariamente, asida de las últimas raicillas de la fe. No quería, no quería recordar, pero el recuerdo estaba indeleble en sus labios y en su carne. Sólo el ángel de la guarda —se decía— la mantenía a salvo.

Sí, el ángel de la guarda se había hecho presente junto a la desventurada desde el momento en que hizo crujir la grava con su sandalia, junto a la puerta del taller de Marcelo, cuando tan ceñida la tenía con sus brazos, ¡y tan besada con su boca!, el bello tentador. El santo Ángel la había sostenido entre los invitados, durante el resto de la velada, de la que no recordaba nada absolutamente y en la que, sin embargo, por fuerza hubo de sonreír, hablar, tomar algún dulce, cambiar frases de cortesía. El angélico guardián había retenido sus lágrimas al regreso al hogar, durante la rutina de la cena y al borde del lecho, hasta que ya en la oscuridad, roncando como un bendito el ilustre retórico, pudo ella llorar, llorar, llorar hasta vaciarse de confusión y miedo. Sin esa ayuda sobrenatural, ¿cómo pudo sostener tanto tiempo una máscara de naturalidad e indiferencia?

¡Y aún dudaba alguien del imperio diabólico sobre la villa! El Caballo Desnudo era la única explicación posible. Eva era una prueba viva de la presencia de Satanás, de su demoníaca ira al sufrir la resistencia de Villabruna, de su saña contra la mujer que le había descubierto y había levantado al pueblo contra él. Sólo así podía comprenderlo, sólo de ese modo podía tolerarse a sí misma: considerándose endemoniada, sintiéndose entregada por la Providencia a la tentación como a una prueba suprema. Pasajes de vidas santas acudían a su mente para consolarla, mostrándola cómo debía sostenerse con la ayuda divina, que permitía aquella agonía para luego ensalzarla más. Ésa era su esperanza, pero ¡qué dificilísima lucha! ¡Qué agresivo el demonio dentro del cuerpo, arañando las puertas de su alma, pugnando por entrar en la fortaleza! Pero comprender no disminuía sus ansias y, menos aún, las más terribles de todas: el deseo frenético de volver a sentir sobre su boca los labios del tentador, cada vez que recordaba aquel estremecimiento voluptuoso gustado por un instante. Ahora comprendía por qué al pecado primero se le relaciona con el árbol de la ciencia; pues ella casi más que gozar quería saber. Tras tantos años de resultarle inconcebible que una mujer se perdiera por consumar el placer carnal, ahora bastaba con unos labios viriles para sentirse arrebatada por la sensualidad y consumida por el deseo de saber más, de apurar hasta el fin la copa del pecado, de conocer su colmo. Sí, el demonio la poseía; el Caballo Desnudo la barría con su cola indecente.

¿Y cómo defenderse, a quién acudir? Rezaba a todas horas, se mortificaba, se lanzaba al torbellino del trabajo. Jamás desplegó mayor actividad que aquel fin de semana para acelerar el urgentísimo acto cívico-moral. El domingo tuvo que sostener, sin embargo, otra nueva lucha: ¿confesaría con don Leonardo y le contaría sus tribulaciones? Al fin se decidió por la negativa, pues de ninguna manera encontraba en su pecho el indispensable dolor de corazón. Así es que fue a misa y, con gran asombro del lectoral, renunció por primera vez en muchos años al pan de los ángeles. Luego no asistió a la reunión del comité, pretextando una jaqueca, aunque hubiera podido alegar sufrimientos mucho más auténticos y dolorosos. Caminaba sola, cerca ya de su casa, cuando la abordó Marcelo para entregarle una carta del teniente. Estuvo por no cogerla, pero temió llamar así la atención del muchacho, que, como siempre, parecía pendiente de ella. Cogió el sobre y percibió vagamente, a través de sus sentidos envueltos en bruma, que el joven lancero le decía alguna cosa. Preguntó y le oyó repetir:

—¿Le pasa algo a la señora? ¿Desea que llame a alguien o la acompañe a su casa?

Rechazó la ayuda, dio las gracias y se alejó llena de asombro: aquel joven era el único que se había dado cuenta de algo, el único cuya mirada había calado más allá de las apariencias sociales. Era conmovedor. Pero no tenía tiempo de pensar en ello: el sobre quemaba sus dedos y ansiaba encontrarse a solas. Se encerró en su alcoba, se acostó como cuando le dolía la cabeza, por si entraba Rosendo, y dejó el sobre encima de la mesilla. Allí podían verlo, pensó de pronto, y lo escondió bajo la almohada, pero empezó a comunicar fuego a su cabeza y a su pecho; luego a su cuerpo todo. No había más remedio, era mejor saber, pues se sentía incapaz de romperlo —como pensó un momento— aunque contuviera cien condenas de muerte.

Llena de temblores, abrió la carta. En aquel momento sentía fiebre. Por un instante esperó un poema, algo del amante espiritual soñado, con el que ella había vivido por unos días. Pero era prosa y prosa arrebatada, hija de la pasión carnal, no del espíritu. Llegaba directamente a su corazón, se enteraba del texto sin comprender las palabras. Pedía perdón, eso era, pero se disculpaba con la violencia de su amor que le empujaba a la locura. Exigía verla, exigía tenerla entre sus brazos otro segundo más y ella, en vez de sublevarse ante la exigencia, se rendía ya y le reconocía todos los derechos. Seguían frases y frases de violencia y locura. A veces asomaba el crimen o el suicidio entre las líneas. Era imposible no ser uno del otro; el mundo se derrumbaría si trataban de resistirse (y la cabeza de Evangelina asentía a esas afirmaciones). De pronto llegó a lo de África, se le removieron las entrañas, tuvo que volver a leerlo. Sí, decía el teniente que le quedaba poco tiempo en Villabruna, quizá incluso en este mundo, porque antes de conocerla había pedido un destino en África y el honor le impedía retroceder. Pronto le mandarían a Marruecos, pronto le mataría quizá una bala o una gumía... Evangelina lanzó un sofocado grito, tuvo que desabrocharse el escote mientras las lágrimas la ahogaban: no podía respirar. Veía a Víctor entre cien furiosos y asesinos rifeños; le veía muerto, envuelto en la bandera, exánime bajo el sol de fuego... Si en aquel instante hubiera entrado el teniente por la puerta, ella misma le hubiera reclamado, ella se hubiera abierto al deseo viril antes de que la muerte hiciera imposible la unión de ambos, frustrando así la creación del mundo.

La carta concluía suplicando, arrodillándose, entregándose, a la voluntad de la diosa, pero sólo quedaba en pie, como un hierro candente, el pronto partir hacia la muerte, el brevísimo tiempo de esperanza. Evangelina no podía ya pensar en otra cosa. Sus preocupaciones, el cuidado de su alma, el pasado tranquilo, la batalla contra el Caballo Desnudo... todo pertenecía a otro planeta. En éste, en el que ella vivía aquel momento, no había más que una ardiente isla de arena, una mujer con los labios resecos y un hombre tendiendo los brazos y diciendo adiós al mismo tiempo. Un fugitivo instante que había que apresar; el único capaz de revelar el secreto del árbol: la sabiduría y el placer. Perdido ese momento, fracasada la vida.

La desventurada mujer vivió de aquella carta, sólo de aquella carta, durante muchas horas. No comió, no fue por la tarde al concierto, no quiso ver a nadie, ni a su marido siquiera, no recibió al lectoral ni a Adela cuando acudieron a saber de su salud, no cenó. Sólo al oír regresar a su marido del Casino se levantó a abrir la puerta y a dejarle paso, pero aun después, en la oscuridad apenas mitigada por la mariposa ante la Virgen del Cerro, continuó desvelada, abiertos los ojos como las locas. Al comenzar su encierro dijo lo bastante a Petra para dar la impresión de que quería, sobre todo, dedicarse a la oración, y don Rosendo tomó el aislamiento por una larga meditación devota, quién sabe si por una penitencia. Don Leonardo aceptó lo mismo, aunque sospechando una dura crisis, y se sintió algo dolido de que ella no le aceptara en su confidencia. Nadie pensó la verdad: que estaba tendida en la cama o en el suelo con los ojos dilatados, lleno el pecho de fuego, la boca de recuerdos, el cuerpo de ansia y el cerebro de las mismas palabras apasionadas, girando y girando en su mente como rueda tibetana de oración.

Hasta que al fin cedió a la fatiga de aquel potro interior y un sopor agitado, que no piadoso sueño, veló su conciencia y mitigó por unas horas su tormento.

16

CAMBIO DE GUARDIA

Si en algún momento pudo parecer inverosímil esta historia, seguramente habrá quedado ahora demostrada su autenticidad, a poco que se recurra al argumento *credo quia absurdum*, tan eficazmente empleado por los más santos y graves autores. La pasión de ánimo de doña Evangelina era tan increíble, tan ajena y opuesta a su carácter, tan desarraigada de todo su pasado, que no cabe aceptarla si se atiende sólo a causas psicológicas en la evolución de una personalidad. Solamente lo sobrenatural puede explicarlo y en este caso lo extraterreno tiene un nombre: el Caballo Desnudo. Sin el Caballo Desnudo no comprenderíamos el huracán interior de doña Eva: es así que doña Eva se consumía de pasión, luego el Caballo Desnudo inoculó el pecado en Villabruna aquella primavera, ya poco recordada.

Mas Dios aprieta, pero no ahoga, dice la sabiduría popular y confirma la teología de la gracia. De su sopor salió Evangelina benéficamente quebrantada; es decir, menos capaz de ardores apasionados. En su languidez subsiguiente quedó a salvo de posibles actitudes violentas, de locuras inesperadas. Por de pronto, algo sensato se consolidó en su voluntad: encerrarse en la casa, pensara lo que pensara la gente; acogerse a su nunca mancillado hogar. La aterraba encontrarse con aquel hombre que, en la isla desértica de su vida, le tendía los brazos por un momento antes de partir hacia la muerte. Se reconocía lo bastante débil como para echar a correr quizá hasta refugiarse en aquellos brazos, con un grito de locura y perdición.

Para sorpresa suya, la gente no paró demasiada atención en su retraimiento. Los más íntimos lo tomaron como debilidad causada por tantos afanes moralizadores, y ellos mismos insistieron en recomendarle reposo. Los demás suponían un retiro espiritual propio de quien ya iba gozando fama de virtuosa en grado heroico. Por otra parte, una breve ausencia de Astúriz vino a aliviar su tribulación y a permitirle incorporarse nuevamente a las actividades cotidianas. El teniente había ido a cumplir una promesa hecha a su adorable madre residente en un poético pueblecillo de la montaña: la de pasar con ella su cumpleaños. La precaria salud de la anciana y el inminente destino a una unidad en Marruecos indujeron a Astúriz a salir de viaje para regresar el viernes por la noche, según informó Marcelo a doña Eva, que dejó su retiro como si el aire exterior resultara súbitamente respirable.

Con eso notó aún más vivamente cuánto se había acelerado la noria de la vida cotidiana ante la noticia del extraordinario acto cívico-moral anunciado para el domingo 13, con arreglo a los planes previstos. Las mantitas para perros se multiplicaban, las gestiones del señor de Madrid —como llamaba todo el mundo a don Diego de Altavera— removían todas las expectativas, *El Eco* carecía materialmente de espacio para sus informaciones y su campaña ideológica, el Ayuntamiento tenía ya ultimadas sus ordenanzas moralizadoras y hasta de la capital de la provincia llegaban gentes activas a informarse de la situación y a tomar posiciones financieras. Todo ello aliviaba en su drama interior a doña Eva de una doble manera: por un lado la absorbía en constantes deliberaciones y decisiones; por otro, distraía también a quienes podían observarla y la obligaba a estar menos en guardia. Solamente en don Leonardo advertía Evangelina como un recelo, como una intuición de que algo grave oprimía el pecho femenino. Pero nunca insistió si, en algún momento, aventuraba una pregunta sobre el ánimo de la dama. Tampoco Adela, la otra persona a quien temía Evangelina por su experiencia de la vida, parecía sospechar nada. Al contrario: cuando fueron juntas un día a probar el corsé ya terminado —una obra maestra de Desideria—, Adela llegó a admirarse de la vivacidad y alegría de su amiga, atribuyéndolo a los prometedores comienzos de la campaña moralizadora, a lo inmediato del magno acto cívico y también a la influencia psicológica e higiénica del corsé que, con sólo probárselo, infundía ya una seguridad animadora. No podía imaginar que precisamente la nueva y coquetona prenda exacerbaba los sentimientos íntimos de Evangelina, porque sólo pensando en lucirlo para «él» adquiría aquel corsé su plena razón de ser.

Así transcurrió la semana, llena de movimiento en el exterior y de oleadas tormentosas en el corazón de la dama, cuando en la tarde del sábado Marcelo se le acercó en la calle para entregarle otra carta sin ser visto. Evangelina la ocultó en su bolso y renunció a visitar a doña Irenea, para ultimar detalles de organización, corriendo en cambio hacia su alcoba. La nueva carta era más breve, pero aún más apasionada. Durante la ausencia el teniente había vivido sólo para ella, y ni la idea de que quizá viera por última vez a su santa madre le había apartado del pensamiento a su Eva de su alma. Tenía que verla a solas y para eso habría oportunidades durante la *kermesse* del día trece. La agitación de los puestos de atracciones, la abundancia de gente, las frondas o los rincones olvidados del antiguo monasterio que era la Quinta de los Ezcúñiga, ofrecerían un lugar y un momento propicios. Allí la buscaría y, si ella le rehuía, sólo ella sería responsable de lo que en su locura de amor pudiera cometer.

Al contrario que tras la primera carta, una lucidez glacial y espantosa fue el sentimiento que dominó a la atribulada doña Evangelina. Comprendió en el acto que estaba acorralada, que acudiría a aquella cita irremisiblemente, que perdería para siempre su honra y su alma. Y antes de que otros sentimientos más cálidos y apasionados se apoderasen de su débil corazón, volvió a echarse el velo sobre la cabeza y se dirigió a la colegiata. Por el camino pensó que se entregaba a un juicio de Dios: si don Leonardo estaba en la sacristía, como a veces ocurría, le abriría su pecho y le pediría auxilio. Si no le encontraba allí, se entregaría como víctima al diabólico Caballo Desnudo, porque esperar una segunda salvación del ángel de la guarda era demasiado pedir.

Cuando supo por el monaguillo que don Leonardo estaba, dudó si alegrarse o lamentarlo para siempre: tan confusa estaba su alma ante la tentación. Pero perseveró en su honrado propósito y, de rodillas ante el sacerdote, bañada en un mar de llanto, contó la tragedia de su vida desde el famoso Dos de Mayo y, sobre todo, desde la primera carta. Nada ocultó a su confesor y, en cierto modo, al explayar sus tribulaciones, volvió a encontrar en su alma cierta paz, dolorida por lo que perdía, pero también satisfecha por lo que salvaba. En todo caso, ya no tenía fuerzas ni para decidir y, asintiendo a las exhortaciones de don Leonardo, que acompañó a la dama hasta su domicilio para dejarla en seguridad, se tomó una taza de tila con bromuro y cayó en un sueño tan hondo que ni siquiera la despertó su marido al regresar del Casino, todo expectante ya ante los actos del día siguiente.

¡Ah, pero don Leonardo no se limitó a los consuelos espirituales! Tan pronto como dejó a la dama corrió a librar la batalla en otro terreno, dispuesto a todo para salvar a su alma predilecta. Iba descompuesto, tropezando, sin ver a nadie, hundido en su propia agonía. Llevaba el corazón a pedazos. Mientras se confesaba Evangelina, unas tenazas de llama y de hielo se lo habían ido desgarrando. A ratos la hubiera abofeteado. «¡Qué imbécil, qué incauta, qué elemental es la mujer! ¡Qué animal más deficiente! Ellas sí que necesitan gualdrapas. ¡Y cinturones!» Pero aún no estaba todo perdido. «Ah, no —iba rugiendo en el pensamiento—, no lo permitiré, no lo conseguirán, habrán de pasar sobre mi cadáver, la obra de toda una vida, año tras año preservando a esa alma virginal, y que ahora venga el demonio, se valga de ese engendro de uniforme para arrancarme mi obra, tiene razón la pobre, Satanás ha ocupado la ciudad, ha concentrado sus fuerzas contra ella sola, cómo resistir, pero qué verán las mujeres en un hombre así, aparte del uniforme, lo demás qué, ya le quisiera yo ver todo vestido de negro, y ella, alma privilegiada, casi lograda ya para los altares, ahora esta amenaza, ah, no, aquí estoy yo, Leonardo de la Hoz, dispuesto a luchar por ella, en todos los terrenos, si hace falta la mato, Dios me perdonará, mi alma de pecador a cambio de la de una santa, y se atrevió a besarla, estuvo a punto de abusar de su inocencia, ¡a besarla!, lo imagino y me vuelvo loco, una boca que habrá besado a meretrices, ése va por la Casa Nueva, lo sé, ha osado el muy bellaco, el mal nacido, ah, pero aquí estoy yo, va a saber lo que es bueno, y si esto me falla no respondo.»

Se dio cuenta de estar golpeando ya contra la puerta el pesado llamador de la casa de los Ezcúñiga. Como no era visita frecuente de la casa, la criada le hizo pasar asombrada hasta el gabinete, donde la sobrina del comandante leía una novela esperando la hora de la cena. Su tío estaba en casa, sí, en el pabelloncito del jardín que daba a la vega, al otro lado de la huerta; enseguida le avisarían. Rogó al sacerdote que tomase asiento, pero don Leonardo estaba demasiado nervioso y prefirió caminar de un lado para otro. Por fin llegó el comandante, con una agitación y nerviosismo atribuidos también por la sobrina a lo inusitado y casi alarmante de la visita, con la que el comandante se retiró a su despacho, cerrando la puerta.

No tardó mucho en salir otra vez el sacerdote, con expresión todavía preocupada, pero más serena que a su llegada. El comandante le acompañó hasta la puerta de la calle y luego, atravesando el jardín, volvió al pabelloncito. Se apresuró a tranquilizar a Adela, que le aguardaba inquieta.

—¿Qué quería? —preguntó ella, zafándose del beso que se prolongaba.

—Nada, no te preocupes; no venía por nosotros, no han descubierto tus visitas aquí. Fíjate qué gracia: vino a pedirme que retenga a Astúriz de guardia mañana. Sí, durante los actos esos que habéis organizado... No, no me ha dado razón ninguna. Un asunto grave, dijo, un caso de conciencia, no podía revelar las fuentes de su información...

—¿Se habrá citado con Eva el teniente? —se anticipó Adela, brillándole los ojos.

—Eso supongo... Al principio, cuando empezó a hablar con tantos circunloquios, insistiendo constantemente en la seguridad de la guardia del cuartel para mañana, creía que tenía la revelación de algún estallido político... Pensé en la huelga general revolucionaria, sí. ¡Se habla tanto estos días! También se me ocurrió pensar si sabía algo de...

—¿De qué? —le apremió Adela empezando a abrochare las botas.

—Pero ¿ya te marchas? ¡Un momento más, amor mío!

—No seas loco. Debí marcharme hace ya un rato; de sobra lo sabes. Continúa: ¿Algo de qué?

—Bueno, a ti te lo digo. De las Juntas Militares de Defensa, ya sabes.

—¿Estás también metido en eso? —se interesó ella.

—Metido, metido... Ninguno nos podemos negar. Es cuestión de compañerismo. Pero no dirijo nada. En fin, da igual, el caso es que luego era el problema de Astúriz. ¡Es cómica la vida! ¡Como salga ella ahora con un hijo!

—¿Qué dices? —se volvió, repentina, la mujer—. ¡Si no puede!

—¡Ya lo creo que puede! El inútil es él. —Rió el comandante—. ¿No lo sabías? Cogió una enfermedad de joven y quedó estéril.

—¿Quién te lo ha dicho? ¿Estás seguro?

—Segurísimo. —Siguió riendo, sin advertir los esfuerzos de su amiga por ocultar la emoción.

«Y ahora lo tendrá todo —pensó Adela—, el placer con Víctor y el hijo que desea. ¡Ah, no, ése no era mi plan! Que cayera, bueno, que lo supiera o lo sospechara la gente, mejor, que fuera como todas, ¡eso, como todas!, que se le acabara la hipocresía, pero ahora madre triunfante, satisfecha, dándole gusto al cuerpo, ni hablar, por lo menos con mi ayuda no, yo no la empujé a Víctor para eso.»

—¿Y tú que has dicho? —logró preguntar al fin, serenada la voz.

—No he prometido nada. Como él, vagamente. Estudiaré el caso, haré lo que pueda. La verdad es que Astúriz debe de tener ya un plan, ¡je, je!, porque anteayer me pidió le autorizase el cambio de su guardia con el capitán Centano. Acepté; no había motivo en contra. No me voy a volver atrás.

—Pues harás mal. Hay motivos.

—¿Qué dices? ¿No me llevaste tú misma a ver cómo Astúriz le ponía los puntos a Eva?

—Sí, pero eso es una cosa y otra que yo no haga lo posible por defender a mi amiga.

—¿Defender? Si estará de acuerdo; ¡lo estará deseando!

—¡Qué opinión tenéis de nosotras! —se quejó Adela, recurriendo al registro sentimental—. Lo que estará es fascinada, deslumbrada, como el pajarillo ante la serpiente. Una mujer sin experiencia, te lo digo yo, buenísima... No vamos ahora a prepararle la trampa entre todos.

Ezcúñiga la miraba sin comprender aquella obstinación. Adela recurrió a todos los argumentos: desde sus encantos físicos, explotando la complicada operación de vestirse, hasta los razonamientos. Precisamente ahora, en plena campaña de moralización, si se sabía, ¡qué escándalo!, ¡qué descrédito para todos! Atacó además a Astúriz: un descreído, un inmoral. Lo hacía a propósito: eso era una maniobra. El comandante era incapaz de resistirse a aquella mujer. Empezó a batirse en retirada. Prometió, juró, cedió, aun dudando en su interior de que le fuera posible cumplirlo. Bueno, ya se las arreglaría, ya vería.

Al final acompañó a la dama a la puertecilla trasera y salió con ella hasta la plazuela, donde podía parecer que regresaba de la ermita. Volvió hacia su casa preocupado: Adela había hablado muy en serio, y si no retenía a Astúriz en el cuartel iba a tener una escena con ella. Pero tampoco podía negar al teniente el cambio de guardia ya autorizado. ¿Qué hacer? ¿Mandarle con algún pretexto a la capital? ¿Encargarle una salida con una sección? Pero no había ningún motivo razonable, ni siquiera una triste huelga.

Volvió a entrar por el pabellón y estaba cruzando el jardín cuando le atajó su asistente. Venía a entregarle un parte del capitán Centano dando cuenta de que se encontraba enfermo y solicitaba darse de baja para la guardia del día siguiente. Acompañaba una carta particular lamentando muchísimo no poder complacer al teniente, pero efectivamente había tenido que meterse en cama con una fiebre muy alta. El médico no había podido todavía diagnosticar.

El comandante vio el cielo abierto. Poco después salía Agapito a llevar a Astúriz la orden de entrar de guardia al día siguiente, cuando saliera el teniente Almudévar. Al regreso, el asistente dejaría una esquela para la señora de Merales, asegurándole que había quedado complacida en sus deseos por quien no podía negarle absolutamente nada y vivía, obediente, a sus encantadores pies.

17

CÍVICO Y MORAL

El domingo era trece, pero no había supersticiones entre los paladines de la moral. Por de pronto, el día amaneció espléndido y el adorno floral de la Glorieta, planeado y dirigido por el competente jardinero del Ayuntamiento, don Primitivo de la Puerta, convertía el final de la Alameda en un oasis contra el sol, ya implacable. Los curiosos se las prometían muy felices, y un ambiente de fiesta llenaba las calles desde muy temprano. La gente no tenía gran interés por el acto cívico-literario, pero sí por la ceremonia de la Glorieta y por la *kermesse* de la tarde. Había que aprovechar la inesperada fiesta, aunque su motivo fuera tan extraño como la manía de vestir a los animales.

A las nueve de la mañana recorrió las calles principales la banda de trompetas del escuadrón de lanceros, vestida de toda gala, ejecutando sus más floreados toques. Después se dirigieron a la Glorieta, donde una sección había permanecido de retén toda la noche y donde otras dos venían a relevarla, como muestra de la colaboración del ejército con los propósitos morales y patrióticos de las autoridades civiles. Verdaderamente, el espectáculo era digno de levantar los corazones de los buenos ciudadanos. ¡Aquel claro color azul con toques morados de los uniformes, aquellas púdicas gualdrapas, aquel brillar el sol en los cascos y en las puntas de las lanzas! Los caballos hacían resonar el aire con sus pisadas marciales y algún lancero se las veía y se las deseaba para sujetar a su corcel dentro de la alineación, con gran regocijo de los espectadores. Éstos, con gran predominio de chiquillería, siguieron a la tropa hasta la Glorieta.

Poco a poco fueron llegando más participantes: los niños de las escuelas públicas, dirigidos por sus maestros; las niñas del Colegio de Santa Bienvenida, con sus uniformes grises y negros, y hasta los ancianitos del Asilo capaces de trasladarse por su pie. Al acercarse la hora señalada fueron concurriendo los invitados; es decir, todas las personas de algún viso en la ciudad, no sólo en la más alta sociedad, sino incluso entre las clases medias y artesanas, si se habían distinguido por su celo en la campaña moralizadora. Ocioso es decir que, entre aquel público, los paladines todos y las Pías Damas ocupaban el centro de la atención. Doña Evangelina era la heroína suprema del acto y, junto a ella, doña Irenea, la clavera mayor, las restantes damas, y los principales paladines. Entre todos, el quijotesco pergeño de don Álvaro de Correntana se advertía siempre cercano a doña Evangelina, y don Leonardo tampoco se alejaba de ella, como para preservarla de cualquier posible peligro. Algunos de los presentes habían llegado en coches o caballos engualdrapados, para regocijo adicional de los curiosos.

Éstos, sin embargo, no eran demasiados, porque los setos de evónimos y la vegetación abundante en la Glorieta, que tan grata la hacen para el paseo habitual, dificultaban la participación visual de multitudes. Ya fue difícil para los invitados distinguidos situarse todos en lugares desde donde se viera la estatua, resultando verdaderamente privilegiados quienes pudieron colocarse frente a ella. Por eso se alejaron muchos espectadores espontáneos y sólo por la parte del ligero talud hacia la llanura —donde ahora se estacionan los autobuses azules de la *Ruta del Siglo Nono*— permanecieron cuatro o cinco docenas de personas que no quedaron del todo defraudadas gracias a la voz estentórea del padre Pelagio.

Muy puntualmente llegaron las autoridades: el alcalde con su vara y sus concejales, el comandante militar de la plaza, el M.I.S. Arcipreste de la Colegiata, el digno juez municipal, el director del Instituto y otros personajes. El acto se inició con un sonar de trompetería y el padre Pelagio dirigió una breve pero sentida y fervorosa alocución sobre el significado del acto. Significado que resumió en tres palabras: Moral, Orden y Patriotismo, glosadas en sus distintos aspectos y en su sentido global para concurrir de consuno al simbolismo de la ceremonia. A continuación, el secretario del Ayuntamiento leyó el acuerdo municipal que imponía al fauno, hasta la consumación de los siglos, el restrictivo y marmóreo cinturón de castidad. Acto seguido, se procedió a la colocación del mismo, para lo cual la estatua había sido rodeada previamente de un andamiaje en el que reposaban ocultos bajo un lienzo blanco, las dos piezas de la cobertura, así como los aprestos de albañilería necesarios. De pie, como verdugo sobre un cadalso, pero vestido con una blusa blanca de escultor sobre un traje de paisano facilitado por doña Sinda, se erguía desde el principio del acto Marcelo García, al que, en el momento culminante, subió a ayudar un albañil del servicio municipal.

El instante tuvo su emoción. Nótese que por última vez iban a contemplar ojos humanos la faunesca figura en toda su ostentosa integridad. ¿Sería osadía conjeturar que, pese a los propósitos moralizadores, hubo en aquel instante invitados que lamentaron el acuerdo del Ayuntamiento? No se olvide que, para todas las respetables damas presentes, el fauno de la Glorieta había sido la primera indicación reveladora de misterios sólo aludidos entre cuchicheos prohibidos. Y para los caballeros, la estatua había sido en sus primeros años fuente de bromas, tópico de conversación y hasta patrón de medida. Al desaparecer bajo el mármol, como bajo una losa funeraria, su principal detalle escultórico, algunos tuvieron la sensación de que todo el aire de la Glorieta iba a cambiar, de que otra losa invisible caería en lo sucesivo sobre el ameno rincón. Pero todo pasa en este mundo, y también aquella edad adolescente. ¡Que sea para bien!, suspiraron mientras Marcelo y el albañil, en medio del silencio, procedían a cubrir a la estatua como si cubrieran la boca de un nicho en el cementerio.

Ningún incidente turbó la ejecución y, a poco, los ardorosos lomos del fauno quedaban ceñidos por los calzones, sujetos aún con una soga hasta que fraguase la mezcla utilizada. Una salva de aplausos se levantó en el aire, como una bandada de palomas, y la trompetería volvió a resonar, mientras estallaba en lo alto media docena de cohetes, suplidos por la generosidad de don Telesforo, y los presentes se dispersaban apresuradamente para llegar a tiempo a la misa mayor.

Nada diremos de la misa en sí, transcurrida como siempre salvo la especial brillantez debida a la presencia de las autoridades en pleno y a los uniformes de gala. El sermón de don Leonardo, alusivo a los actos del día, fue sin duda profundo y conmovedor, pero eso no era novedad alguna en orador sagrado tan excelente. Nos reservaremos, por tanto, para el acto cívico-literario que, ése sí, requiere toda nuestra atención, ya que en él se resumieron todas las tesis y argumentos susceptibles de justificar los altos propósitos moralizadores de Villabruna, en cruenta batalla espiritual contra el Enemigo Malo.

Para comentar dignamente aquel acto, y a falta de un Homero, lo mejor hubiera sido insertar aquí los auténticos textos encontrados en el único y amarillento ejemplar de *El Eco* perteneciente a la colección del Casino. Desistimos de ello por no alargar demasiado esta crónica, pero hemos utilizado a fondo, a veces textualmente, la fuente mencionada. No se extrañe el lector si en ocasiones advierte huellas del levantado estilo propio del maestro de periodistas y entrañable amigo que fue don José Pérez Cuchillo *(Melampo)*, digno de mejor recordación que la medio caída lápida con su nombre en una calle poco transitada de las afueras.

No nos detendremos en el brillantísimo aspecto del salón de baile del Casino, adornado con flores y colgaduras, profusamente iluminado, y adaptado a la ocasión con un estrado para las autoridades, los oradores y la directiva de la L.I.M.A., organizadora de la sesión. Tampoco describiremos la rumorosa llegada del público. Al fin doña Evangelina, en el sitial de honor como presidenta propuesta para la Liga, rogó silencio con un gesto para dar comienzo al programa. La expectación era indescriptible, pues tan brillantes manifestaciones culturales no se prodigaban en la ciudad. Como recuerda *El Eco*, la ocasión tuvo lugar diez años antes, con motivo de la campaña de política hidráulica, cuando varios diputados castellanos hicieron propaganda en pro del «Candil del Altozano», por desgracia todavía no concluido. El inmediato precedente mejor es no recordarlo, pues si bien acreditó el resplandor del exaltado patriotismo de Villabruna con motivo de la guerra de Cuba, la pérdida de las Antillas tiñe de luto la evocación. Con tan escasos cuanto significativos antecedentes, era natural que en la conciencia de todos estuviese la seguridad de que el 13 de mayo de 1917 quedaría inscrito en la historia de la ciudad con letras que llegarían a ser de oro si la suerte acompañaba a los altísimos propósitos de los organizadores.

En ese ambiente de expectación se levantó doña Irenea, como presidenta de las Pías Damas, para leer con su palabra precisa unas cuartillas explicativas. Al sentarse, entre vivos aplausos de un público que en su mayoría había sido discípulo infantil de la buena señora, la sustituyó en la tribuna el catedrático de Historia del Instituto, don Darío Venecilla y Grama, para disertar sobre el tema *Trajes y paramentos de los animales útiles a lo largo de la historia universal antigua y moderna*. Y tras un exordio de gratitud a los organizadores, a las dignísimas autoridades, al pueblo de Villabruna y a la Providencia suma, sin la cual ninguna buena intención puede cuajar, el culto historiador comenzó remontándose a los principios de la domesticidad de animales, para tratar enseguida de la vestidura de los mismos, cuyos más antiguos testimonios fidedignos había podido encontrar en los bajorrelieves del palacio de Nabucodonosor, en Nínive. A fin de orientar mejor su pensamiento, clasificó esas posibles vestiduras según atendieran a los siguientes fines: *a)* bélicos, *b*) utilitarios, *c*) suntuarios y *d*) mixtos de los anteriores. Por supuesto, las famosas gualdrapas constituyeron el centro de la pieza oratoria, de acuerdo con los propósitos de los organizadores, que habían concebido la disertación histórica inicial como prueba de que sus intentos moralizadores tenían una traición y no debían estimarse innovación arbitraria.

De todos modos, don Darío no era quizá la persona más adecuada —dicho sea con todos los respetos— para animar un auditorio como el allí reunido. Momento hubo en que su prolijidad erudita creó una nube soporífera sobre las cabezas de sus oyentes. Doña Evangelina acabó por no escuchar al orador. «¿Dónde se habrá metido? —se preguntaba—. ¿Cómo no está aquí, ni en misa, ni esta mañana en la Glorieta?, si yo me atreviera a preguntar a Ezcúñiga... estará enfermo, sería horroroso, pobrecillo, pero ¡ay! providencial, ¿se habrá arrepentido de su insensata locura?, porque es una locura, no dejo de repetírmelo, cómo vamos a hacer, si no es posible, no puede ni concebirse, yo se lo perdono porque para eso hay que amar mucho, hay que estar verdaderamente loco, no, no, no cederé, antes muerta, ¿y si él se mata?, qué espanto, y tener que sonreír a esta gente, no saben que esta tarde puede ser de luto, o de pecado, si se habrá arrepentido, qué horroroso, quiero decir el que esté enfermo, será quizá providencial, una manera de salvarme la Providencia, de salvarnos a los dos, si yo me atreviera a preguntar, pero se me notará en la voz cuando diga su nombre, y luego este corsé, tiene razón Adela, al principio incomoda, pero después ayuda, yo creo que sin él me derrumbaba, desde luego es precioso, parecía yo en el espejo no sé qué, una mujer de teatro, bueno, de teatro de ése, es precioso, quién me iba a decir que lo iba a estrenar en este día, que lo iba a estrenar para él, ¡Jesús, qué barbaridad!, aunque sí que es para él, me lo he puesto como coraza, con el corsé imposible, pero nada de nada, y es tan difícil soltarlo, aunque debe de tener mucha experiencia, un hombre muy corrido como dicen, qué palabra, imposible del todo, pensé en echarle un poco de agua bendita pero no me atreví, quizá una irreverencia, si está enfermo es que estaba de Dios, la solución, ¡ay! ¿y si es que se está preparando?, ¿y si no quiere venir para no delatarse?, a mí me da algo si esta tarde surge de pronto, como Mefistófeles, me arrebata, me sube a su caballo, tan buen jinete como es, qué angustia no saber, y esa sonrisa de Adela, y esas miradas de Ezcúñiga, yo temo que huelen algo, pero no sé qué, no ha ocurrido nada, ni ocurrirá, el ángel de la guarda volverá a salvarme, todos me miran, pero es natural lo que pasa es que yo estoy inquieta por dentro, sobre todo don Leonardo, ¡me conoce tan bien!, quiere recordarme mi promesa, no, si la cumpliré, no caeré, no, para eso me he puesto el corsé, tenía razón Adela: es el soporte de la sociedad...»

Unos corteses aplausos y muchos suspiros de alivio celebraron las palabras finales del culto historiador, atajando casi su párrafo final, dedicado a los sublimes pensamientos y a la abnegación moralizadora de la persona que ciertamente era la reina de Villabruna. Y unos aplausos aún más vivos saludaron la subida a la tribuna del propio don Rosendo, a quien de esta manera se reconocía en cierto modo como protagonista-consorte de la campaña zoológico-moral. Por otra parte, don Rosendo tuvo la discreción de no abusar del público, a pesar de que su tema hubiera requerido un vasto tratamiento, pues se trataba de *La civilización como lucha contra el desnudo*. Afirma *El Eco* que «al público le supo a poco la brevedad de la disertación, y se sintió arrebatado por el hondo pensamiento filosófico del director del Instituto», y la verdad es que las breves referencias del periódico a las ideas de Gomínez son lo bastante sugestivas como para hacernos lamentar no disponer de un texto completo. Hasta es lícito pensar que en este texto se encontraría en germen toda una teoría filosófica para apoyar la que debería llamarse «ley sociológica de Gomínez Álvarez», consistente en la correlación entre el progreso y la superficie cubierta del cuerpo humano. Parece incluso que don Rosendo había meditado a fondo en la cuestión y discriminaba entre las diferentes partes del cuerpo y su respectiva cuantificación para aplicar la susodicha ley sociológica, avizorando su posible extensión futura a los animales. ¡Lástima que la humildad del fallecido retórico —agudizaba en aquellos días ante la exaltación pública de su esposa— no le indujese a extenderse y a dar a la imprenta la totalidad de su pensamiento! ¡Quién sabe si con ello se ha perdido, para España y para el mundo, uno de tantos genios ignorados como alumbra generosamente nuestra patria!

La brevedad fue, sin duda, agradecida con vivos aplausos,

intensificados al dirigirse a la tribuna don Leonardo de la Hoz, cuyas cualidades oratorias eran de sobra conocidas. Su tema era *La redención de los animales por el hombre* y sus primeras palabras, tras la salutación acostumbrada, fueron para explicar que el vocablo redención no era tan atrevido como podía parecer dentro de ese contexto, pues no pretendía ningún paralelo impío, sino excitar el celo de sus oyentes mostrándoles el horizonte que se abría ante ellos con los proyectos de la L.I.M.A., a cuya futura presidenta dedicó los merecidos elogios.

«Lo dice para animarme —pensó Evangelina—, para inducirme a la virtud, ¡ay, si yo soy virtuosa!, si yo no tengo la culpa de nada, no he hecho nada, no he provocado nada, de sobra sabe él que llevo años de virtud, hasta en el matrimonio, ¡qué más virtud!, nueve años de fidelidad, y decidida a toda la vida, pero yo no he hecho nada, yo no soy, es el Caballo, Satanás que me ahoga, y yo no puedo más, se me ahoga con nada, qué hago si se presenta, si surge como Metistófeles, una débil mujer que soy, ya me he puesto el corsé, imposible pecar, qué más puedo hacer, el soporte social, si estará enfermo, Dios no lo quiera, lo digo por él, y el pobre Rosendo, lo bien que ha estado, lo que vale, lo bueno que es, ¿cómo no voy a ser virtuosa?, ¡si no pido otra cosa!, ¡que me dejen serlo!, pero ese Caballo Desnudo está dentro de mí, se me ha metido en el corazón, de qué me sirve ya la campaña, qué me importa eso que dicen, aunque tapen todos los caballos del mundo, el Malo está ya dentro, esos pensamientos, ni me los digo a mí misma de terribles que me parecen, no son míos, yo no soy así, estoy poseída, me van a poseer, ¡qué estoy diciendo!, ni pensamientos son, ímpetus del cuerpo, como la sed o el hambre, no del alma, escalofríos, una angustia, un vacío en el vientre, un hueco, me desmadejo, si no fuera por el corsé, pero lo llevo dentro el Caballo Desnudo, como si estuviera preñada, ¡qué horror, qué cosas pienso!, si al menos tuviese hijos, la redención de los animales, ¡qué me importan los animales! ¿y yo?, todo eso son palabras, nada más que palabras, y yo me ahogo.»

Pero eran palabras bellas, nadie podía negarlo. Don Leonardo progresaba poco a poco en su exposición desde la relajada moral naturalista del siglo XVIII —como testimoniaba el fauno aquella mañana redimido en Villabruna— a la moral positivista y científica del siglo XIX, estricta y rigurosa pero sin alma, hasta llegar a la moral del siglo XX, mucho más comprensiva y auténticamente cristiana, pero obligada a luchar contra una creciente relajación de las costumbres en determinados sectores. Parecía como si, al aproximarnos al segundo milenario de nuestra era, se deslindara cada vez más en dos campos el Bien y el Mal, aprestándose quizá a la batalla apocalíptica. En esa batalla, concluyó, Villabruna había recibido un puesto de honor, como lo demostraban las inequívocas señales celestes registradas en días anteriores. Pues bien, la respuesta de Villabruna no se hacía esperar y allí estaban todos, como un solo hombre, soldados de la religión y de la patria, a salir a campo abierto por los fueros de la moral y del orden, puesto que la moral y el orden son el soporte indispensable de la patria y de la religión.

«Está negra —pensaba Adela refiriéndose a Eva—, no se tiene en el asiento, anda, aprende lo que es padecer, preguntarse si viene o no viene, sufrir por un hombre, como todas, así era yo de tonta antes, sé muy bien lo que te pasa, traga quina, así tragarás algo, aprende a no mirar a nadie por encima del hombro, la perfecta, la purísima, qué poco va de una palabra a otra, se quita la erre y se pone una te, ¿no lo habías pensado nunca?, da risa, y lo peor es que no sabes lo que te pasa, estás en medio de tus deliquios y tus tonterías, pues muy sencillo, hija, te calienta Víctor, tienes ganas de Víctor, lo comprendo, pero hoy te aguantas, y si algo puedo también te aguantarás mañana, con un poco de suerte, con las pocas ocasiones que hay aquí, se lo llevan antes a Marruecos, te quedas con dos palmos de narices, me sentiría feliz, no vas a tenerlo tú todo, la admiración de la gente y los buenos revolcones a escondidas, o lo uno o lo otro, porque lo ibas a pasar a modo, yo creí que eras fría, que te faltaba algo para los hijos, pero es Rosauro, Rosendo, como se llame, el cornúpeta ese, y ahora yo te iba a dar lo que te falta, yo misma, imbécil de mí, si no me entero a tiempo, ya caerás con otro, tú no aguantas, pero con otro como tu marido, eso quiero, mira, don Telesforo mismo que está hablando, ése te va bien a ti, todavía pica, no te creas, doña Tadea le avisa cuando le llegan pupilas nuevas, me lo ha dicho Víctor, ¿te enteras?, porque Víctor ha sido mío, antes que tú supieras ni que existía, y soy yo quien os presentó, ¿no lo recuerdas?, que caiga también ésa, ya sabía que te haría tilín, entiendo de eso un rato, más que entenderás tú nunca, caerás pero no con ése, si quieres hijos búscate otro, mejor así, el suplicio de Tántalo, lo verás pero no lo catarás, más vale que vayas pensando en don Telesforo, mira, pues no habla mal.»

En efecto, la oratoria del financiero era precisa y práctica, sobre todo muy práctica. *El interés moral para Villabruna* era el tema elegido, y aunque su intervención no apasionó demasiado a las damas, en cambio fue muy sugestiva para muchos de sus oyentes que si, en algunos casos, habían conjeturado ya el interés económico para la ciudad de la campaña moralizante —y hasta habían ido tomando posiciones especulativas en algún caso—, en general no habían percibido el horizonte deslumbrador trazado por don Telesforo: una propaganda extraordinaria, un Instituto irradiador de intereses, unas posibles fábricas de productos relacionados con la moral animal e incluso humana, y hasta la conversión de la ciudad en centro de peregrinaciones. ¿Por qué no? La providencia tenía una misericordia infinita y si había enviado unas señales sobre la ciudad sería por algún designio mucho más vasto que el de limitarse a la cobertura de los animales locales. Pero no quería insistir sobre este punto, pues la anticipación de detalles podía parecer irreverente y sólo quedaba confiar y actuar.

«Puede parecer irreverente —pensó entre el público el activo don Diego— y puede además revelar a la gente sus intenciones sobre la Quinta. Porque, en cuanto a otros terrenos revalorizables, ya me he encargado yo de asegurarme las necesarias opciones, ¡bribón!, a un corretaje irrisorio. Lo que tú no sabes es que como esto no se desinfle, te va a costar trabajo sacarme a mí los derechos, que no soy hombre de paja tan sumiso como tú te crees, también tengo mis colmillos, también.»

Don Telesforo, además de práctico fue breve, lo que agradeció un auditorio requerido ya por el estómago. Y resumidos así los aspectos histórico, filosófico, moral y económico de la cuestión, sólo quedaba llegar a conclusiones, leídas por la propia doña Evangelina con voz emocionada que llegó fácilmente al corazón de las gentes. Esas conclusiones eran las ya acordadas previamente en la reunión preparatoria de las Pías Damas y, a pesar de su sensatez y de la temblorosa voz que las proclamaba, se produjo al final un silencio en el auditorio, sin duda algo desconcertado sobre lo que se esperaba de él. Pero en ese desconcierto surgió pronto un guía arrebatador. El padre Pelagio, levantándose para pedir la palabra, supo en breves y tonantes frases galvanizar de tal modo a sus fieles que, como si acabase de tocarles a todos la lotería (acertada comparación posterior de un testigo presencial), se alzaron gritando su aprobación aclamante para las conclusiones propuestas, que, de ese modo, podrían ser llevadas a la práctica como expresión unánime de la voluntad de Villabruna, encarnada en sus clases patricias.

Los aplausos duraron mucho rato y el entusiasmo acompañó a los organizadores por la escalera principal, hasta la puerta del salón de juntas del Casino, donde aguardaba la mesa dispuesta para celebrar el banquete íntimo organizado para las autoridades y los más notables paladines de doña Evangelina.

18

TRAICIÓN EN LA *KERMESSE*

Del banquete sólo han quedado referencias orales más lo que puede inferirse de las declaraciones de Merales, publicadas en el número siguiente de *El Eco*. Sin duda el ágape fue algo muy diferente del clamoroso acto cívico-moral, pues sin un carácter íntimo y restringido no hubiera podido servir de marco a las manifestaciones políticas que don Telesforo tenía interés en arrancar del señor alcalde ante unos cuantos testigos cualificados. En suma, mientras que el acto cívico-moral fue el espectáculo para la galería, el banquete era el cenáculo esotérico donde verdaderamente habían de cocerse las decisiones.

Por eso don Telesforo levantó al final su copa con el declarado propósito de «aprovechar —dijo— la presencia de la primera autoridad villabrunense y de otras dignísimas autoridades para elevar hasta él y, por su mediación, a la superioridad, las conclusiones que, con un entusiasmo sin precedentes, acababa de aprobar el pueblo». La moralización de los animales respondía a un clamor general y el orador brindaba por la seguridad de que don Tomás Merales, alcalde liberal y, por lo tanto, hombre de principios demócratas, no defraudaría jamás a la ciudad cuyos destinos había sido llamado a regir.

Tomás Merales sonrió ante palabras cuyo objeto era arrancarle el compromiso del bando pecuniario y de las multas, y se levantó para contestar, dirigiendo una mirada tranquilizadora a su Adela. Comenzó agradeciendo las amables frases de don Telesforo, patricio tan señalado de la ciudad, y luego afirmó rotundamente que, por supuesto, atendería las conclusiones del acto y llevaría a cabo, en consecuencia, lo que reconocía era demanda unánime de los asistentes al acto, aunque —añadió con una sonrisa, haciendo fruncir el entrecejo a don Telesforo— no estaba seguro de que fuese efectivamente un clamor popular. Pero no estaba en su ánimo insinuar reticencias, sino simplemente ejecutar esas demandas precisamente porque, como había dicho muy bien don Telesforo, él era hombre de principios democráticos.

«Soy demócrata —enfatizó—, honrándome mucho en ello, y nunca mejor pudiera demostrarlo que en esta ocasión, al acatar una decisión de la mayoría, pese a ser contraria a mis más profundas convicciones. ¡Sí, señoras y señores! —reiteró ante la estupefacción de los presentes—, si bien respeto esas conclusiones aclamadas hoy, hasta el punto de disponerme a satisfacerlas, también tengo el deber de manifestar mis propios puntos de vista, para los que solicito y espero el mismo respeto de ustedes.»

Sus discrepancias, según la tradición oral y sus declaraciones en *El Eco* siguiente, surgían tanto en el terreno de la práctica como en el de los principios. En el primero la redacción de un «Reglamento de la Moral Animal» tropezaba con dificultades, pese al celo y competencia de Restremillo y demás especialistas administrativos del Ayuntamiento. Resultaba difícil concretar con precisión las figuras delictivas. Así, por ejemplo, ¿a qué animales había de imponerse la sanción moralizadora? ¿Eran, v.g., las moscas o las pulgas susceptibles de provocar el escándalo? ¿Debían ser engualdrapados los gatos y los gallos? En cuanto a los actos mismos, ¿debía multarse al animal engualdrapado que, al revolcarse o tenderse, burlara la eficacia moral de la cobertura? ¿Debería sancionarse al animal campestre no engualdrapado que penetrara sin darse cuenta en el casco urbano? Casos eran ésos, entre muchos, demostrativos de la dificultad de actuar con equidad.

Pero todavía era más serio el problema al contemplarlo en el terreno de los principios, pues como alcalde tenía graves dudas sobre la licitud de la competencia municipal para actuar en dos esferas ante las que vacilaba su autoridad: la propiedad privada y el fuero militar. En efecto, los animales eran propiedad privada y las medidas propuestas constituían una clara invasión en ese campo. En cuanto al fuero militar, como alcalde no podía sino instar del mando correspondiente el cumplimiento voluntario de las medidas en cuestión.

«Señoras y señores —concluyó Merales—, lejos de mi ánimo plantear debates impropios de este gratísimo ágape y de las bellas damas que nos honran con su compañía. Tampoco tiene mucho sentido polemizar, puesto que la decisión general está clara y mi papel, como alcalde, no puede ser otro que llevarla a cabo, inclinándome, como buen demócrata, ante tamaña unanimidad. Pero yo quería hoy proclamar, en esta intimidad autorizadísima, las razones que pesan sobre mi corazón: tanto prácticas como de respeto a dos instituciones básicas. La propiedad privada es sagrada, forma parte del orden natural de la sociedad y reclama siempre un cuidado exquisito en la intervención de la autoridad. El ejército es el brazo armado de esa misma sociedad y su puntal más firme. Quizá yo sea culpable —insinuó sonriendo— de sentir con demasiado fervor esas dos grandes lealtades, a la Propiedad y al Ejército, pero si eso es una culpa, lealmente la proclamo y hasta la cultivo, con un viva a ambas instituciones y a nuestra Muy Noble y Muy Leal ciudad de Villabruna.»

No quedó muy satisfecho don Telesforo ante la manera categórica con que Merales había logrado escurrir el bulto, pero no podía quejarse, pues venía a cumplir lo convenido. Adela admiró una vez más a su marido, sobre todo al oír unos comentarios aprobatorios de Ezcúñiga, concluidos con un «¡Qué lástima que su esposo sea del partido liberal!». Adela cogió la ocasión al vuelo, confiando —aunque era una indiscreción, pero para su Leopoldo no tenía secretos— que Merales estaba muy disgustado por la forma en que sus correligionarios le habían comprometido en el asunto de la moralización animal, en el que, como había proclamado tan honestamente, no creía en absoluto. Añadió unas palabras para insinuar la posibilidad de que su marido dimitiera la alcaldía prontamente, desengañado del garcíaprietismo, y con ello dio ocasión a Ezcúñiga para ir pensando en tan valiosa conversión al partido conservador. Dejaron por el momento la cuestión, pues ya todos los comensales organizaban la expedición a la Quinta en carruajes debidamente engualdrapados.

No tardaron mucho en llegar. El viejo cenobio fundado en el siglo XVI por el abad premonstratense don Gil, cuando hubo de clausurarse el monasterio fundado por San Mambricio en los terrenos hoy de la Alameda, sólo dista como media legua de la población. Adquirido en el pasado siglo por los bisabuelos de Ezcúñiga, cuando la desamortización de Mendizábal, sus edificaciones primitivas estaban casi arruinadas y en cambio destacaba un chalé finisecular construido con empaque y opulencia. Aún quedaban, sin embargo, las instalaciones de la Granja Monacal y la capilla, con algunos interesantes capiteles, así como el cobertizo adyacente para albergar la fuente de las aguas en otros tiempos reputadas casi milagrosamente y dotadas, desde luego, con una composición mineral interesante, según dictamen técnico de don Ulpiano.

Cuando llegaron los coches, el campo de muros afuera de la finca era escenario de una romería, con mucha gente del pueblo aprovechando el buen tiempo y acabando de digerir una merendola para la que distintos puestos al aire libre habían ofrecido vituallas y, sobre todo, bebidas. Entrando por la gran puerta cochera abierta en la alta tapia monacal, se pasaba a la *kermesse* propiamente dicha, donde comenzaba a divertirse —contribuyendo de paso a la pía obra— lo más selecto de la población. A la llegada de las autoridades la banda de música de los lanceros inició una briosa marcha de homenaje, declarándose así abierto el festejo.

Los jardines delanteros de la casa ofrecían, en verdad, un hermoso espectáculo. Doña Sinda había demostrado su talento práctico al proponer una *kermesse*, que estaba siendo un verdadero éxito. Ella misma había logrado su más caro deseo —no en vano dio la idea y anticipó una notable suma— instalando en el sitio más propicio la tienda de «Fátima, la adivinadora», como rezaba el rótulo en caracteres casi arábigos.

A la puerta, un negro con chilaba y turbante velaba por la discreción de las consultas cartománticas practicadas en el interior, y organizaba las colas de quienes aguardaban su turno. Doña Sinda no cabía en sí de gozo. Cada vez acudían más clientes a su consulta: las señoras, por su tendencia femenina a tales prácticas y la falta de oportunidades para ello en Villabruna; los caballeros, porque las gasas integrantes del disfraz de odalisca de doña Sinda velaban tan levemente sus opulencias que aquello compensaba de sobra el módico importe de la consulta. No piense nadie que doña Sinda se había vestido así pensando en tales clientes, que nunca esperó en tanto número. Su propósito fue sólo emparejar estéticamente con el negro moro de centinela en su puerta, que, para goce supremo, era nada menos que Marcelo, vestido con unas ropas traídas por Ezcúñiga de su servicio en África, cuando la campaña de 1909.

Evangelina no tuvo tiempo de percibir detalles, porque inmediatamente hubo de asumir su puesto al frente del *buffet* de dulces, bocadillos y bebidas, excelentemente servido por «El Globo de Oro». Desde allí tendió la vista sobre el real de su campo. Además de la tienda de Fátima, divisó un tiro al blanco, del que acababa de tomar las riendas la propia Adela, asistida por Ezcúñiga y con la colaboración eficacísima de la sobrina de éste, cuya puntería —¡esas enseñanzas inglesas!— atraía a numerosos jóvenes, celosos de superar en el tiro a la elegante amazona. Algo más allá estaba la imponente tómbola regida por doña Irenea y que, como centro máximo de las operaciones financieras de la *kermesse*, tenía el valioso asesoramiento de don Telesforo. Al lado aparecía Remedios asediada por galantes pollos que agotaban rápidamente su existencia de globos de colores, mientras algo más allá se encontraba el corro de los músicos militares, iniciando en ese momento una tanda de valses. Algunas parejas empezaron a enlazarse en un espacio dejado libre para ello y reforzaron aún más la animación. Evangelina recorrió con la vista una y otra vez el brillante y coloreado espectáculo; reconoció a don Leonardo y al notario, a Talante y a *Melampo* tomando notas; al juez municipal hablando efusivamente con la sobrina del boticario, puesta al frente de un servicio de agua y azucarillos; al padre Pelagio, enérgico y eficaz voceador de todas las atracciones; a don Álvaro de Correntana, junto a una exhibición de animales presentados con los diversos modelos de gualdrapas elaborados en las Escuelas Municipales y allí mismo distribuidos a los entusiastas; a don Remigio saliendo del discreto quiosquillo habilitado para ciertas urgencias en un extremo de la valla; a las hermanas Avendeño, con el disfraz de mariposas que ostentaron en el último carnaval, detrás del mostrador de la tómbola... Divisó a todo Villabruna y, sin embargo, el campo le pareció vacío. Era imposible, imposible. Por vez primera empezó a dudar de la eficacia del corsé pues, pese a sentirlo contra su cuerpo, éste desfallecía y se desmadejaba. ¡Oh, era imposible! Decidió recorrer el campo, como si saliera un momento a inspeccionar sus tropas.

Fue entonces cuando, junto a la oriental tienda de Fátima, una extraña figura negra le salió al paso. «¡Mefistófeles!», gritó, apartándose con susto.

—No, señora; soy Marcelo.

Eva le reconoció, bajo la espesa capa de betún impuesta por los complejos otelianos de doña Sinda, e inquirió noticias del teniente. Estaba de guardia, le explicó Marcelo, quien había intentado decírselo antes, sin poder acercarse a ella por estar siempre rodeada de acompañantes.

«De guardia —pensó Eva, después de dar las gracias al muchacho—, de guardia; pero si la había cambiado, me lo decía en la carta, aquí pasa algo, es extraño, ya no es la enfermedad, no es la Providencia, debo alegrarme, claro que me alegro, eso resuelve todo, me alegro, pero necesito saber, tengo que saber, no hace más que aplazarlo, además por qué el comandante lo ha decidido así, ¡Dios mío!, ¿sabrá algo?, estoy loca, ¿qué puede saber?, he de averiguar, incluso decirle, sí, que le deje salir, un momento, no es por mí, ¡qué horror! ¡Dios me libre!, pero aquella carta tan desesperada, qué locuras puede hacer, desertar, perder la carrera, le fusilan, ¡Dios mío, que se salve!, yo no importo nada, sea de mí lo que sea, soy la culpable, si le hubiese cedido el otro día quizá no le pasara nada, soy la culpable, debo sacrificarme por él, averiguar, ahora mismo, me pondré de rodillas ante Ezcúñiga, no me lo podrá negar, pero estoy loca, serenidad, ¡aconséjame, Virgen del Cerro!, no dar un paso en falso, averiguar lo ocurrido, ¡ah! qué a tiempo, ahí viene el teniente Gonzárez, se apea del caballo, viene del cuartel, se acerca al puesto de tiro, va a arreglarse todo, no he debido precipitarme, aguardaré, en el *buffet* me echan de menos, serenidad, Eva, serenidad, todo saldrá bien.»

Efectivamente, un teniente del escuadrón se acercaba al puesto y pedía hablar con el comandante, que se apartó a un lado con él. Entre las detonaciones de las escopetas de postas y los entusiasmados «¡hurra!» de la señorita Ezcúñiga, coreados ya por sus admiradores, se desarrolló una breve conversación en la que Gonzárez, tras de pedir respetuosamente la venia de su jefe, se presentó como enviado del teniente Astúriz, que rogaba se le relevase de la guardia por encontrarse enfermo. Ezcúñiga arrugó la frente.

—Vamos a hablar entre hombres, teniente. ¿Usted me da su palabra de honor de que cree honestamente que Astúriz está enfermo?

El pobre teniente no tuvo más remedio que negarse a dar esa palabra imposible. Ezcúñiga, satisfecho, continuó:

—Bien. Supongo que usted sabe por qué falta a la verdad, en acto de servicio, el teniente Astúriz.

—Es una cuestión de honor, mi comandante —se apresuró Gonzárez a defender a su compañero—. Me consta que es una cuestión de honor. Hay en juego una palabra dada; una cita... de honor.

—Lo sé, lo sé, Gonzárez. No me crea usted un monstruo. Yo fui el primero que lo supo, yo accedí a cambiar la guardia de Astúriz sustituyéndole por Centano, y si el capitán no enferma yo no me hubiera vuelto atrás. Pero yo sé también lo que usted no sabe y tengo razones que sólo puedo explicarle a él. Dígale al teniente que no puedo acceder. Dígale que actúo bajo el peso de palabras sagradas, ¿me entiende usted?, sagradas. Que por encima del honor del soldado está el honor del sacerdote. «Al rey la hacienda y la vida...», ¿cómo sigue aquello?, bueno, como sea, pero «el alma sólo es de Dios», ¿me entiende usted?

—Sin duda, mi comandante —hubo de convenir el desconcertado Gonzárez.

—Celebro que lo comprenda. Dígale que no le faltarán ocasiones, que yo soy el primero en celebrar las victorias mundanas de mis oficiales, pero que la religión... ¡Ah, la religión! ¿Eh?

—Sí, mi comandante.

—Vaya, vaya. Yo hablaré a Astúriz quizá esta misma noche. O mañana; mejor mañana. Vaya usted.

—A sus órdenes, mi comandante —respondió Gonzárez con un saludo.

«Se va, se va —pensó Evangelina viendo al teniente cabalgar y desaparecer por la puerta cochera—, ¿irá a traérmelo, estará todo resuelto?, la cara de Ezcúñiga no era favorable, me da mala espina, ¡y don Leonardo! —continuó de súbito sintiendo su corazón lleno de alarma—, ¿qué pinta en eso don Leonardo?, por eso esta mañana tan seguro, tan sonriente, ¡ay, no lo puedo creer!, pero sí, ha seguido el diálogo de los dos militares como yo, ahora se acerca Ezcúñiga, inquiere, el comandante le tranquiliza, ¡y yo me confié ayer a don Leonardo!, ¡y un sacerdote me traiciona!, ya no creo en nada, esto es el fin del mundo, peor que los caballos desnudos, peor que el escándalo de la Glorieta, el Demonio aposentado en él, está en su corazón también, en el de don Leonardo, en el de todos, ¡qué horror, qué horror!, el Apocalipsis, el fin del mundo.»

Sus pensamientos se agolpaban tumultuosamente hasta perder toda coherencia. La pobre Evangelina no era sino un manojo de nervios y emociones. «¿Le pasa algo?», le preguntó el notario, tendiéndole una copita de champaña frío que Evangelina se bebió de un trago, sin saber lo que hacía. Y sin contestar salió del *buffet* y se dirigió hacia el puesto de tiro. Se ahogaba, aborrecía el corsé que la oprimía, tenía ganas de mesarse los cabellos, desgarrar su traje, correr desnuda como una loca, todo era mejor que aquellas traiciones, aquellas conspiraciones, pasó junto a la tienda de Fátima y la vista del otelesco negro le inspiró una idea asociada a los celos. «Ezcúñiga me desea también, eso es lo que ocurre, le ha retenido en el cuartel por celos, todos me desean, el demonio me habita, ¡qué fuego dentro!, también Ezcúñiga, también.»

Se detuvo desolada tras la caseta de tiro. La señorita de Ezcúñiga se alejaba, invitada por sus admiradores a celebrar su triunfo en el *buffet* y un silencio repentino sustituyó a la algarabía de los «hurras» y los disparos. Al otro lado de las delgadas tablas pudo oír Evangelina dos voces conocidas.

—Me da pena, la verdad —decía el comandante—; ese muchacho consumiéndose en el cuartel me da pena. Si no tuviera el pretexto del cura y no me lo hubieras pedido tú, te aseguro que hacía la guardia yo por él antes que dejar pasar la ocasión. Esas cosas son sagradas, compréndelo.

—Y si le hace un hijo el teniente, también es sagrado, compréndelo —repuso la voz de Adela—. Ella no sabe que el estéril es su marido y no tomará precauciones. ¿Te imaginas el escándalo? Un hijo nueve años después. ¿No crees que debo impedirlo?

En aquel momento oyeron fuera de la caseta el desplome de un cuerpo. Salieron, y se encontraron desmayada a Evangelina.

—¿Nos habrá oído? —se inquietó Ezcúñiga al arrodillarse para recogerla del suelo.

—¡Quia! —tranquilizó Adela—. Yo la estaba viendo venir y no ha tenido tiempo. Es el calor. Además —se echó a reír—, ha estrenado corsé y no está acostumbrada.

—Ya lo noto —rió también el comandante, que se había puesto de pie con la dama en sus brazos—. ¿Sabes? Ella también me da pena. No hay derecho.

—A mí también me da lástima —replicó Adela—, pero soy su amiga. No quiero que caiga con ese riesgo. Se padece mucho en la conciencia cuando se ama clandestinamente. ¡Ay, cómo conozco ese remordimiento!

—¡Tonta mía! —la consoló mimoso el comandante.

Pero ya corría todo el mundo hacia ellos, tratando de auxiliar a la desmayada dama. Un golpe de calor, pensaron todos. En medio de los consejos y recomendaciones contradictorios llovidos de todas las bocas, el comandante impuso su decisión de llevarla al piso superior del chalé, donde había una alcobita que él utilizaba a veces. Subió la escalera, sin que su dulce carga recobrara el conocimiento, y sólo le acompañaron don Rosendo y las amistades más íntimas. A todas ellas hizo salir del cuarto el comandante para no agobiar a la dama tendida en la cama, quedando tan sólo doña Adela y el alcalde, don Leonardo y el marido de Eva. A poco llegó Correntana con el decano de los médicos, que estaba pasando la tarde en la *kermesse* con su familia.

Tras un breve reconocimiento y unos consejos sensatos, el médico diagnosticó un simple desmayo por el calor, la digestión, la actividad o cualquier otra cosa. Mandó le aflojaran a la dama el corsé y todos salieron, salvo don Rosendo y Adela, más apta para realizar la complicada operación. Evangelina empezó a respirar mejor y al poco rato abrió un instante los ojos. El médico al fin se retiró, recomendando que le echasen encima una manta y le preparasen un café fuerte. Al saber la mejoría, el comandante ordenó serenidad a todo el mundo y dispuso que continuara la fiesta como si tal cosa.

19

BLANCO ADVENIMIENTO

Como en la Quinta no había manera de preparar café, el médico sustituyó su receta por un coñac. El comandante se lo encargó a Remedios, que, vendidos hacía rato ya todos sus globos, fue la primera en correr a oliscar cuando vio a Ezcúñiga transportando a la desmayada.

Pronto volvió la muchacha a la alcoba llevando una bandeja con una botella de coñac y una copa. Por la ventana abierta entraba un aire floral, reavivando la cerrada casa. Remedios vio a doña Evangelina yaciendo en la cama, con una manta por encima, medio descubierto el pecho. ¡Qué lindo entredós de Valenciennes en la camisa! Tenía cerrados los ojos, estaba muy pálida, pero respiraba. ¿Por qué le habrían quitado sólo una botina? ¡Ah, la otra había caído algo más lejos! Don Rosendo, sentado a un lado, y Adela al otro, esperaban ansiosos alguna palabra de la enferma. Adela vertió en la copa una generosa ración, dejó la botella en la mesilla y, levantando con la mano izquierda la cabeza de Eva, le acercó la bebida a los labios. El rostro se recobró de su palidez; el pecho se llenó de aire profundamente. Evangelina suspiró y abrió los ojos. La mirada perdió su vaguedad al reconocer a Adela. Sin gritar, pero con voz muy firme, que resonó extrañamente por la habitación, exclamó la dama:

—Zorra.

—¿Cómo? —reaccionó Adela, segura de haber oído mal.

—Zorra —articuló Eva con la misma claridad reconcentrada—. Fuera de aquí, zorra.

—Es el coñac —justificó don Rosendo, disculpándose ante la descompuesta cara de Adela, mientras Remedios gozaba voluptuosamente con la escena. «Así, así son entonces las intimidades de la vida», pensó.

—Y tú también, canalla —dijo Eva a su marido—, vete tú también con esa zorra. Y tú —miró a Remedios—, que ya has oído bastante.

Paralizados como estaban, nadie se movió. La dama dio una gran voz:

—¡Fuera todos, fuera! ¡Quiero estar sola! ¡Sin veros!

Huyeron los tres. Adela fue en busca del médico, temiendo que su amiga desvariase y proponiendo algún narcótico para dormirla y, sobre todo, para hacerla callar. Don Leonardo quiso entrar, pero Adela le atajó, recordando la influencia del lectoral en la guardia de Víctor. Porque Evangelina había oído al comandante y a ella cuando hablaban, era indudable. El médico atravesó el grupo agolpado en el pasillo, entró en la alcoba y salió enseguida. «Doña Eva está bien —dijo—, pero debe descansar. Déjenla en paz dos o tres horas; no necesita nada.» Al oírle se reintegraron todos a sus funciones en la *kermesse*, salvo don Rosendo, que aún permaneció un rato en el pasillo, por si su mujer llamaba. En vista del silenció, abrió al fin la puerta cautelosamente. La vio dormir tranquila y bajó también al jardín, sin dejar de pensar en aquellas palabras. ¿Desvariaba Eva? ¿Era el agotamiento de aquellos días sin tregua? ¿Canalla él? Y ¿por qué llamó «zorra» a la pobre Adela?

Evangelina, claro está, no dormía. ¿Cómo dormir, cuando la mente arde en una lucidez capaz de atravesar los párpados cerrados? El cerebro removía sus engranajes vertiginosamente, pero sin la confusión anterior, y las ideas se articulaban con la clara lógica de la verdad. Su cuerpo abrasaba. Apartó la manta y se acabó de soltar el corsé, emergiendo de él como una crisálida de su capullo. Luego volvió a taparse mientras sus manos recorrían, sobre la camisa, sus carnes hasta entonces oprimidas. Al detenerse en sus pechos, vírgenes, se le saltaron las lágrimas.

«Canallas —pensó lúcidamente—, canallas todos, qué han hecho de mí, qué estafa, Adela lo sabía, que iba a venir Víctor; se lo contaría él, presumiría de ello, soy apuesta para soldados, como si lo viera, igual que en el Tenorio, canallas, canallas, hasta Rosendo un canalla, ese desgraciado, ocultando que no podía darme hijos, casándose sin embargo, no me dijo una palabra, don Leonardo pactando con Ezcúñiga, para que retenga a Víctor, les hago falta, claro, defender mi fama, mi honor como dirán ellos, me necesitan para sus planes, sus éxitos, yo el mascarón de proa, la purísima, la intachable, la que ha de salvarlos, podridos, repugnantes, que se hundan, no construiré el Arca, venga el fuego del cielo, no se salvarán, hundirnos todos, yo también, por eso vino el Demonio, justicia de lo alto, a llevarnos, el Caballo Desnudo, no hay esperanza, a buscarnos, Dios no puede perdonar a estos canallas, qué han hecho de mí, de mi buena fe, de mi confianza, todos engañándome, robándome mi vida, prohibiéndome vivirla, poniéndose de acuerdo, disponiendo de mí, ¡qué horror!, yo haciéndoles el juego, que se hundan, que venga el Caballo Rojo, que nos lleve a todos, acoge mi alma, Señor, no, por piedad, esa música no, ese suplicio no...»

En el jardín, los músicos ejecutaban una última tanda de valses y los compases de *Tesoro mío* llegaron hasta la alcoba. Eva se tapó en vano los oídos. ¡Qué dolor aquellas notas, alfileres en su pecho traicionado por todos! Al fin cesaron. Olvidar, olvidar. La dama vio la botella. Un largo trago a morro le quemó la garganta. «¡Ojalá fuera fuego y me matara! Fuego del cielo, Sodoma y Gomorra —pensó—, aquí peor, aquí los cristianos son los malvados. ¡Y qué más da, qué importa nada ahora!»

El llanto de lo inevitable, de la felicidad perdida, brotó de sus ojos. Los sollozos desgarraron su pecho. Al cabo la aturdió el inhabitual trago de alcohol, la venció el cansancio de tantas emociones y cayó en un sopor entre desmayo y sueño.

Mientras tanto, el sol declinaba y el público se iba retirando. Los músicos enfundaron sus instrumentos y emprendieron el retorno. Los lanceros destacados para la instalación empezaron a desarmar los tenderetes. Pronto los jardines presentaron ese desolado aspecto tras el final de una fiesta: papeles y envases caídos, huellas de postes clavados, corros de hierba pisoteados, suciedad y desorden. Todo el mundo se fue despidiendo tras de inquirir por la salud de doña Evangelina. Incluso doña Sinda, cansadísima pero triunfal, la última en arriar la bandera de la *kermesse*, antes de partir en su coche hacia su casa, siempre en sus galas orientales. Pretendió que le acompañara Marcelo, pero éste había de recuperar antes su uniforme y ponérselo, tras de limpiarse la tiznada cara.

—Te arreglas en mi casa —insistía doña Sinda—. Anda, muchacho, que me has traído la suerte.

Marcelo se libró como pudo del alto honor, indiferente a las muecas exhortadoras de Agapito, gesticulante a espaldas de la dama, que al fin se resignó a partir sola. Marcelo ayudó aún a sus compañeros hasta que se marcharon con todos los trastos. Quedó solo en el abandonado jardín, habitado por el aire polvoriento y la luz del crepúsculo. Miró alrededor. Aspiró fuerte los perfumes violentos de la tarde y se estremeció de melancolía. ¡Qué tristeza, qué infinita tristeza! Sus sueños eran vanos, inútiles, locos. ¿Qué esperaba? Su amor era inaccesible, su adoración quimérica. Suspiró y echó a andar lentamente hacia la casa. ¡Si al menos ese amor sin esperanza acabara con su vida!

Al cruzar el vestíbulo le retuvo llamándole la voz del comandante. Entró en la sala donde estaban Ezcúñiga y su sobrina, el alcalde y su mujer, el arcipreste y el lectoral, doña Irenea, don Álvaro, el padre Pelagio y don Rosendo; todos en torno a una mesa, devorando como cena, copiosamente regada, los abundantes restos del *buffet*. Le extrañó no ver a doña Evangelina, pues había oído que se había repuesto. Ezcúñiga preguntó al lancero adónde iba.

—Al desván, mi comandante, donde dejé el uniforme. A ver si me lavo un poco y me quito esto.

—Está bien, pero no hagas ruido. Luego le das la chilaba y lo demás a Agapito, que lo llevará a mi casa.

Bajo el tejado había un recinto habilitado para ducha y allí se encerró Marcelo, con jabón y un estropajo. Se desnudó y, como no había percha, dejó el uniforme y las ropas moriscas en el antepecho de la ventana. Se metió bajo la ducha y estaba restregándose la cara tiznada cuando una ráfaga de viento cerró de golpe la ventana, arrojando todas las ropas al exterior. Con el ruido de la ducha Marcelo no se dio cuenta, pero cuando acabó de secarse e intentó coger su ropa, se quedó de una pieza.

«¡Menudo apuro! —pensó—. Yo aquí en cueros y mi ropa en el jardín. ¿Cómo cruzo por delante de la puerta de la sala? ¡Y no hay otra salida!»

Se asomó a la ventana y descubrió que el problema era aún más complicado. La ropa no había caído al jardín, sino a un tejadillo del cobertizo exterior. Se distinguía perfectamente a la débil luz de la luna, recién asomada a los montes. Se podía saltar al tejadillo por una de las ventanas del primer piso y eso le inspiró una solución. Salió de la ducha desnudo, bajó por la escalera y, en el primer piso, llegó a la puerta del cuarto cuya ventana había calculado daría al tejadillo. Al poner la mano en el pomo, un pensamiento le detuvo. ¿Habría alguien? Pero no se oía nada, estaba a oscuras y no tenía otra solución. Empujó suavemente la puerta.

Sí, en una cama había alguien, al parecer durmiendo. Si andaba con cuidado no habría incidente. Avanzó despacio, silencioso. De pronto la persona acostada se agitó en su sueño y, a la claridad lunar, Marcelo reconoció a doña Evangelina: su rostro conmovedor, su abierto y sugestivo escote. El corazón de Marcelo se alborotó y, de repente, recordó que estaba desnudo. Enrojeció de golpe y, aterrado, cruzó las manos delante de su cuerpo.

¿Qué hacer? Se inmovilizó un instante, encogiéndose, pero cada segundo agravaba la situación. Como no cabía retroceder, siguió hacia la ventana y se encaramó al antepecho para saltar luego al tejadillo. Fue en ese preciso momento cuando Evangelina dio la vuelta en la cama y miró hacia la ventana.

Había vuelto a despertarse hacía un rato, pero sin abrir los ojos. Era su única decisión clara y firme: no mirar, no ver nada, retrasar el momento de enfrentarse con las caras repulsivas del mundo. Ya no estaba indignada, sino llena de asco. Sí —pensó Eva—, de pronto eran todos blancos y repulsivos. «Bajo sus uniformes y sus togas, sus sotanas y sus corsés, por eso se acorazan así, todos unas babosas, pasando sobre mí con sus deseos y sus codicias, llenándome de baba, sus manos dejando en mi cuerpo rastros de caracoles, sus palabras escupiéndome saliva, sus falsos cariños cegándome, ¡qué tristeza, qué farsa!, y yo también farsante, falsa mujer perfecta me declararon, fundadora, modelo, ¿modelo de qué?, ¡de infeliz, de cándida!, creyendo en todo, creí en la inspiración divina, creí en el esposo y en el padre espiritual, creí en la amiga, en el casto amor santo, falso todo, hundido, desplomado, ¿y ahora a vivir como siempre?, eso pretenderán, aquí no ha pasado nada, ¿vivir sonriendo de mentira, hablando de mentira?, a eso vienen ya, claro, ese ruido es la puerta al abrirse, no miro, que me dejen en paz, morir en paz, vivir como ellos nunca, qué asco, tiemblo de pensarlo, ¿por qué no encienden?, y ahora la ventana, pero ¿qué pasa?, ¿quién hay aquí?»

Sí, fue en ese preciso momento cuando Evangelina abrió los ojos y miró hacia la ventana. Su sofocado grito no fue de alarma, sino de júbilo ante el milagro. ¡El caballo desnudo! ¡Era verdad, algo era verdad! Y no rojo, sino con la blancura de los ángeles. ¡El caballo desnudo, a contraluna, allí en la ventana, descendido del cielo! A buscarla, claro, a salvarla de la mentira, a transportarla hacia la celeste verdad de los caballos poderosos. Quizá también a castigar a las babosas, a machacarlas con sus coces; pero no vale la pena, sólo dan lástima. ¡A volar, Eva, a volar! Tembló un poco ante lo desconocido, pero era liberarse, dejar atrás el triste, bajo mundo.

—Ven —imploró suavemente—, ven con tu justicia y tu verdad, tengo sed, ansia de ellas, deja a las babosas arrastrándose, llévame, lejos, arriba...

Marcelo, atónito, sintió frenado su primer impulso de saltar por la ventana como fuera. Detenido por aquella voz única, aquellas palabras, aquel cuerpo que se levantaba, aquellos brazos tendidos hacia él, aquella camisa doblemente henchida. Sintió su cuerpo atraído hacia un imán, hacia un vértice.

—Llévame contigo, no al infierno, por piedad, no soy mala, sólo desdichada, engañada, no quiero vivir más, ven, eso, aquí, aquí, ¿es posible?, ¿no tienes pezuñas?, manos ¡y qué manos, qué prodigiosas manos!, ¡cómo encienden mi cuerpo!, ¡ardo, me consumo!, ¡ay, qué fuego celestial!, si voy a morir no me hagas sufrir mucho, ¿de ese modo?, ¿también tú?, ¿con eso me vas a matar?, claro, con el pecado, ¡qué lomos, qué poder, cómo me llevas!, ¡al cielo, sí, al cielo!, ¡qué arrebato, caballito mío!, ¡me matas, sí, me matas!

Se extinguió en suspiros la voz moribunda de la dama, cesaron los ruidos rítmicos de la vieja cama, se llenó la habitación de un silencio que la luna colmaba de poesía. Poco a poco salió Eva de su pasmo y empezó a sospechar, a comprender. Se incorporó de golpe y descubrió al hombre yaciendo junto a ella, ocultando avergonzado el rostro.

—¡Dios mío! —exclamó ella, conteniendo el grito—. ¿Quién es usted?

Acteón —repuso la voz sofocada contra la almohada—. *Acteón*, soy *Acteón.* ¡Perdón, señora, perdón, pero la amo! ¡La he amado siempre, desesperadamente!

Todavía, por menos de un segundo, Eva pensó en Astúriz y se echó atrás con repugnancia. ¡Otro engaño, y así! ¡Qué horror! Pero... ¡si era Marcelo! ¡*Acteón* era Marcelo! ¡El artista! ¡Qué claros, de repente, cien detalles! El afán de servirla, su devoción, su delicadeza constante, el soneto aquel, todas las miradas adorantes, las lealtades. ¡Qué amor tan diferente y verdadero, tan en silencio, tan sin pedir nada! Ahora, confesándose a ella, ¡qué lirismo apasionado! ¿Por qué pedía perdón? ¡Pobre muchacho! ¡Y había sido la primera, ella la primera! Hermandad espiritual, ternura materna, amor de hembra: todo junto a la vez cuajó en su pecho como un lirio, como un diamante prieto y luminosísimo.

El muchacho seguía declarando su amor y su respeto, ofreciendo sus explicaciones: «Así ocurrió todo, se lo juro, yo no entré a esto, nunca me hubiera atrevido, yo no tuve la culpa», murmuraba.

—Yo tampoco —dijo ella suavemente, inclinándose para

besar la oreja delicada, viril e inocente. Y repitió, cuando volvió aquel rostro atónito hacia sus propias facciones—: Yo tampoco. No tenemos la culpa, somos inocentes. Las babosas lo prepararon sin saberlo. Este encuentro, esta verdad, esta justicia. El Caballo es un ángel, amor mío.

Marcelo no comprendía, como tampoco ella había comprendido las explicaciones de él sobre uniformes y chilabas, duchas y ráfagas de viento. ¿Y qué les importaba comprenderse? Ni siquiera hablar, cuando sus cuerpos jóvenes se deseaban, se buscaban otra vez, habían decidido ya volver a encontrarse.

Tras de los nuevos suspiros, otra vez el silencio empapado de luna. El mundo estaba inmóvil, con ellos en el centro. De pronto, como en las leyendas, el canto de un pájaro reinstauró el tiempo. ¡Vivo, deprisa, subirán los de abajo! Volverán a por él. Eva sonrió al pensarlo: ya no le importaba; poseía la verdad. Marcelo saltó al tejadillo y recuperó sus ropas. Eva le aguardaba en pie, bajo la luna, inocentemente impúdica. Él se arrodilló en adoración, abrazó los muslos juntando a ellos su cara, y cantó solamente, como éxtasis, el nombre puro de la diosa:

—¡Eva!

Y luego, como gallo triunfal:

—¡Eva mía!

Pero el eco del pájaro flotaba ineludible en esa palabra: mañana. Eva sonrió de felicidad porque «mañana» no era el fin. ¡Resultaba tan sencillo el orden nuevo! Los pobres canallas se lo habían dado todo hecho.

—Hasta mañana, en casa —dispuso—. Como todos los días, como siempre.

—Para siempre —se entregó Marcelo irguiéndose, recibiendo todavía un beso que pareció imposible de cortar.

Ligero como el ciervo, *Acteón* subió al desván con su lío de ropas. Eva entró en el cuarto de baño adyacente, encendió la luz y se miró al espejo. Sí, era otra persona: una mujer. Al fin. Desnuda, lejos, sola pero con el hombre en su carne, era un ser humano florecido. Era una verdad, una justicia.

Junto a la boca advirtió una manchita negra de betún. «Tizne infernal», se dijo sonriendo mientras se lo quitaba. El mundo era un engaño, pero la Providencia no engañaba. Porque era providencial, ¡imposible dudarlo! No sentía remordimientos. ¿Por qué ante la justicia?

El pájaro volvió a cantar. Era el pájaro guardián de los amantes en las leyendas gloriosas. Había que recibir a los jabalíes y a los perros. Apagó la luz y volvió al cuarto. Miró por la ventana y descubrió la Noche. ¡Qué vasta y qué profunda! La Noche, con mayúscula. Todo tenía mayúscula en su mundo de ahora: la Luna, el Árbol, el Estanque, el Viento. ¡Qué potencia en su nueva mirada! Como si se hubiera quitado unas gafas oscuras de toda la vida; como si la hubieran librado de unas telillas sobre las pupilas. ¡Qué vivísimo el Mundo, qué hermosura!

Por tercera vez avisó el pájaro y era la decisiva. Se acercó a la cama y empezó a envolverse en mentiras: la camisa, el corsé... como antes. Pero ya no eran mentiras, sino defensas de su verdad. Se lo decía el nuevo corazón, de princesa durmiente despertada.

El aire estaba electrizado todavía cuando entraron. Lo detectó el olfato de Adela con su intuición de gozadora.

—¿Ha pasado algo? —se alarmó.

Pero si su cuerpo lo intuía, su mente era incapaz de imaginarlo. Descartó el tema, falta de pruebas para la razón. Pronto no hubo en el cuarto sino las voces vulgares, achatándolo todo, mientras celebraban convencionalmente la recuperación de la pía dama. Y Eva, mientras sonreía extrañada de oír llamar «recuperación» a su Nacimiento Mágico —¿es que ellos no tenían ojos?, ¡claro, como ella antes!— se puso a inventariar, a descubrir el nuevo mundo para vivir.

Y halló Eva que todo es perfecto, hasta las Babosas y lo Vulgar, los Jabalíes y los Perros, el revoloteo de las Mariposas y el sexo de los Caballos, lo Puro y lo Inmoral. Halló Eva que el Mundo es perfecto, como Obra de Dios, y que no es preciso corregir nada en él. Le fue revelado así que su misión había quedado cumplida. Su alma estaba en paz.

20

MIENTRAS HAYA MORAL

Sí, Eva quedó en paz. Nunca volvió a sentir angustia, ni tampoco aquella «bola» asfixiante del domingo abrileño en que el dedo infantil denunció al Caballo Desnudo. Pasaron muchos años y…

Pero antes de que transcurrieran, al día siguiente de la *kermesse,* no se hablaba de otra cosa que de los resonantes actos celebrados. Los amigos de Cesáreo no se atrevían a rechistar. Mucha gente encontraba más majo al fauno vestido, y quienes no pudieron asistir al acto del Casino disfrutaron al menos de la *kermesse* o de sus ecos musicales en el campo exterior. Por la noche no faltó en la Casa Nueva ni un solo distinguido caballero de «los lunes»: el optimismo era desbordante. ¡Lástima que doña Evangelina no decidiera explotar inmediatamente el éxito! La pobre señora todavía hubo de guardar cama al día siguiente y cuando llegó Marcelo, como de costumbre, le recibió en su alcoba y le tuvo de amanuense un buen rato. A don Rosendo le alarmaron luego las ojeras moradas de su esposa. Hasta que no se repusiera no podrían continuar activamente los trabajos de la L.I.M.A., tan venturosamente iniciados. Pero, ¡ay!, el martes por la mañana llegó a Villabruna el número de *El País* del domingo, con un extenso artículo de Fermín Talante, tan intencionado como inteligente. Sin atacar a nadie, sin que nadie pudiera darse por ofendido, resultaba un artículo demoledor. Parecía mentira a los ilustres paladines que bastara leer la información de los hechos, tal como la ofrecía el periodista, para sentir ellos mismos el desaliento ante sus pretensiones. La minuciosa descripción de las gualdrapas, la referencia a las especulaciones filosóficas y teológicas del acto del Casino y, sobre todo, el anticipo de algunas de las medidas reglamentarias previstas, provocaban por fuerza el regocijo de cualquier lector imparcial, en lugar de alentarle a luchar también por la moral de los animales. Naturalmente, la prensa de izquierdas recogía la información del diario republicano, encantada de poner en ridículo ideas tan ligadas a la religión y al orden establecido.

El artículo cayó como una bomba entre los paladines. El brioso don Álvaro quiso retar al malandrín periodista, a pie o a caballo, con lanza o con espada. «¿A caballo? —se dice que comentó Talante al enterarse—. ¡No será engualdrapado!» Pero no llegó a celebrarse tal duelo porque al mismo tiempo que el número de *El País* llegaron desde la capital varias amonestaciones de las autoridades. Tanto el señor obispo como el gobernador reprochaban a sus subordinados lo que estimaban, cuando menos, un imprudente exceso de celo. Ezcúñiga se salvó porque no había hecho sino colaborar ofreciendo algunas facilidades. Merales ofició por su parte al gobernador exponiendo cuál había sido su firme actitud y celebrando que se impusiera el buen sentido, de que él personalmente no se había desviado nunca. En suma, se quedaron sin soporte oficial los paladines.

Don Telesforo se apresuró a estudiar la nueva situación financiera y comprobó con inquietud que también fallaban sus cálculos. El famoso Altavera había resultado con más conchas que un galápago, asegurándose los escasos beneficios anticipados. Las demás ganancias eran ya castillos en el aire. «Este Merales me la ha jugado de puño», pensó don Telesforo, y fue a visitarle para reprocharle su conducta e incluso a acusarle de connivencia con Talante, basándose en que el artículo de éste coincidía en su argumentación con la del alcalde en el banquete de la antevíspera. Merales no se inmutó y probó fácilmente que la coincidencia no era sino simple buen sentido suyo y del periodista. Luego Merales contraatacó y en días sucesivos apretó de tal modo las clavijas a don Telesforo en algunas operaciones pendientes, que el financiero, escaso de tesorería, hubo de ceder al propio Merales su hipoteca sobre la Quinta, perdiendo así toda esperanza de conseguir la finca. Don Telesforo ya no se repuso nunca de sus errados cálculos ni volvió a ser quien era en Villabruna.

Merales, además, coronó sus planes con unas declaraciones a *El Eco*, recordando cómo se había visto obligado a ceder ante una mayoría irreflexiva en el Concejo, por lo que inmediatamente había cursado su dimisión al señor gobernador civil de la provincia. Y como la discrepancia alcanzaba a lo más destacado de sus correligionarios, que le habían llevado inconsiderablemente a una situación falsa, se apartaba también del partido y, noblemente desengañado pero con la cabeza muy alta, se alejaba de la política para consagrarse exclusivamente a sus actividades profesionales.

Entretanto, la gente esperaba a juzgar la conducta de doña Evangelina, que había empeñado todo su prestigio en la iniciativa. Tan morboso interés quedó defraudado, pues, en verdad, la dama se condujo cual correspondía a sus cristianos sentimientos, mostrando cómo deben acatarse, con humilde sumisión y pureza de espíritu, los designios de la Providencia. Eva declaró a todos que jamás sería tan soberbia como para mantener su criterio frente a personas tan sabias y más autorizadas. Si el señor obispo declaraba exagerados los miedos a una invasión demoníaca, ¿cómo iba ella, hija fidelísima de la Iglesia, a perseverar en el error, por bienintencionado que fuera? De ahí no la sacó nadie, y la L.I.M.A. no llegó a constituirse formalmente. Tampoco en las reuniones de las Pías Damas hubo manera de excitar su mansedumbre. La nueva y repentina serenidad de la dama sorprendía a todo el mundo. «Es asombroso —contaba don Rosendo encantado en el Casino—. Evangelina se encuentra como si no hubiera pasado nada. Se le ha quitado por completo la obsesión, e incluso las inquietudes que la aquejaban desde hacía unas semanas. Vive con una paz y una ecuanimidad verdaderamente ejemplares. Es la de siempre; la de antes del baile del Casino.»

Así era, en efecto. Si acaso, cabría mencionar tan sólo un leve cambio respecto de su vida anterior, sin duda por la influencia de Adela, a saber: la afición a los corsés. El que estrenó para la *kermesse* le resultó un poco apretado y hubo de ir a encargarse otro, que Desideria se empeñó en confeccionar con toda escrupulosidad a base de numerosas pruebas y contrapruebas en el taller, soportadas por doña Eva con una conformidad también ejemplar. Por cierto que la señora de Merales, al parecer algo tirante con su amiga, quiso difundir ciertos rumores sobre tales visitas, pero los nobles villabrunenses conocían demasiado bien la acrisolada virtud de doña Evangelina. Los hechos, además, desmintieron pronto a Adela, pues ésta había intentado relacionar las visitas con determinado teniente de lanceros, que precisamente, tras de algunos días de tirante situación con su comandante, consiguió ser trasladado al mes siguiente a África, sin que su marcha afectara el ritmo de las pruebas corseteriles. Así resplandeció la honestidad frente a la calumnia y, de rechazo, se rehabilitó Desideria y adquirió una brillante clientela, que a su vez disipó todo malentendido sobre el taller en cuestión.

Adela hubiera quizá atravesado por todo ello un cierto declive en la estimación local, a no ser porque con pocos días de intervalo se averiguó que Ezcúñiga había levantado su hipoteca sobre la Quinta y se aprestaba a aportarla a una sociedad financiera para explotar las aguas, y se supo también que Merales había sido nombrado para un cargo directivo en un Banco madrileño, por influencia del viejo senador Martín Ezcúñiga.

Durante unos días disfrutó Adela de su elevación social, contemplando desdeñosamente las viejas relaciones provincianas, y poco después salieron un día de viaje rumbo a la corte, casi coincidiendo con la nueva crisis que, como se recordará, llevó al poder a los conservadores, con el Ministerio Dato constituido el 11 de junio de 1917. Cuando, al poco tiempo, se supo en Villabruna que Merales había aceptado las insistentes invitaciones para unir su talento —tan sagazmente demostrado durante los agitados días del Caballo Desnudo— al partido conservador, nadie dudó de que don Tomás había sido el verdadero autor de muchas cosas y con ello se hundió definitivamente don Telesforo en la opinión pública. No mucho después, el comandante Ezcúñiga partió a su vez para Madrid, con destino a los Húsares de Pavía.

Entre la marcha de tantas personalidades y los graves sucesos de aquel verano —la huelga general revolucionaria—, se empezaron pronto a olvidar las sensacionales semanas del Caballo Desnudo, que sólo alguna vieja señora invocaba a veces para explicar por la presencia del demonio los agitados cambios de los tiempos. Quizá el único en recordar era don Leonardo, que sí había percibido cambios notables en doña Evangelina. En efecto, su hija espiritual predilecta dejó pasar un par de semanas sin confesar con él. Ante tal abandono, el lectoral practicó discretas averiguaciones y supo que a los pocos días de la *kermesse* había ido Eva a la capital, acercándose al tribunal penitencial de un conocido padre jesuita. Don Leonardo, desesperado al ver a la obra de toda su vida desviándose de sus manos creadoras, llegó hasta a interrogar directamente a la dama. Doña Evangelina, en el tono más amable de mundo, contestó a don Leonardo que no se había sentido bien aconsejada por él, ni cuando las supuestas señales celestes, ni tampoco cuando, años atrás, fue guiada hacia el matrimonio con don Rosendo.

Esta última observación, aunque dicha sin el menor énfasis, hizo palidecer al lectoral y le impuso definitivo silencio.

Aquel verano, los almacenes «El Encanto» organizaron un saldo de gualdrapas a precios acogidos con júbilo por los campesinos para usarlas bajo las albardas y como mantas de pastor. Llegado septiembre, un acontecimiento inesperado y casi milagroso llenó de júbilo el hogar de los Gomínez. En efecto, doña Eva esperaba un descendiente después de nueve años de matrimonio. El hecho hubiera asombrado de no saberse que el día de la *kermesse*, en el *buffet*, la dama había bebido repetidamente las aguas de la Quinta. Don Rosendo aceptaba feliz los numerosos parabienes recibidos y su esposa era objeto de los más caros cuidados. Como por entonces la sociedad explotadora de la Quinta había empezado ya la construcción del actual balneario, doña Eva solía realizar los higiénicos paseos propios de su estado en dirección del antiguo cenobio, donde por cierto trabajaba en la ornamentación escultórica del futuro edificio nuestro conocido lancero Marcelo García. Al licenciarse, el tallista obtuvo la contrata de tales obras y permaneció en Villabruna hasta el verano de 1918, en que se inauguró el balneario, con asistencia de los señores de Merales, pues don Tomás era ya todo un personaje desde que obtuvo un acta de diputado en las elecciones de febrero. Eva y Adela reanudaron su amistad con otro hecho en común, pues también la antigua clavera mayor de las Pías Damas había tenido un hijo pocos días antes que los Gomínez. El ya teniente coronel Ezcúñiga había sido padrino del último vástago de los Merales y le mostraba un cariño muy particular.

Poco queda por decir de otros personajes ligados a esta historia. Como puede suponerse, don Álvaro de Correntana no aceptó nunca el escéptico dictamen de las autoridades, y declaró a éstas contaminadas por la general corrupción de los tiempos. El padre Pelagio fue trasladado a un convento de la orden en Andalucía, donde pronto ganó fama de elocuente predicador para la Semana Santa. El escultor García, gracias a su éxito en la decoración del balneario —obra suya son todas las esculturas del parque actual y de la terraza—, logró acreditarse en la capital, donde estableció el mejor taller de toda la región, con encargos incluso desde Madrid. Con frecuencia demostraba su agradecida índole haciendo viajes a Villabruna, donde empezó su fama, y solía ser huésped de los señores de Gomínez, pues doña Eva no olvidaba al distinguido lancero que sirvió de enlace a los paladines de la moral. La bondadosa condición de la dama fue todavía bendecida por el cielo con otro niño y una encantadora niña. Rosendo, Marcelo y Eva llenaron de alegría con sus juegos aquel hogar, antes de ser figuras distinguidas y apreciadas en nuestra vida local.

Un solo final triste y lamentable hemos de recoger: el fallecimiento de don Leonardo de la Hoz, ejemplar y culto lectoral. Parece que en el otoño siguiente a las famosas señales celestiales su razón empezó a flaquear, y hasta corren rumores de que una vez, en el claustro de la Colegiata y a la salida de misa, persiguió a doña Evangelina con insultos verdaderamente intranscribibles. La pobre señora, cuyo estado de maternidad era ya perceptible, se llevó un sofoco notable, pero se abstuvo de ejercer acción ninguna contra el perturbado sacerdote. Internado éste en un centro sanitario adecuado, vivió todavía algunos años hasta que un ataque cardíaco acabó con su vida. No es en modo alguno cierto, como se propaló por entonces, que aprovechando un descuido de sus enfermeros ingiriese una cantidad excesiva de medicamentos. El acta de defunción, que hemos consultado directamente, desmiente categóricamente tal infundio.

Hasta el comienzo de la Dictadura, en 1923, el tema todavía se debatía alguna vez en el Casino. ¿Fueron auténticas las señales? Para algunas personas, Satanás amenazó efectivamente a Villabruna con grandes males, pero bastó la reacción unánime de los fieles cristianos para hacerle ver lo seguro de su fracaso. Otros pensaban que todo fue una obcecación de gentes quizá bienintencionadas (o atentas al «interés moral», insinuaba una minoría), pero con una mentalidad más propia de tiempos inquisitoriales.

Nosotros nos inclinamos por la tesis creyente, basándonos en una opinión autorizada como ninguna: la de doña Evangelina.

Hemos encontrado esa opinión en uno de los últimos reportajes de Fermín Talante, aparecido en el semanario *Estampa* (mayo de 1936). El periodista, describiendo el Balneario de Villabruna, relata la conversación mantenida con su antigua amiga doña Evangelina. Ambos están sentados en la espléndida terraza del edificio, a la sombra de los viejos plátanos que fueron de la Quinta y frente a la monumental fuente del «Baño de Diana», cuya fotografía ilustra el texto, en homenaje al talento escultórico de Marcelo García. Talante relata cómo preguntó a la dama su opinión sobre el Caballo Desnudo.

—Por favor, Fermín —responde doña Eva—, ¡es una historia tan antigua! Eso ya está olvidado.

—No importa. ¿Usted qué cree? ¡Usted no habrá olvidado! —insiste el periodista.

—No, yo no. ¿Cómo olvidar aquello? —responde ella con voz nostálgica—. Usted fue siempre escéptico, Fermín, pero yo le digo que el Caballo Desnudo estuvo en Villabruna. Yo le vi como lo estoy viendo a usted ahora. Fue un milagro.

El propio Talante, siempre escéptico, en efecto, escribe que el tono de la dama «le convenció por completo». Tanto, que dirige una nueva pregunta, ya más bien de creyente:

—¿Volverá? ¿Cree usted que puede volver?

«Doña Eva piensa un momento. Su rostro, siempre armonioso con los ecos de su juvenil belleza —escribe Talante—, adquiere una expresión de profunda melancolía. Y después contesta: "No; para mí no volverá nunca más. ¡Se cambia tanto! ¡Cómo pasa la vida, querido amigo!; ¡qué pena!"

»Sus ojos contemplaban la fuente de Diana —continúa el reportaje—. La diosa ha dejado en el suelo la aljaba y, en un gesto de exquisita gracia, al aire un pecho joven, se inclina sobre el agua antes de desnudarse para entrar en el baño. Al fondo, la figura de *Acteón* la contempla enamorado desde detrás de unas rocas. Y de pronto —¡qué extraña fantasía engendra el juego de los rayos de sol entre los árboles!— nos parece que la dama tiene exactamente el mismo rostro de la diosa. Se lo decimos y rompe a reír, con una risa todavía cristalina, como si le hubiéramos gastado la más deliciosa broma. Ríe tanto —concluye el periodista—, que acaba necesitando llevarse su pañuelito a los ojos, para secar unas lágrimas de risa.»

Por eso concluimos nosotros que el Caballo Desnudo fue verdad: ésa es la lección de esta historia, cada viernes demostrada a los *viajeros del Siglo Nono* por los calzones del fauno de la Glorieta, únicos en el mundo. Y si el Caballo Desnudo existió, ¿por qué no ha de volver? No para doña Eva, claro está, ni para sus coetáneos; pero sí para futuros paladines de la moral. Pues, parafraseando a Bécquer, podríamos inspirarnos en este pensamiento, colmado de esperanza:

Mientras haya Moral, habrá Caballos Desnudos.

Aravaca, 1969